跨文化背景下文学与文化翻译

贾莉琴◎著

北方文艺出版社

哈尔滨

图书在版编目（CIP）数据

跨文化背景下文学与文化翻译 / 贾莉琴著. —— 哈尔

滨：北方文艺出版社, 2023.11

ISBN 978-7-5317-6074-0

Ⅰ.①跨… Ⅱ.①贾… Ⅲ.①文学翻译—研究 Ⅳ.

①I046

中国国家版本馆CIP数据核字(2023)第179166号

跨文化背景下文学与文化翻译
KUAWENHUA BEIJINGXIA WENXUE YU WENHUA FANYI

作　　者 / 贾莉琴
责任编辑 / 刘立娇　　　　　　　　　封面设计 / 郭婷

出版发行 / 北方文艺出版社　　　　　邮　　编 / 150008
地　　址 / 哈尔滨市南岗区宣庆小区　　经　　销 / 新华书店
　　　　　1号楼　　　　　　　　　　网　　址 / www.bfwy.com

印　　刷 / 北京四海锦诚印刷技术有限公司　开　　本 / 787mm×1092mm　1/ 16
字　　数 / 324千字　　　　　　　　　印　　张 / 13.5
版　　次 / 2023 年11月第 1 版　　　　印　　次 / 2023 年 11 月第 1 次印刷

书　　号 / ISBN 978-7-5317-6074-0　　定　　价 / 78.00 元

PREFACE 前 言

随着经济全球化的不断发展，从国家之间到个人之间的跨文化交际活动日益密切，这就对翻译的要求越来越高。同时，中西方人不同的思维方式、价值观、习俗、表达方式也对翻译活动造成了不同程度的困扰。翻译不仅是一种跨语言的交际行为，也是一种跨文化的传播方式。从现代符号学的观点来说，翻译的本质就是以两种不同的语言符号来表达同一的思想，可以说翻译是跨文化交际。这就不只是源语文本的符号再现，而是体现在前瞻文化意义的传达和转换。所以，如何翻译作为中西文化交流融合主要动力的文学和文化翻译就格外重要。

本书是跨文化背景下文学与文化翻译研究方向的著作。作者在参阅大量相关文献和资料的基础上，从跨文化翻译原则与策略介绍入手，对跨文化交际与文化差异、跨文化交际对翻译的影响、跨文化交际下翻译的原则与策略进行了分析研究；另外，对跨文化背景下翻译的常用方法与技巧做了一定的介绍；还就跨文化背景下的文学翻译、跨文化背景下中西民俗差异文化翻译、跨文化背景下中西其他文化翻译等内容进行了探索和研究。其中，作者致力于研究文学和文化翻译的相关论文在本著作中也有所呈现。作者旨在摸索出一条适合跨文化背景下文学与文化翻译的科学道路，帮助相关工作者在应用中少走弯路，运用科学方法，提高翻译效率；同时，对跨文化背景下文学与文化翻译研究的同行有一定的借鉴意义。

此外，作者主持了中国管理科学研究院教育科学研究所科教创新研究重点课题"跨文化交际视域下英美文学翻译研究"（课题编号KJCX24199）。

限于学识浅陋，水平有限，此书又属于独立著作，意在探讨研究，疏漏错误之处在所难免，诚望专家、同行和读者赐教指正。

贾莉琴 著

山西工程职业学院

CONTENTS 目 录

第一章　跨文化交际与翻译

第一节　跨文化交际与文化差异

一、文化的定义与渊源

（一）文化的定义

culture（文化）一词来源于 cultura，原指耕作、培育、栽培，之后逐渐演变为人的素质和能力的培养与教化。近代，最先将 culture 一词翻译成"文化"的是日本人。因此，有人猜想，汉语中的"文化"一词其实并非中国古籍中所说的与武功相对而言的含义，而是借用日语中对英文单词 culture 的意译文。然而，这一说法目前尚未被证实。

《牛津简明词典》（Concise Oxford Dictionary）认为，文化是"艺术或其他人类共同的智慧结晶"。该定义是从智力产物的角度阐释文化内涵的，即深度文化，如文学、艺术、政治等。

《美国传统词典》（American Heritage Dictionary）指出："人类文化是通过社会传导的行为方式、艺术、信仰、风俗，以及人类工作和思想的所有其他产物的整体。"该定义拓宽了文化的包含范围，既包括深层次文化，又包括浅层次文化，如风俗、传统、行为、习惯等。此外，英国人类学家爱德华·泰勒（Edward Tylor）在《原始文化：神话、哲学、宗教、语言、艺术和习俗发展之研究》中指出："文化是一个复杂的综合体，包括知识、艺术、神话、法律、风俗，以及人类在社会活动里所得一切的能力与习惯。"很多学者认为，这一定义忽略了文化在物质方面的要素。也有一些学者认为，虽然爱德华·泰勒的定义中没有专门体现物质文化，但实际上他在此书中大量使用了很多物质文化的例子来解释他的理论观点。

美国学者阿尔弗雷德·路易斯·克鲁伯（Alfred Louis Kroeber）与克莱德·克拉克洪（Clyde Klukhohn）在两人合著的《Culture: A Critical Review of Concepts and Definitions》（《文化：关于概念和定义的评述》）中总结出 164 条文化的定义。他们在总结了这些定义的基础上，也提出了自己对文化的定义：文化存在于各种内隐和外显的模式之中，借助符号的运用得以学习与传播，并构成人类群体的特殊成就，这些成就包括他们制造物品的各种具体式样。文化的基本要素是传统思想观念和价值，其中尤以价值最为重要。该定义几乎涵盖了人类生活的各个方面。文化能够指导人们对待其他事物的态度和行为，以至于克莱德·克拉克洪认为文化是人们行为的蓝图。

在中国，古老的甲骨文中就已经出现了"文化"一词的含义。当时的"文"的原意是花纹或纹理，如《礼记·乐记》中记载的"五色成文而不乱"。之后，它的含义逐渐演变为包括语言文字在内的各种象征符号，并且逐步具象化，包含文物典籍、礼乐制度、文采装饰、人文修养等内容；"化"本义是指生成、造化，如《易传·系辞传下》记载的"男女构精，万物化生"，继而引申为变化、教化之义。"文""化"两字最早同时出现于战国末期的《易·贲卦·象传》："关乎天文，以察时变；观乎人文，以化成天下。"翻译为现代汉语是指"治国者应该积极观察、洞悉并顺应大自然最根本的运行规律，了解并正确运用时节运转中产生的必然变化的原理；研究人性变化发展的必然规律，施加意识教化的作用来统治管理天下"。《辞源》中对"文化"的释义为"文治和教化"。例如，西汉经学家、目录学家、文学家刘向的《说苑·指武》中记载："圣人之治天下也，先文德而后武力。凡武之兴为不服也，文化不改，然后加诛。"意思是，明君治理天下，都会优先重视思想精神层面的教育，后考虑武力干涉。不愿臣服的地方，都要动用武力进行干预，思想教化没有改观的地方，要实行诛杀策略来彻底根除统治隐患。再如，晋代束皙的《补亡诗·由仪》中记载："文化内辑，武功外悠。"唐代李善注："言以文化辑和于内，用武德加于外远也。"

《现代汉语词典》指出，文化是"人类在社会历史发展过程中所创造的物质财富和精神财富的总和"。

广义文化就是所谓的"大文化"，它更注重区分人类活动与自然界的核心本质，包含着人类有意识地作用于自然界和人类社会的一切活动及产生的结果。也可以说，文化就是"人造自然"，是人类通过发挥自身主观能动性，把自己的智慧、创造性、感情等人类因素作用于自然界，从而将自然转化为人类所能认知、理解和在一定程度上进行掌控的可利用对象。人造自然的出现意味着人类已经进入尝试凌驾于自然之上，并超越自然、改造自然的历史阶段。所以，文化可以被看作人类的一种特有的生活方式和行为习惯。也可以说，人类社会的一切活动在本质上都是具有文化的属性的。概括而言，文化就是人类在社会活动中认识自然、改造自然并利用自然，进而实现自身价值观念的一切物质和精神的积累，如文学、艺术、教育、科学、生活方式、饮食习惯、建筑工艺、卫生管理、娱乐方式、婚姻形式、亲属关系、家庭财产分配、劳动管理、生产、道德、风俗习惯、法律、政治、警察、军队、行为举止、交际礼仪、思维方式、审美情趣、价值观念等。而与此相对，狭义文化的范围明显缩小，它专指人类活动中在精神方面进行的创造过程和产生的相应成果，如道德、风俗和礼仪等。

（二）文化的特点

概括来说，文化的特征主要有五种：民族性、符号性、兼容性、整合性、传承性。

1. 民族性

就文化的产生和存在来说，文化原本就是民族的。因为人类的文化从总体上来看就是由各民族文化共同构成的，从不同民族的角度出发来分析文化，其自然就具有民族性。民族是一种社会共同体，越是古老的社会，其文化的民族性就越明显。斯大林认为，一个民族一定要有共同的地域、共同的经济、共同的语言及表现共同心理的共同文化。这里的"共同的地域、共同的经济、共同的语言、共同的心理"均属于重要的文化元素。每一个民族都有能够体现本民族特色的文化。例如，新疆维吾尔族能歌善舞，蒙古族善骑马射箭，等等。中华民族是以汉民族为主体的多民族共同体，共同的文化正是使 56 个民族统一为一个民族—中华民族的原因。

众所周知，民族区域生态环境的不同造成了文化积累及传播方式的不同，这也在一定程度上影响了社会和经济的发展，从而形成了民族文化鲜明的"特异性"。

2. 符号性

文化不是与生俱来的，而是在人们的不断习得与传授中积累下来的。以语言为例，语言是文化的构成要素之一，语言的符号性特征最为明显。语言中不同的语音、形态等语言要素体现了符号的任意性特征。

人本身就是一种"符号的动物"，符号化的思维和符号化的行为是人类生活中最富有代表性的特征。人类创造了文化世界，更为自己创造了一个"符号的宇宙"。在文化创造中，人类不断把对世界的认识、对事物和现象的意义及价值的理解转化为一定的具体可感的形式或行为方式，从而使这些特定的形式或行为方式产生一定的象征意义，构成文化符号，成为人们生活中必须遵循的习俗或法则。人们既创造了这些习俗和法则，又必须自觉受这些习俗和法则的制约。人类创造的文化符号大体可以分为两类：语言符号和非言语符号。

（1）语言符号。

语言符号包括口语和书面语。文化传承的口语传递是通过一代又一代人的亲身实践或口口相传（年轻一代通过交际和学习来继承老一辈的文化传统）来实现的。至于书面语言的文化传递，世界上几乎所有的国家或民族的文化传统都以书面语的形式记录在竹简、羊皮纸或纸张上，由于这些介质易于存放，可以长时间保存，因此今天才得以借助浩如烟海的历史文献或书籍来了解并学习本国以及其他国家多彩多姿的文化。

（2）非语言符号。

非语言符号是指语言以外的各种信息传达形式，如面部表情、手势、身体动作等，它们都具有特定的文化内涵。而从广义上来说，诸如雕塑、绘画、照片等一些物化的文化载体，以及戏剧、电影等也都属于非语言符号，因为它们都以某种方式体现着某种文化内涵。例如，北京的故宫除了众多具有典型中国古代建筑风格和特色的古建筑以外，还存有我国历史上许多朝代的帝王留下的大量文化古迹，以及包括珠宝、字画、服饰等在内的大量文物古董，它们既是中华民族的宝贵财富，也是代代相传的物化的中华文化。

3. 兼容性

任何文化都具有兼容性，这是文化得以生存发展的内驱力。

按照文化兼容的程度，可以将文化分为开放式文化和封闭式文化。这里的"开放"与"封闭"是相对而言的，因为根本就没有完全开放的文化，也没有完全封闭的文化。

人们常常这样形容这两种文化：完全开放的文化就像一滴只看到浩瀚大海的雨水，因为忽略了其自身的文化个性，消除了文化间的良性差异，就会逐渐消融在其他文化之中；完全封闭的文化则像一口井中的水，因为缺乏与其他优秀文化的交流而失去发展更新的源泉，最终只会慢慢枯竭。文化因为兼容而发展，因为兼容而繁荣。

4. 整合性

文化是一个群体行为规则的集合体，可以被理想化地推定可能出现在某一社会或群体的所有成员的行为之中。而由群体历史所衍生及选择的传统观念，特别是世界观、价值观念等文化的核心成分，常被称作"民族性格""文化实体"。可见，文化是一定区域内的一定文化群体为满足生存需要而创造的一整套生活、行为、思想的模式，是一个由多方面要素综合而成的复杂整体。

所谓文化的整合性，是指一种文化得以自我完善和形成独特面貌的动力。它在保证文化随时间变迁的同时，可以在一定程度上维持文化的稳定秩序。例如，在中国延续了 2000 多年的传统文化中，建立在血缘基础上的宗法意识，融自然哲学、政治哲学和伦理哲学为一体的世界观，以"经国济世"为目的的实用理性等精神元素，这些作为中国文化的"内核"，始终在中国文化传统的形成中发挥着"整合"作用。同时，其他组成要素互相融合、互相补充、互相渗透，共同发挥着塑造中国的民族特征和民族精神的功能。经过这种整合而形成的中国文化是一个完全不同于欧美文化的独特模式。

由于不同文化具有不同的文化"内核"，其也会导致在认知模式、价值观念、生活形态上的差异，这些差异在交际过程中也必然会形成文化的碰撞，而跨文化交际中的误会、冲突也正源于此。如果交际双方均不能理解对方的文化，那么将会产生与交际预期的巨大反差，产生令人不满意的结果。

5. 传承性

文化既是可习得的，又是可传承的。文化可以从一个承担者向另一个承担者转化，也可以由上一代传承到下一代不断发展。如果某些价值观已存续多年，并被认为是社会的核心理念，这些价值观必定会代代相传下去。

文化的传承性使文化变得可积累。在没有文字的社会，人们主要借助口头形式把自己的经验、知识、信仰、观念传给下一代。后来，主要通过文字形式传下去。由于文化的传承，任何一个社会的文化都包含了历史的积淀。例如，各个国家都有自己的节日、喜庆日，中国在这样的日子里挂红灯就是中华民族数千年来传统文化延续的表现。又如，中国青年逐渐接受了西方新娘穿白色婚纱礼服的习俗，因为白色代表着美丽和圣洁。此外，中国历史上有科举取士的制度，如今人们保留了通过考试选拔人才的形式，而舍弃了旧八股文的考试内容，代之以现代科学知识来检测人们掌握知识的程度。

（三）中西方文化的渊源

1. 中国文化的渊源

中国的传统文化根植于农村，发祥于黄河流域的农业大地。中华民族享受着大自然的恩赐，人们可以在其固定居住地附近从事相关的农耕活动，在历史的不断变迁中最终形成了以农耕为特色的文化风俗体系。中国农耕文化集合了孔孟文化和其他文化，有其独特的文化内容和特点，主要包括语言艺术、思想哲学、社会风俗、利益规范等。

在历史的作用下，中国人形成了以"道德为本位"的反功利主义的价值取向，"重综合，轻分析"的宏观处事原则，"重意会，轻言传"的谦虚和隐讳原则，"崇尚群体意识，强调同一性"的依附于集体合作的团队精神，"追求人与自然的和谐统一"对立互补原则，等等。

总的来说，中国文化在发展中形成了独具特色的价值观，表现为以"仁爱、礼谦、顺从"为核心的道德价值体系，其特点可以总结如下。

一是顺天应物。中国文化提倡人与自然是和谐存在的一个整体，且自然界中存在的很多不能解释的现象均是天意，人凡事都应顺从天意。

二是贵和尚中。中国人倡导"君子和而不同"的理念，追求中庸之道的处世原则和策略。

三是家族伦理本位。中国人的家族意识很强，维护整个家族的利益是每个家族个体应追求的目标，同时家族个体也应受制于家族制度和规约。

在中国，人们特别看重言论的力量，提倡在交际中运用含蓄、隐讳的表达方式，这也是中国人文文化的一大特色。此外，人们还特别关注权威人士的言论与看法，经常引经据典，旁征博引。

2. 西方文化的渊源

西方文化属于科学文化，其特点是"重物质，轻人伦；价值取向以功利为本位；重分析，轻综合；重概念，忌笼统；强调人权，主张个人至上，重视特殊的辨识；强调人与自然的对立，人对自然的索取。"

（1）希伯来文化。

5000多年前，希伯来民族居住在阿拉伯半岛，人们以牧牛和牧羊为生。随后，希伯来人北迁到达两河流域，并逐渐发展了苏美尔文化和古巴比伦文化。过了大概1000年以后，希伯来人逐渐离开了两河流域，向北或向西迁移和发展。"希伯来"的字面意思是"从大河那边来的人"。希伯来人在长期的游牧生活中形成了较强的感知世界的能力。他们善于将事物与其功能联系在一起，所以希伯来文化可以用"实用、公正、道德"来概括。

（2）古希腊罗马文化。

欧洲大陆的文化起源于古希腊罗马时期。古希腊位于欧洲大陆的东南部，古罗马位于南部，由于平原较少，多山少河，不适合农业的发展，当地人不得不向外开拓经济，发展工商业和海上贸易。在古代，海上贸易面临的最大的难题就是安全，人们不得不冒很大的风险从事贸易活动，这种不利的地理因素造就了西方人勇于探险、喜欢尝试新鲜事物、善于创新的性格特点。可以说，古希腊人的这种以海商为主的生存方式使他们形成了"平等""民主"和崇尚个人主义的思想意识。古希腊文学、哲学、艺术等都表现了古希腊人对宇宙、自然和人生的理解与思考。随着希腊文明的逐渐衰落，罗马文化在继承希腊文明的基础上得以发展。

二、跨文化交际与英语翻译

（一）文化与交际的关系

交际与文化二者是统一的。可以说，文化是冻结了的交际，交际是流动着的文化。具体来说，文化与交际的关系如下。

一是交际受制于文化，文化影响着交际。交际行为是文化行为和社会行为，受到社会文化中世界观、价值观等文化核心成分的影响和制约。交际行为的译码活动也受制于文化的特定规则或规范。只有当交际双方共享一套社会期望、社会规范或行为准则时，才利于其交际的顺利进行。

二是交际隶属于文化，并且是文化的传承媒介和编码系统。从社会学角度看，人们习得交际的能力是通过交际完成社会化的过程，又通过交际建立内外部世界。有了交际，人们的活动、文化才能得到存储和传承。

三是交际在影响文化的过程中丰富着文化。二者相互依存、相互促进。另外，交际也给文化注入新的活力和增添新的成分。

四是文化的差异性会使跨文化交际过程中意义的赋予变得更加复杂，导致编码人传递的信息和译码人获得的意义之间存在差距。

（二）跨文化交际的定义

"跨文化交际"一词对应的英文是 intercultural communication 或 cross-cultural communication。有时，也可以用 trans-cultural communication 来表示。需要指出的是，intercultural 强调文化比较，而 cross-cultural 仅指交往。也就是说，前者相当于跨文化交际研究，而后者相当于跨文化交际活动。有一种定义中说：本族语言使用者与非本族语言使用者之间的交际也指任何在语言和文化背景方面有差异的人们之间的交际。而目前人们普遍认同的解释是具有不同文化背景的人通过语言、信号、文字方式进行的思想、信息交流。它通常指的是具有不同语言和文化背景的不同民族成员之间的交往活动，又指同一语言的不同民族成员之间的交际，更有人认为它是一切在语言和文化背景有差异的人们之间的交际。简单地说，跨文化交际就是具有不同文化背景的人们从事的交际过程。

由于每一个人的文化和社会背景、生活方式、受教育状况、信仰、性别、年龄、政治信念、经济状况，以及爱好、交友条件、性格等方面都存在或多或少的差异，所以在交际过程中，说话人与听话人对信息的理解很难达到百分之百一致。不同的民族所处的生态、物质、社会等环境均有所不同，所以生长在不同语言环境下的人就会产生不同的语言习惯、社会文化、风土人情等。因此，不同的文化背景形成了人们不同的说话方式或语言习惯。从这个意义上讲，任何人之间的交际都是跨文化交际，差异仅是程度上的，而非本质上的。在跨文化交际中，交际双方的文化背景可能大致相似，更可能相去甚远。文化距离可能是国家、民族、政治制度等方面的差异，也可能是社会阶层、地区、教育背景、性别、年龄、职业、爱好或兴趣等方面的差异。

三、英语与汉语的文化差异比较

（一）英汉文化对比研究的具体阶段

第一阶段：19世纪40年代到20世纪20年代初。该阶段以"洋务派"与"维新派"的论争为主要特点。

第二阶段：20世纪20年代初到20世纪40年代末期。该阶段以"全盘西化"与"中国本位"、一元文化与多元文化的论争为主流。

第三阶段：20世纪40年代末期到20世纪70年代末期。这一阶段的文化对比研究处于沉寂期。

第四阶段：20世纪70年代末期至今。英汉文化对比研究再度升温并逐步体系化。

（二）英汉文化对比研究的范畴

事实上，英汉文化对比研究是在语言对比研究的基础上发展而来的，它和英汉语言对比研究在很多层面具有相似性，并逐步建立起一门新的独立学科——英汉对比文化学。从研究的范畴来看，英汉文化对比研究具体涉及两个方面。一是理论研究主要侧重方面：①有关文化的概念问题；②有关文化的属性问题；③有关文化的结构问题；④有关语言与文化间关系的问题；等等。二是应用研究主要侧重方面：①外语教学；②对外汉语教学；③英汉翻译服务；④提升人们的文化交际能力（如口头、书面两个方面）；⑤提高人的文化素养；等等。

（三）英汉文化对比研究的方法

通常，在对英汉文化进行对比研究时，既可以采用历时研究法，又可以采用共时研究法，并且两种研究方法都得到了广泛的应用。然而，在进行具体研究时，应根据具体情况加以选择，或者在必要时将两种方法有机结合起来。例如，在文化对比研究的高级阶段，可开设文化史、文学史和语言学史等课程，采取历时研究法。值得注意的是，英汉文化对比研究是由点到面，一步步地进入全面、系统的研究，即从点到面逐步实现系统化。

（四）英汉心态文化差异

1. 英语文化"求变"的心态

英语文化下的人"求变"的心态比较普遍，这在美国文化中表现得尤为突出。事实上，英语文化下的人倾向"求变"的心态和他们崇尚个人主义的理念有着直接的关系。

在英语文化下的人看来，事物是变化的，而且是永不停止的。变化表现为不断打破常规、不断创新的精神。他们不满足于已取得的成就，不甘受制于各种条件。他们在意的是变化、改善、进步、发展与未来。在他们看来，没有变化就没有进步，没有创新就没有成就，没有发展就没有未来。例如，在美国，整个国家都充满着这种打破常规、不断创新的精神。喜欢另辟蹊径，热衷于冒险探索，是西方人"求变"的突出表现。

在西方历史文化中，到处充满了人们冲破传统的轨迹、标新立异的成功。当然，变化的背后是危险和破坏，但西方人将这些东西看作创造性的破坏，这样的破坏是创造的开始。正是因为这种"求变"的价值取向，西方社会一直处在创新的氛围中。

此外，英语文化下的人的"求变"心态还体现在他们不同形态的流动上，他们的职业选择、事业追求、求学计划、社会地位、居住地域都在频繁地流动。西方有很多从社会最底层通过努力拼搏而成为成功人士的故事。历史上著名的美国西部大开发激发了人口大流动，留下了很多个人奋斗、创业有成的奇迹。微软公司的创始人比尔·盖茨中途辍学，创业成功，是美国精神的典范。麦当劳创造了连锁经营的创业模式，不但为人们提供了一种适应快节奏的快餐，更为人们提供了一种白手起家、平民创业的机会。这些都是"求变"产生的效应，也是西方人价值观的集中表现。

2. 汉语文化"求稳"的心态

汉语文化下的人呈现出典型的"求稳"心态，这种心态在很大程度上和群体主义取向有着直接的联系。受中庸哲学思想的影响，中国人习惯在一派和平景象中"相安无事""知足常乐"，习惯接受稳定，相信"万变不离其宗"，主张"以不变应万变"。

在中国人的心目中，"求稳"的观念和心态已经深深扎根，而且中国社会就是在"求稳"的观念下不断发展进步的，无论大家（国家）还是小家（家庭）都希望稳定和谐。

实际上，一个社会不可能固守不变，关键看为什么变、如何变、变得怎么样。中国几千年的古代社会不断改朝换代，一直发生变化，但是基本的社会制度和格局并没有变化。"统一和稳定"在中国历朝历代都是头等大事，是社会发展的根本保障。其实，我们可以将中国的历史用"合久必分、分久必合"来概括，"分"是表象，"合"是永恒。不可否认，中国几千年来正是在"稳定"中求生存、求发展、求进步的，而这也很好地解释了为什么中华民族的文化得以延续并完整地保存下来。

改革开放以来，中国经济飞速发展，国际地位和综合国力也迅速上升，并取得了举世瞩目的成就。而这一切始终都是在稳定中求发展，国家始终将维持安定团结的局面放在首位，强调"稳定压倒一切"，坚持"发展是硬道理"。这种"渐变"式的发展模式符合中国的国情，也符合中国文化的特质。

（五）英汉思维模式差异

在漫长的历史发展长河中，人类逐渐将对客观现实的认识具体化成了经验和习惯，然后在语言的辅助下形成了思想。在思想形成的过程中，人们赋予了它一定的模式，然后就有了一种特定的思维形态。思维模式是文化的一部分，不同的民族不仅在文化上存在区别，在思维模式上也存在很多差异。

历经千百年的发展，一个民族群体逐渐形成了特定的语言心理倾向，这种语言心理倾向通过思维模式的差异表现出来。因此，每一种语言都体现着使用该语言民族的思维特征。在漫长的发展过程中，受特定的历史条件和生存环境，包括自然环境、地理条件、气候条件等的制约，以及生活条件和经济社会制度等的制约，中西方民族的思维模式形成了一定的差异，正是在这种差异的影响下，他们对同一事物产生了不同的语言表达方式。

英汉文化下的人在思维模式的诸多层面都存在着明显的差异。下面结合两种文化下人们在思维模式层面比较显著的特点进行分析。

1. 思维路线差异

英汉思维路线方面的差异主要表现为英语文化下的直线形思维和汉语文化下的螺旋形思维。

（1）"直线形"的英语思维。

英语文化下的人受长期使用的线形连接和排列的抽象化文字符号的影响，他们的思维线路一步步地发展成直线形，并具有明显的直线形特点。

从英语文化下的人的论文写作的思维方式来看，他们通常会在论文的开头表明观点，而且文章总是会有一个固定的中心论点，文章中所有的论述都围绕这一中心论点展开。在语言的运用方面，西方人不愿意重复前面已经使用过的词语或句式。语言运用呈现出态度明确、直入主题的典型特点。

英语文化下的人在说话时通常也都喜欢直接表达，而且说话的立场前后一致，不会用不相关的信息对真实事实进行掩盖。

（2）"螺旋形"的汉语思维。

汉语文化下的人以整体性思维模式为主，并受到整体性思维模式的影响，将事物作为整体进行直觉综合，和形式论证相比，其更看重领悟。这种思维模式下的人在观察事物时采用的是散点式方式，这种思维路线呈螺旋形，是螺旋形思维。

从行文方式来看，中国人撰写文章时在以笼统、概括的陈述开头的方式段落中常含有似乎与文章其他部分无关的信息。作者的见解或建议经常要么不直接表达出来，要么就是轻描淡写地陈述。

从语言的思考和运用上来看，常会反复使用前文用过的词语或句式。在语言表达上呈现态度模糊、模棱两可的特点。无论是说话还是写文章时，中国人将思维发散出去之后还会再收回来，做到前后照应、首尾呼应。在这种螺旋形思维下就会出现一种现象，那就是讲话人不会直接切入主题，而是反复将一个问题展开，最后再总结。

2. 思维方法差异

从思维方法方面来看，英汉民族也存在着诸多不同，具体体现在英语思维的"抽象性"和汉语思维的"具象性"。

（1）英语思维的"抽象性"。

在英语文化中，人们的思维方法具有抽象性的特点，其抽象思维较发达，在研究问题时喜欢建立概念体系、逻辑体系，因而"尚思"也是其思维的一大特征。西方民族使用的是由图形演变而来的拼音文字，这种类型的文字通过没有意义的字母的线形连接构成单词这种有意义的最小语言单位，然后再通过一个个单词的线形排列组成短语、句子和篇章，因此拼音文字缺乏象形会意的功能，使用西方拼音文字的民族也就不容易形成形象思维。

这种文字强调了人的智力运行轨迹，其书写形式造成一种回环勾连，如溪水长流斩而不断的流线效果，容易诱导人们去注重事物的联系性。这种状态和语法形式共同起作用，极大地强化了印欧语系民族对事物的表面逻辑联系的感知能力。抽象的书写符号和语音形式与现实世界脱节，容易使印欧语系的民族在更多的场合脱离现实世界来进行抽象的纯粹借助符号的形而上思考。

（2）汉语思维的"具象性"。

在汉语文化中，人们的思维方法具有具象性特点，习惯在思考时联系外部世界的客观事物的形象，并结合在大脑里复现的物象进行思考，喜欢以事物的外部特点为依据展开联想，在思维方法上倾向于形象思维，这种思维方法在传统文化中也多具有"尚象"特征。更确切地说，汉语中常将"虚"的概念以"实"的形式体现出来，强调虚实结合和动静结合，给人一种"明""实""显"的感觉。例如，"揭竿而起""混口饭吃"这些具有文化内涵的词汇就是很好的体现。同时，汉语中的文字也蕴含着丰富的物象，如"舞"字从字形上看很像一个单脚立地翩翩起舞的舞者形象。

3. 思维形式差异

英汉思维形式层面上的差异主要表现为英语文化下的逻辑实证性思维和汉语文化下的直觉经验性思维。

（1）英语文化下的逻辑实证性思维。

英语文化下的人注重逻辑，其思维的传统就是重视实证，崇尚理性知识，认为只有经过大量实证的分析检验得出的结论才是科学的、客观的。换句话说，英语文化下的人形成了一种理性思维定式，其思维有很强的理性、实证、思辨色彩，注重逻辑推理和形式分析。

英语文化下的人强调逻辑实证性的思维，在语言层面主要体现在对"形合（hypotactic）"的侧重上。简而言之，西方人注重运用有形的手段使句子达到语法形式上的完整，其表现形式需要逻辑形式的严格支配，概念所指对象明确，句子层次衔接紧密，结构严谨，句法功能呈外显性。

（2）汉语文化下的直觉经验性思维。

汉语文化下的人在认识世界时，不善于追求深入思考感性认识，也不善于对现象背后事物本质的哲学思辨，他们更多地满足于对现象的描述和对经验的总结。正如连淑能所说："中国传统思维注重实践经验，注重整体思考，因而借助于直觉体悟，即通过知觉从总体上模糊而直接地把握认知对象的内在本质和规律。"

和英语注重"形合"相对应，汉语注重"意合"。换句话说，汉语表现形式主要受意念引导，从表面上看句子松散，概念、推理判断不严密，但是实质上存在一定的联系，需要受众主动去理解探究，而且它的句法功能具有隐性的特点。例如：

A wise man will not marry a woman who has attainments but no virtue.

聪明的男子是不会娶有才无德的女子为妻的。

通过对本例的原文和译文进行分析，不难发现，原句中的 a、who、but 等在译文中都没有体现，汉语句子的"意合"特点显而易见。

（六）英汉时空观念差异

1. 时间观念差异

（1）英语文化下的"将来时间取向"。

英语文化下人们的时空观念呈现出明显的"将来时间取向"。以美国为例，作为一个移民国家，美国仅有 200 多年的历史，这对其他历史悠久的文明古国来说很短。最早到达美洲大陆的那批移民来自欧洲，他们为美洲大陆带来了新鲜的血液，逐渐开辟了整个美洲大陆。在这期间，他们也形成了自己的文化，这种文化在欧洲文化的基础上改良而来，源于欧洲文化，但又同旧世界的传统文化不同。

美国人在个性方面体现出追求个体独立、讲求个人奋斗、追求实利和物质享受等特点。在他们看来，时间失而不可复得，因此他们不太留恋过去，而是更多地关注现实生活，抓紧每时每刻享受生活。在美国人眼中，时间是有限的，这就使他们具有较强的时间观念，"Time and tide wait for no man.（时不我待）"是其潜在的意识。这种强烈的时间观念使西方人把更多的注意力放在了未来事情的规划和实现上，他们相信"A future is always anticipated to be bigger and larger.（未来总是美好的）"。

（2）汉语文化下的"过去时间取向"。

与英语文化下明显的"将来时间取向"正好相反，汉语文化下的人呈现出明显的"过去时间取向"。

汉民族具有悠久而灿烂的历史文化，中国人以此为傲，因此十分看重历史。例如，华夏族的祖先尧、舜、禹等都被历代帝王所敬重；人们习惯用圣人之训、先王之道来评价个人或者事情，如"前所未有""前无古人，后无来者""后继有人"等说法。

中国人聪明智慧，善于观察，受昼夜更迭、四季交替等现象的影响，逐渐形成了一种环式时间观。环式时间观容易给人一种时间的富裕感，因此人们做事情总是不紧不慢，认为还有时间。所谓"失之东隅，收之桑榆"，中国人认为失去的东西还能有时间补回来，这就使人们渐渐形成了"过去时间取向"。时至今日，随着社会的发展，虽然人们不再过度关注过去，而是更多地关注未来，但不可否认的是，"过去"仍然存在于人们心中，并或多或少地影响着人们的生活。

2. 空间观念差异

空间观念指的是人们在长期生活实践中逐步形成的、有关交际各方的交往距离和空间取向的约定俗成的规约，以及人们在社会交往中的领地意识。英汉文化在空间上的差异具体体现在领地意识、交往距离和空间取向等方面。

（1）英汉领地意识差异。

根据霍尔（Hall）的观点，领地意识是一个专业术语，用于描述所有生物对自己领土属地或势力范围的占有、使用和保护行为。领地又可以进一步分为个人领地和公共领地。个人领地是指个人独处和生活的范围，如住房、卧室等。公共领地是指家庭成员或社会成员共同拥有的场所、设施等。英汉两种文化在领地意识方面的差异主要体现在以下几个方面。

①领地标识方面的差异。

在领地标识方面，英汉文化也呈现出明显的差异。中国人口稠密，而且个人空间比较狭小，因此中国人习惯用有形的物品明确地将领地与公共空间隔离开。在中国，高大的围墙、马路边的栏杆随处可见；而在西方国家，房子与房子之间的隔离只靠矮矮的篱笆，甚至一块匾额。

②领地占有欲方面的差异。

相比较而言，英语民族的人的领地占有欲更为强烈，其领地概念甚至延伸到对个人物品的独占。例如，在工作单位或公共场合，人们都时刻明确划分和维护自己的领地范围，即使是在自己家里，也不允许他人随意进入自己的房间。同时，他们还十分注重自己隐私的保护，不愿意别人打探自己的隐私，即便是和自己关系亲密的人。汉民族的人们受聚拢型文化的影响，更愿意和别人分享，且中国人的隐私范围相对较小，很多在西方人看来属于隐私的，在中国人看来似乎算不上隐私。

③领地受侵犯时的反应差异。

英汉两种文化下的人在领地受侵犯时的反应也存在着明显的差异。英语文化下的人在领地受侵犯时会表现出明确的不满，并加以阻止。汉民族文化下的人在领地受侵犯时的反应则相对温和些。

（2）英汉交往距离差异。

交往距离又被称为"近体距离"，指的是交往中交际各方彼此之间的间隔距离，包括人情距离、社会距离和公众距离。对于交往距离，英汉文化下的民族观念也存在一些差异。

①英语文化下的交往距离特点。

英语文化下的人常年生活在地广人稀的环境中，习惯于宽松的生活环境，因此他们很惧怕拥挤，在与人交往时也总是将自身范围扩展到身体以外，与他人保持一定的体距。通常情况下，南美、阿拉伯、非洲、东欧、中欧等地区的近体度较小，而美、英、德、澳、日等国家的近体度较大。例如，在与对方进行交谈时，英国人习惯保留一个很大的身体缓冲带，而许多亚洲国家的人则倾向于彼此靠得很近。在公共场合，德国人总是自觉地依次排队，而阿拉伯人则倾向于一窝蜂地向前挤。

②汉语文化下的交往距离特点。

汉语文化下的人长期处于人口稠密所造成的拥挤环境中，并对拥挤的环境比较适应，且向来有"人多力量大"的观念，所以中国人对交往中的体距问题要求相对不高。

（3）英汉空间取向差异。

空间取向指的是交际各方在交往中所处的空间位置、朝向等。空间取向最常涉及的就是座位安排问题。下面主要结合英汉两种文化在就餐座位安排和会议座位安排两方面的差异进行具体分析。

①就餐座位安排。

在就餐座位安排方面，英汉两种文化存在一些相同点。通常，桌首位置坐的都是一家之主的男性最高长辈，而桌尾位置，也就是靠近厨房的位置通常是家庭主妇的位置，方便端菜、盛饭等，其他家人分坐桌子两侧。英汉两种文化在就餐座位安排方面的不同之处在于，英语文化下安排餐桌座位通常以右为上、左为下，汉语文化中则以面南（或朝向房门）为上、面北（或背向房门）为下。如果有夫人出席时，英语文化中的人以女主人为主，让主宾坐在女主人右上方，主宾的夫人坐在男主人的右上方，主人或晚辈坐在下方。

②会议座位安排。

在会议座位安排方面，在诸如商务谈判和会议等正式场合中，英汉两种文化下的就座安排基本相同，都是右为上和面向房门为上。中国人在谈正事时，尤其是谈判、商讨要事、宣布重大事项时更是要面对面隔桌而坐，批评或训斥下属则大多面对面隔桌站立。但在非正式场合中，西方人总是彼此呈直角或面对面就座，前者往往是谈私事或聊天，而后者则态度较为严肃、庄重。如果同坐一侧，就表明两人关系十分密切，通常是夫妻、恋人或密友。而中国人在谈私事、闲聊时，无论彼此关系是否达到密切的地步，大多喜欢肩并肩并排就座。

（七）英汉生活方式差异

受文化中诸多因素的影响，英汉文化下的人在生活方式的很多层面都存在着明显的不同。在此主要结合以下方面进行具体分析。

1. 称谓语差异

在称谓语方面，中国人和西方人存在着明显的不同，下面结合具体例子进行分析。在对陌生人进行称呼和称谓亲属方面，英汉文化也存在很多差异。

从对陌生人的称呼方面来看，英语文化中对陌生人的称呼较为简便。他们对男子统称为 Mr.，对未婚女士统称为 Miss，对已婚女士统称为 Mrs.。汉语文化下对陌生人的称呼有时也像对亲属的称呼一样，但针对陌生人的年龄、身份等的差异，其称呼也各不相同，如大爷、大娘、大叔、大婶、大哥、大姐等。

从对亲属的称谓来看，英语文化中的亲属主要以家庭为中心，一代人为一个称谓板块，而且只区别男性、女性，不区分因性别不同而出现的配偶双方称谓的差异，这体现了他们追求男女平等的观念。例如，英语中对"祖辈、爷爷、奶奶、外公、外婆"的称呼只用 grandparents、grandfather、grandmother，对"伯伯、叔叔、舅舅、姑妈、姨妈"等的称呼只用 uncle 和 aunt。

此外，英语中的表示同辈的 cousin 不分堂表、性别，而且表示晚辈的 nephew 和 niece 没有侄甥之别。与之相比，汉语文化下的亲属称谓等级分明，区分极细。

2. 面对恭维时的态度差异

英汉两种文化下的人面对恭维的态度也存在很大的不同。

英语文化中的人面对别人的恭维时一般表示谢意，通常不会推辞。举例如下。

A: You can speak very good French.

B: Thank you.

A: It's a wonderful dish!

B: I am glad you like it.

而汉语文化中的人受到传统文化的影响，强调谦虚谨慎的为人处世态度，在得到别人的恭维或夸奖时往往会推辞。举例如下。

甲：您的英语讲得真好。

乙：哪里，哪里，一点也不行。

甲：菜做得很好吃。

乙：过奖，过奖，做得不好，请原谅。

3. 对待私事的差异

在对待私事问题方面，英语文化下的人通常进行回避，而汉语文化下的人则习惯与别人谈论一些"隐私"的行为。

英语文化下的人受个人本位主义的影响，其行为往往以个人主义为中心，认为个人的利益神圣不可侵犯，因而其对个人隐私也十分重视。例如，在人们的谈话中，涉及个人隐私问题的话题，如收入、年龄、婚姻、信仰等都属于禁忌，如果询问这些问题，通常都是很冒昧或失礼的。

　　汉语文化下的人则不同，他们喜欢聚居，住得往往很近，也接触得较为频繁，并且文化中团结友爱、互帮互助的集体主义观念比较浓厚。受这种环境的影响，人们习惯与别人谈论自己的喜悦和不快，也愿意了解他人的欢乐和痛苦。尤其是在我国传统习俗中，长辈或者上司询问晚辈或下属的年龄、婚姻家庭等，通常会被理解为关心，而不是窥探他人"隐私"的行为。通常情况下，上司与下属的关系很近时才会询问上述问题，而下属不会感觉是在侵犯自己的隐私，反而会感觉上司很和蔼亲切。

4. 回答提问的角度差异

　　英语文化下的人往往依据事实结果的肯定或否定用 yes 或者 no 来回答别人的问题。举例如下。

　　A: You're not a student, are you?

　　B: Yes, I am.

　　("No, I am not. ")

　　汉语文化下的人回答提问习惯于以肯定或否定对方的话来确定"对"或者"不对"。举例如下。

　　甲：我想你不到 20 岁，对吗？

　　乙：是的，我不到 20 岁。

　　（"不，我已经 30 岁了。"）

5. 接收礼物的态度差异

　　面对客人的礼物，英语文化中的人通常当着客人的面马上打开，并对这些礼物表示称赞。例如：

　　Thank you for your present.

　　Very beautiful! Wow!

　　What a wonderful gift it is!

　　汉语文化下的人则不然，其收到礼物时大多会说一些表示推托的话。例如：

　　让您破费了。

　　哎呀，还送礼物干什么？

　　真是不好意思啦。

　　此外，汉语文化下的人大多在收到客人的礼物后先把其放在一旁，待客人走后才会拆开。

（八）英汉教育文化差异

1. 教育方式差异

　　从教育方式来看，英汉民族的教育方式也存在差异，具体体现在英语文化下的"尝试式教育"和汉语文化下的"灌输式教育"。

（1）英语文化下的"尝试式教育"。

学生可以进行尝试性学习是西方教育方式的一大特点。所谓的"尝试性学习"，具体指的是先让学生尝试体验学习，通过这一过程让他们发现其中的问题，然后通过解决这些问题而逐步积累经验。随着经验的积累，学生就会逐渐有属于自己的学习成果，这时学习的自信心也会增强。

（2）汉语文化下的"灌输式教育"。

中国传统文化下的教育模式以"灌输式教育"著称。灌输式教育就是先将前人的经验告诉学生，然后学生在已有的成功经验基础上进行操作，整个学习和实践活动都是在实践的指导下完成的。但是，这种教育方式存在着很大的弊端，由于学生难以跳出前人经验的影响，造成了部分学生创造性思维的欠缺。

2. 教育内容差异

从教育内容层面来看，英语文化下的教育内容呈现出明显的"广博"特点，汉语文化下的教育内容呈现出典型的"精英"特点。

（1）英语文化下的"广博"教育。

英语文化下的教育内容更看重知识掌握的"广"和"博"，强调学生对知识的灵活运用，重视对学生创造力的培养。西方教育不是给学生灌输知识，而是对知识点做简要的讲解，点到为止，学生在完成学习任务的情况下，可以有更多的选择空间。例如，如果学生感觉在学习物理或化学上有困难，就可以选择一些更基础的课程。

（2）汉语文化下的"精英"教育。

与英语文化下的教育内容"广博"的特点恰恰相反，中国的教育是以"精英"教育著称，只有那些"精英"才能够得到继续深造的机会，而那些不能把知识学得精深的人则会被淘汰。中国教育重视基础知识的巩固，教学方式以知识灌输为主，教学的主要目的就是让学生能够熟练掌握知识。例如，学习数学时，教师最常采用的是题海战术，让学生重复练习，直到熟练掌握为止。

3. "教"与"学"差异

在"教"与"学"的关系这一层面，英汉文化也存在明显的不同，具体有如下体现。

（1）英语教育文化下的"教"与"学"。

关于西方教育的"教"与"学"问题，以美国教育为例进行介绍。美国的高等教育尊重学生的个性，而且校园文化也以实用主义观念和以自我为中心的个人主义为主。例如，美国的大学教育给学生提供了很多的自由学习空间，如采用弹性学制，学生可以自主选择学习方式，并自主调节学习和生活。

在追求平等价值观念的影响下，教师和学生之间的关系很平等，因而关系也十分紧密，课堂氛围轻松愉快。此外，学校的教学方式也多种多样，如个案讨论、辩论赛等。

（2）汉语教育文化下的"教"与"学"。

长期以来，中国的教育模式和教学方法较为单一。课堂上，教师的主要任务就是给学生灌输知识，学生的主要任务就是被动地接受教师的灌输。教学方式上仍然是传统的课堂提问和布置课后作业。由于学生只能进行机械的记忆，因此他们的认知能力和动手能力较差，这样培养出来的学生综合素质不太高。

4. 对待学生业余生活的理念差异

英汉教育文化中对待学生业余生活的理念也存在明显的差异，具体如下所述。

（1）西方教育中对待学生业余生活的理念。

在西方的学校教育中，学生的业余生活十分丰富，社团活动也很多，学生一般都会积极参加。以美国为例，美国绝大多数大学都很赞同学生组织课外活动，有的甚至会资助学生进行一些校外的团体活动，这些活动一般都是学生自己组织的，学校很少参与组织。在这种情况下，学生可以完全按照自己的兴趣和爱好组织策划，在活动中更能够体验快乐，获得技能。

（2）汉民族教育中对待学生业余生活的理念。

中国大学生的业余活动一般比较单一，即使有也是有组织、有计划的活动。这些活动要么是在教师的指导下进行，要么是社团统一组织，且都是可供学生选择参加的。由于受不同教育观念的影响，多数中国学生仍然认为学习才是自己的第一任务，所以参加这些活动的学生并不是很多，对社会生活知识和社会实践的热情度较低。

但是近些年来，文化交流频繁，有些教育观念也略有变化，一些教育资源开始被共享，我国的一些教育理念也迎合时代的发展趋势在逐步进行改革，力求与时俱进。

第二节　跨文化交际对翻译的影响

一、翻译的跨文化交际性质

（一）作为跨文化交际行为的翻译

语言交际在不同文化中都是以自身默契来编码与解码的，而中西方跨文化交际要从各种不同的视角去理解中西方社会的不同价值观、世界观和人生观，以建立跨文化的中西方共识，促进中西方文化间的沟通，追求新文化、新价值标准为中介，并使交际双方彼此都能接受，以避免不同文化之间的冲突，最终促成成功的跨文化交流。

自从产生了人类社会，特别是人类通过语言交流思想以来，跨文化交际就应运而生了，而要使这种跨文化交际能够正常运行，就需要进行翻译活动。当最初的两个使用不同语言（当然，语言包括了口头语言、文字语言和形体语言）的族群邂逅、相遇时，双方的交流离开了翻译肯定是难以进行的，所以为了有效地实现这种跨语言、跨文化的交流，翻译也就随之产生了。翻译人员和翻译活动的产生推动了跨文化交际活动的发展，由最初族群之间、民族之间的微观跨文化交际，继而发展为国家与国家、地区与地区之间，乃至全球性的宏观跨文化交际。由此可知，跨文化交际的出现催生了翻译活动，而翻译活动反过来又推动了跨文化交际的发展；没有跨文化交际的需要，就不会有翻译的产生。两者是相辅相成和相互依存的关系。从这个意义上讲，翻译即跨文化交际，翻译的历史也即跨文化交际的历史，这一观点虽然失之偏颇，但也并非毫无道理。我国有文字记载的 2000 多年的翻译史不仅仅是翻译活动的历史记录，也是汉文化与其他外国民族文化，以及我国少数民族文化之间进行跨文化交流的过程。

文化与文化之间的交流，思想与思想之间的碰撞，都离不开语言。从本质上讲，翻译是一定社会语境下发生的交际过程，是一项跨语言、跨文化的交流活动。翻译涉及两种语言，是将一种语言以最近似、最等值的形式转换成另一种语言的人类社会实践活动，也是一种把语言文字、语言知识、文化修养结合在一起的综合性艺术，这是它的跨语言性。所以，翻译是一种语言社会实践活动，既有跨文化性，又有交际性；既是一种艺术，又是一门科学。

随着时下文化研究热的兴起，从文化的角度，特别是从跨文化的角度来研究翻译也逐渐形成潮流，文化因素在翻译中的作用越来越受到重视。近年来，翻译研究中出现了两个明显的趋向：一是翻译理论被深深地打上了交际理论的烙印；二是从重视语言的转换转向更加重视文化的转换。这两种倾向的结合，就把翻译看作一种跨文化交际的行为。

（二）跨文化交际与翻译研究和实践

翻译是一种跨文化的信息交流与交换的活动，其本质是传播。随着跨文化交际学的兴起，不少学者认为翻译就是一种跨语言、跨文化的交际活动。译者仅仅掌握两种语言的语音、语法、词汇及相应的听说读写能力还不能保证译者能深入、灵活、有效和得体地表达思想，他还必须了解源语和译入语的文化。具有一定的跨文化交际能力，才能使译文达到"最近似的自然等值"或完成相类似的文化功能。

各民族文化在对社会现象的观察方面存在着文化差异，而这种文化差异正是影响跨文化交际顺利进行的主要障碍。在跨文化交际活动中，参与交际的各方不仅要十分熟悉本民族的语言与文化，而且要充分了解对方民族的语言与文化。了解他人文化的目的是懂得对方的意思，而了解本民族与其他民族文化差异的目的，是既要把自己的意思表达清楚，又不至于造成误解，甚至伤害对方。只有这样才能使交际顺利地进行下去。

文化差异往往构成了跨文化交际中必须克服的最大障碍。为了达到跨文化交际的目的，译者在必要时要做到淡化自己的文化。换言之，在必要时避免使用具有强烈民族色彩的词语和表达法，在对方语言文化中没有相同的事物或概念时，要进行解释或改写。如果一味坚持使用具有强烈民族色彩的词语与表达法，不淡化自己的文化，那么往往难以达到跨文化交流的目的。

跨文化交际研究提供确定翻译标准的依据，翻译标准强调动态性和可操作性，它以达到跨文化交际的目的为旨归。翻译是一种跨文化的交际活动，其主要任务是把一种语言的文化内涵转换到另一种语言中去，译文忠实与否取决于译者对两种语言及其所表达的文化内涵的细微差别的掌握，跨文化交际学为从跨文化视角审视特定文本所处的语境和语言特点提供了科学锁定的方法。跨文化交际的理论和研究方法，对文本、语篇生成和传播的宏观语境与微观语境、文化氛围的客观认知，对信息接收者的整体特点和具体个性的确切了解，对精确翻译文本、语篇中"符码"所蕴含的文化信息，以及对确定翻译标准的适度性、翻译技巧选用的策略性，确保翻译过程的合理性、翻译质量的优质性、翻译传播效果的实效性提供了定性或定量的依据。

综观国内的研究成果，一些学者着重探讨了西方人的思维模式、价值取向、道德规范、行为准则、社会习俗、交往方式和生活方式等；一些学者侧重于从这些方面着手对中西方的语言文化异同进行专题的或全面的对比研究；一些学者重点从语言的功能，文字的音、形、义及其文化效应的角度对汉语和英语进行了一定深度的对比；还有一些学者从社会交际、日常交往及语言基本表达方式等方面侧重对汉英两种语言的运用进行了对比；而更多的学者则从翻译学的角度出发，主要研究在英汉两种语言互译中如何运用译入语恰当、准确地传达源语的语义及其中的文化内涵的问题，侧重对翻译的基本方法与技巧的探讨。他们都提出了很有见地的观点和见解，极大地丰富和发展了跨文化交际学理论。

（三）跨文化交际与我国译者的文化态度

在当今全球化进程不断加快的背景下，跨文化交际活动和现象变得日益频繁，各种文化，特别是中西方文化之间的交流、碰撞和融合时时处处都在发生，从而越来越引起人们对跨文化交际的重视。对跨文化交际现象的研究成了当今的一个热门话题，在学界变成了一门显学。同时，跨文化交际又与翻译活动紧密相关，翻译活动和翻译人员在跨文化交际中有着举足轻重的作用和影响。因此，在各种错综复杂的跨文化交际活动中，特别是在中西方文化的交流、碰撞和融合过程中，以及由此而进行的翻译活动中，我们应保持理性的认识，绝不可自以为中华泱泱大国的文化影响力巨大，谁奈我何，对跨文化交际停留在过去陈旧的认识上。从表面上看，跨文化交际平等、友好而和谐，你来我往，相互学习；但实际上，由于经济、政治、军事、文化、科技和教育等方面的原因，这种跨文化交际往往是不可能一帆风顺、平等进行的，其中充满了矛盾、冲突和竞争，甚至渗透着强势文化和弱势文化在无声无息中争夺各自势力范围和话语权的斗争。因此，我们对跨文化交际要有清醒的认识，在翻译活动中既要有选择地译介西方文化的精华和先进的科学技术，又要坚持中国文化的优秀传统，坚持用平等的文化态度来进行跨文化交际。

在全球化背景下，世界各国、各民族之间的交往日益频繁，催生了跨文化交际研究，翻译不仅担负着促进全球经济繁荣的重任，还承载着促进各民族间文化交流，构建跨文化理解、社会和谐的使命。跨文化交际与翻译有着密切的关系。跨文化交际意识是一种翻译观、一种态度，是有效实现跨文化交际的前提；跨文化交际直面全球化文化交流的现实，关注交际对象的文化和需求。翻译是一种跨文化交际行为，跨文化交际理论和研究方法在翻译研究和实践中取得的成果最丰厚，效果也最直接。

二、文化误译

文化误译是由文化误读引起的，是指在本土文化的影响下，习惯性地按自己熟悉的文化来理解其他文化。文化误译是中国学生在英汉翻译中经常出现的问题。

例1：It was a Friday morning, the landlady was cleaning the stairs.

误译：那是一个周五的早晨，女地主正在扫楼梯。

正译：那是一个周五的早晨，女房东正在扫楼梯。

英美国家有将自己的空房间租给他人的习惯，并且会提供打扫卫生的服务。房屋的男主人被称为 landlord，房屋的女主人被称为 landlady。所以，该例中的 landlady 应译为"女房东"，而不是"女地主"。

例2："You chicken!"He cried, looking at Tom with contempt.

误译：他不屑地看着汤姆，喊道："你是个小鸡!"

正译：他不屑地看着汤姆，喊道："你是个胆小鬼!"

大多数学生会将 chicken 译为"小鸡"，但事实上，英语中的 chicken 除本义外，还可用来喻指"胆小怕事的人""胆小鬼"，故"You chicken!"的正确译文是"你是个胆小鬼!"。

例3：John can be relied on, he eats no fish and plays the games.

误译：约翰为人可靠，一向不吃鱼，常玩游戏。

正译：约翰为人可靠，既忠诚又守规矩。

该例中的 to eat no fish 与 to play the game 的字面意思为"不吃鱼，经常玩游戏"，但在这句话中显然是讲不通的。实际上，这两个短语都有其特定的含义。英国女王伊丽莎白一世规定了英国国教的教义和仪式，部分支持此举的教徒便不再遵循罗马天主教周五必定吃鱼的规定，于是"不吃鱼"（eat no fish）的教徒就被认为是"忠诚的人"。而玩游戏的时候总是需要遵守一定的规则，因此 play the game 也意味着必须守规矩（follow principles）。不了解这些文化背景，想要正确地翻译是不可能的。

可见，在英汉翻译教学中，教师应引导学生不断地扩充英语文化背景知识，要求学生在英汉翻译时根据具体语境，并结合文化背景，准确地理解原文的含义，然后选择恰当的翻译技巧进行翻译，切忌望文生义。

三、翻译空缺

翻译空缺是指任何语言间或语言内的交际都不可能完全准确、对等。英汉语言分属不同的语系，翻译的空缺现象在英汉语言交际中表现得尤为明显，给翻译的顺利进行带来了障碍。在英汉翻译教学中，教师应该提醒学生注意这一现象，英汉翻译中常见的空缺有词汇空缺和语义空缺两大类。

（一）英汉词汇空缺

尽管不同语言之间存在一定的共性，但也存在各自的特性。这些特性渗透到词汇中，就会造成不同语言之间概念表达的不对应。这和译者所处的地理位置、自然环境，以及所习惯的生活方式、社会生活等相关。

有些词汇空缺是因生活环境的不同而产生的。例如，中国是农业大国，大米是中国南方主要的粮食，所以汉语对不同生长阶段的大米有不同的称呼，如长在田里的叫"水稻"，脱粒的叫"大米"，煮熟的叫"米饭"。相反，在英美国家，不论是"水稻""大米"还是"米饭"，都叫 rice。

教师在英汉翻译教学中要特别注重词汇空缺现象的渗透，要求学生认真揣摩词汇空缺带来的文化冲突，指引其采用灵活的翻译方法化解矛盾，翻译出优秀的文章。

（二）英汉语义空缺

英汉语义空缺是指不同语言中表达同一概念的词语虽然看起来字面含义相同，但实际上却存在不同的文化内涵。以英汉语言中的色彩词为例，它们在大多数情况下都具有相同的意义，但在某些场合，表达相同颜色的英汉色彩词却被赋予了不同含义。举例如下。

Black and blue 青一块，紫一块

Brown bread 黑面包

green-eyed 眼红

红茶 black tea

红糖 brown sugar

气得脸色发青 turn purple with rage

因此，教师在日常的翻译教学中要不断引起学生对语义空缺现象的注意，遇到空缺时尽量寻求深层语义的对应，而不是词语表面的对应。

需要说明的是，语义空缺还表现在语义涵盖面的不重合，即在不同语言中，表达同一概念的词语可能因为语言发出者、语言场合等的不同而产生不同的含义。例如，英语中 flower 除了做名词表示"花朵"以外，还可以做动词表示"开花""用花装饰""旺盛"等含义，而这种用法是汉语中的"花"所没有的。相应地，汉语中的"花"做动词时常表示"花钱""花费"等含义，这也是英语中的 flower 所没有的。可见，英语中的 flower 和汉语中的"花"表达的基本语义虽然相同，但在具体使用中，二者差别极大。因此，教师应引导学生注意词语在语言交际中产生的实际语义，从而在翻译时实现语义空缺的弥合。

第三节 跨文化交际下翻译的原则与策略

一、文化翻译的原则

很多人都误认为翻译是一种纯粹的实践活动，根本不需要遵循任何原则，并提出了"译学无成规"的说法。还有不少人认为，"翻译是一门科学"有其理论原则。实际上，每一个人的翻译实践都有一些原则指导，区别在于自觉和不自觉，在于那些原则是否符合客观规律。可见，翻译原则是指翻译实践的科学依据，是一种客观存在。历史上大量的翻译实践也证明，合理地使用翻译原则指导翻译实践活动会收到事半功倍的效果。

同样，基于文化差异的翻译活动也必须遵循一定的原则。美国翻译家尤金·A. 奈达（Eugene A. Nida，以下简称"奈达"）在《语言文化与翻译》中提出，翻译中的文化因素应该受到更多的重视，他进一步发展了"功能对等"理论。当奈达把文化看作一个符号系统的时候，文化在翻译中获得了与语言相当的地位。翻译不仅是语言的，更是文化的。因为翻译是随着文化之间的交流而产生和发展的，其任务就是把一种民族的文化传播到另一种民族文化中去。因此，翻译是两种文化之间交流的桥梁。据此，有专家从跨文化的角度把翻译原则归结为"文化再现"（culture reappearance），分别指如下两个方面。

（一）再现源语文化的特色

例：贾芸对卜世仁说："巧媳妇做不出没有米的粥来，叫我怎么办呢？"（曹雪芹《红楼梦》）

译文 1：Even the cleverest housewife can't cook a meal without rice. What do you expect me to do?

译文 2：…And I don't see what I am supposed to do without any capital. Even the cleverest housewife can't make bread without flour.

该例中，"巧媳妇做不出没有米的粥"就是我们的俗语"巧妇难为无米之炊"，意思是"即使是聪明能干的人，如果做事缺少必要条件也是难以办成的"。在译文 1 中，译者保留了原作中"米"的文化概念，再现了源语的民族文化特色，符合作品的社会文化背景。在译文 2 中，"没米的粥"译成没有面粉的面包（bread without flour），译者的出发点是考虑到西方人的传统食物以面包为主，故将"米"转译成"面粉"（flour），有利于西方读者接受和理解，虽然西式面包与整个作品中表达的中国传统文化氛围不协调，在一定程度上损害了原作的民族文化特色，但译文能够传达原文的文化内涵——"即使是聪明能干的人，如果做事缺少必要条件也是难以办成的"。这样也提高了译文的可接受性，是值得提倡的。

（二）再现源语文化的信息

例：It is Friday and soon they'd go out and get drunk.

译文：星期五到了，他们马上就会出去喝得酩酊大醉。

尽管该译文看上去与原文对应，但如果读者看到后肯定会感到不知所云，为什么星期五到了人们就会出去买醉呢？很显然这句话承载着深层的文化信息：在英国，Friday 是发薪水的固定日期，所以到了这一天，人们领完工资之后就会出去大喝一场。译者在翻译时不妨将 Friday 具体化，加上其蕴含的文化信息，可把这句话译为："星期五发薪日子到了，他们马上就会出去喝得酩酊大醉。" 如此一来，Friday 一词在特定的语境中所承载的文化信息得以完整地理解和传递。

二、文化翻译的策略

在跨文化翻译过程中，干扰翻译的因素有很多，这就需要译者灵活地处理，运用恰当的翻译策略。

（一）归化策略

归化策略是指以译语文化为归宿的翻译策略。归化策略始终恪守本民族文化的语言习惯传统，回归本民族语地道的表达方式，要求译者向目的语读者靠拢，采取目的语读者所习惯的表达方式来传达原文的内容，即使用一种极其自然、流畅的本民族语表达方式来展现译语的风格、特点。归化策略的优点在于可以使译文读起来比较地道和生动。例如，as poor as a church mouse 译为"穷得如叫花子"，而不是"穷得像教堂里的耗子"。

另外，对于一些蕴含着丰富的文化特色、承载着厚重的民族文化信息和悠久文化传统的成语与典故，也可采用归化翻译策略。例如：

fish in troubled waters 浑水摸鱼

drink like a fish 牛饮

Where there is a will, there is a way. 有志者，事竟成。

Make hay while the sun shines. 趁热打铁。

There is no smoke without fire. 无风不起浪。

To seek a hare in hen's nest. 缘木求鱼。

Fools rush in where angels fear to tread. 初生牛犊不怕虎。

One boy is a boy, two boys half a boy, three boys no boy. 一个和尚挑水吃，两个和尚抬水吃，三个和尚没水吃。

当然，归化翻译策略也存在着一定的缺陷，它滤掉了原文的语言形式，只留下了原文的意思。这样，译语读者就很有可能漏掉一些有价值的东西。如果每次遇到文化因素的翻译，译者都只在译语中寻找熟悉的表达方式，那么译语读者将不会了解源语文化中那些新鲜的、不同于自己文化的东西。长此以往，不同文化间就很难相互了解和沟通。

以霍克斯（Hawkes）对《红楼梦》的翻译为例，从其译文中可以感受到故事好像发生在英语国家一样，具有很强的可读性，且促进了《红楼梦》在英语世界的传播，但其也改变了《红楼梦》里丰富的中国传统文化内涵。

（二）异化策略

异化是相对于"归化"而言的，是指在翻译时迁就外来文化的语言特点，吸纳外来语言的表达方式，要求译者向作者靠拢，采取相应于作者所使用的源语表达方式来传达原文的内容。简单地说，异化即保存原文的"原汁原味"。异化策略的优势是为译语文化注入了新鲜血液，丰富了译语的表达，也利于增长译文读者的见识，促进各国文化之间的交流。

例：As the last straw breaks the laden camel's back, this piece of underground information crushed the sinking spirits of Mr. Dobby.

译文：正如压垮负重骆驼脊梁的一根稻草，这则秘密的讯息把董贝先生低沉的情绪压到了最低点。

将原文中的习语 the last straw breaks the laden camel's back 照直译出，不但可以使汉语读者完全理解，还能了解英语中原来还有这样的表达方式。

（三）归化与异化相结合策略

作为跨文化翻译的两个重要策略，归化与异化同直译与意译一样，属于"二元对立"的关系，二者均有自己适用的范围和存在的理由。然而，没有任何一个文本只用归化策略或者异化策略就能翻译，因此只强调任意一种都是不完善的，只有将归化和异化并用，才能更好地为翻译服务。归化与异化结合策略有利于中国文化的繁荣与传播，随着中国在经济与政治上的强大和全球一体化的深入，世界文化交流日益加强，中西文化的强弱被渐渐淡化。翻译家越来越尊重源语的文化传统，采用"异化"翻译，尽可能地保留源语文化意象。

（四）文化调停策略

文化调停策略是指省去部分或全部文化因素不译，直接译出原文的深层含义。文化调停策略的优势是译文通俗易懂，可读性强。当然，文化调停策略也存在一定的缺陷，即不能保留文化意象，不利于文化的沟通和交流。

例：当他六岁时，他爹就教他识字。识字课本既不是《五经》《四书》，也不是常识国语，而是从天干、地支、五行、八卦、六十四卦名等学起，进一步便学些《百中经》《玉匣记》《增删卜易》《麻衣神相》《奇门遁甲》《阴阳宅》等书。

译文：When he was six, his father started teaching him some characters from books on the art of fortune-telling, rather than the Chinese classics.

　　该例原文中包含了十几个带有丰富的汉语文化的词汇，如《五经》《四书》，天干、地支、五行、八卦、六十四卦名，《百中经》《玉匣记》《增删卜易》《麻衣神相》《奇门遁甲》《阴阳宅》。要将它们全部译成英文是非常困难的，也是没有必要的，因为即使翻译成英文，英文读者也很难理解，所以可以考虑采用文化调停的策略，省去不译。

第二章 跨文化翻译的语言基础

第一节 英汉词汇差异

一、英汉词形变化差异

英语具有丰富的语法形态，是一种屈折语言。英语中的名词有可数名词和不可数名词之分，其中可数名词又分为单数名词和复数名词。英语动词有人称、语态、时态、语气、情态及非谓语等形式的变化。综合来说，英语中的名词、动词、形容词、副词等都有词形的变化，并且通过这些词形的变化，英语实现了其在词类、性、数、格、语态、时态上的变化，而不需要借助其他虚词。

与英语相比，汉语是"人治"的语言，其词与词的关系需要读者自己解读，是一种非屈折语言。汉语中的语法形态往往是根据上下文语境来实现的。由于汉语属于表意文字，其名词没有可数与不可数之分，也没有单复数之分；动词也没有形态变化，其谓语动词的语态、时态等往往通过词汇手段来实现，也可以不通过其他任何形式来实现。

由于英汉语言在词形变化上的不同，在翻译时必须多加注意。

例句：The girl is being a good girl the whole day.

译文：这个女孩一整天都很乖。

该例中，原句使用现在进行时态表示某段时间正在发生的动作，即说明该女孩"正、正在"的状态。但是，如果将其翻译成"这女孩一整天正在成为一个好女孩。"显然令人困惑。因此，翻译时通过语境分析，增加"都很"一词来表达原文的"一直""一向这样"的情况，这样的翻译就是根据英汉语的词形变化所做的调整。

二、英汉词义关系差异

词汇除了具有形态特征之外，还具有约定俗成的词义。对英汉两种语言中词义关系的了解，是跨文化翻译实践中的重要环节和基础，有助于译者有效理解原文的词汇，并找出译文的对应词，从而精准地翻译出来。一般来说，词义关系分为四种：完全对应、部分对应、交叉对应及不对应。当然，完全对应情况这里不再多说，重点分析后面三者。

（一）英汉部分对应

在英汉两种语言中，有些词在词义关系上呈现部分对应，即这些词的意义有广义和狭义之分。换句话说，英语中词汇范围广泛，而汉语中词义范围狭窄；或者汉语中词汇范围广泛，而英语中词义范围狭窄。例如，英语中的 uncle 一词对应"姑父""叔叔""姨夫""叔父""舅父"等；汉语中的"借"可以用 lend 与 borrow 两个词表示。再如，以汉语中"吃"为例：

吃饭 have the meal

吃苦 bear hardships

吃回扣 receive rebate

吃官司 be involved in a legal action

从上述几个例子不难看出，虽然都包含"吃"这个字，但不同搭配下的词汇所对应的英语也是不一样的。

另外，英汉中有些词汇的指称意义是对应的，但是其蕴含意义却不同，这也是一种部分对应的情况。例如，英语中的 west wind 从自然现象角度来考虑，其与汉语中的"西风"是对应的；但从地理环境的角度，由于地域的差异性，英语中的 west wind 与汉语中的东风是对应的，都表达和煦、温暖之意。

（二）英汉交叉对应

英汉语言中都存在一词多义现象。但有时候，一个英语词的词义可能与几个汉语词的词义对应，或者一个汉语的词义可能与几个英语词的词义对应。这就是英汉语词义的交叉对应。以下图为例进行说明。

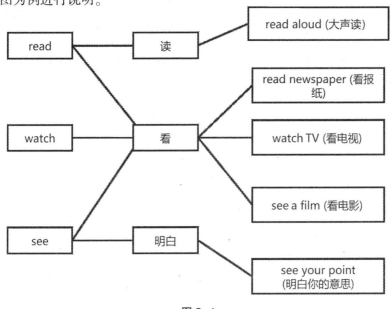

图 2-1

通过上图不难看出，read、watch、see 与"读""看""明白"呈现交叉对应的情况。当然，这些词的具体意义往往需要联系上下文语境才能确定，因此在翻译时应学会根据上下文语境来判断，选出合适的词汇。

（三）英汉不对应

受文化差异的影响，英汉语种很多词带有浓厚的风土习俗、社会文化色彩，因此在对方语言中很难找到对应的词汇，这就是英汉词汇的不对应现象，又称为"词汇空缺"。例如：

hamburger 汉堡包

chocolate 巧克力

hippie 嬉皮士

bingo game 宾果游戏

hot dog 热狗

bikini 比基尼

糖葫芦 Tanghulu

风水 Fengshui

气功 Qigong

阴阳 Yinyang

三伏 the three periods of the hot season

三、英汉文化内涵差异

各个社会有其独特的文化，文化包罗万象，在社会的各个层面都有所渗透。语言也属于一种特殊的文化，是文化的写照和载体。由于词汇是构成语言的基础，因此各民族文化的特性往往在词汇层面上有所体现。而词汇的文化内涵差异主要体现在词义层面。之前已经重点论述了三种词义关系，下面就深层次分析其蕴含的文化意义，即情感意义、联想意义、象征意义。

（一）英汉情感意义差异

英汉两种语言有些字面意义相同，但其情感意义不同，即褒贬存在差异。例如，dog 这一动物在英语国家的人眼中是忠实的朋友、可爱的动物，因此与 dog 相关的词汇都含有褒义色彩，如 to work like a dog（忘我地工作）、a lucky dog（幸运儿）等。相比之下，汉语中的"狗"一词给中国人带来的情感意义要贬义多于褒义，如"走狗""狗仗人势"等词汇，往往都带有侮辱性的文化内涵。

再如，英语中的 peasant 一词从历史上看带有明显的贬义色彩，代表社会低下、缺乏教养等一类的人；而汉语中的"农民"虽与之字面意义相同，但是其情感意义却大相径庭，汉语中的"农民"指的是那些从事农业生产的劳动者，是最美的人，在情感上富有褒义色彩。因此，在翻译时将"农民"翻译成 farmer 更合适 。

（二）英汉联想意义差异

英汉语言中有大量比喻性词汇，如成语、典故、颜色词、植物词等，这些词具有生动、鲜明的联想意义及民族文化特色，在一定程度上是不同民族思维方式和习惯的反映。虽然很多词汇的本体可以对应，但存在明显的文化内涵差异，即具有不同的联想意义或缺少相对应的联想意义。例如：

beard the lion 虎口拔牙

as timid as a rabbit 胆小如鼠

black sheep 害群之马

drink like a fish 牛饮

（三）英汉象征意义差异

受英汉各自民族文化的影响，英汉很多词汇也呈现不同的象征意义，尤其是颜色词、数字词与动植物词等。也就是说，在不同语言中，同一概念可能被赋予了不同的象征意义。例如，red 与"红"虽然都可以象征喜庆、热烈等，但英语中的 red 有时象征脾气暴躁，如 see red，而这在汉语中是不存在的。再如，数字 six 在英语中往往是忌惮的，因为"666"在西方文献记载中是魔鬼与野兽的象征和标记。但是，汉语中的"6"则可以与"顺"产生联系，代表顺利、吉祥。可见，二者的象征意义不同。

四、英汉构词方式差异

词是语言的基本单位，但不是最小的单位，其可以划分成一些更小的成分。对构词方式进行研究主要侧重于词的内部结构，从而找出组成词的各个元素的关系。在构词方式上，英汉语言存在着一些差异之处。

（一）英汉复合法差异

所谓复合法，是指将两个或者两个以上的字（词）按一定次序排列构词的方法。英语中复合法的词序排列一般会受词的形态变化影响，且会使用后面一个词来体现整个复合词的词性。

由复合法构成的英语词汇较多，可以由两个分离的词构成，也可以由两个或多个自由词素构成。常见的书写形式可以是连写，如 silkworm（蚕）等，可以是分写，如 tear gas（催泪弹）等，也可以用连字符连接的形式，如 honey-bee（蜜蜂）等。与汉语复合词相比，英语复合词更强调词的形态，即复合词中的每个构词成分都必须是自由的，可以独立成词。例如，stay-at-home（留守者）可拆成三个独立的成分：stay、at、home。

英语中以分写形式存在的复合词也很容易与短语混淆，因为它们在形态上难以区分。

例如，复合词 flower pot（花盆）、easy chair（安乐椅）与短语 brick house（砖房）、good friend（好朋友）等。辨别这种类型的复合词与短语，一般情况下可依照以下三个标准。

首先，区别重音。分写形式的复合词的重音一般在前，如 hot line（热线）。而短语的重音一般在后，如 good friend。

其次，区别意义。大多数分写形式复合词的意义不是简单的字面意义的相加。例如，green hand 的意思为"新手"，而不是"绿色的手"。

最后，区别内部形式。分写形式的复合词在语法上是一个最小的句法单位，内部形式不能随意更改。例如，不能将 hot line 变为 hottest line 的形式。

总体来说，英语复合词的构词格式要多于汉语。以名词为例，目前所搜集到的英语复合名词的构词格式有 19 种，而汉语有 12 种。

表 2-1　汉语复合名词与英语复合名词结构格式对照表

汉语复合名词		英语复合名词	
n. +n.	模范	n. +n.	killer shark（食肉鲨）
v. +n.	出入	v. +v.	look-see（视察）
a. +a.	贵贱	a. +a.	bittersweet（苦甜相间的东西）
n. +a.	海啸	n. +v.	sunrise（日出）
n. +a.	父老	n. +a.	shoeblack（擦鞋匠）
v. +n.	结局	v. +n.	pushbutton（按钮）
v. +a.	动静	v. +a.	standstill（搁浅）
a. +n.	温泉	a. +v.	highland（高原）
a. +v.	冷战	a. +u.	short fall（赤字）
m. +n.	个性	n. +v. -ing	sleepwalking（梦游）
m. +m.	尺寸	v. -ing+n.	chewing-gum（口香糖）
n. +m.	书本	adv. +v.	Outbreak（爆发）
		n. +v. -er	crime reporter（犯罪报道记者）
		v. +adv.	have-not（穷人）
		v. -ing+adv.	going-over（彻底审查）
		adv. +v. -ing	upbringing（养育）
		pron. +n.	he-goat（公山羊）
		v. -er+adv.	looker-on（旁观者）
		n. +prep. +n.	mother-in-law（岳母）

由表 2-1 可以看出，英语复合词的内部形式也包含主谓结构、动宾结构、偏正结构、并列结构等，但是这些结构中所包含的形式却比汉语复合词复杂。

主谓结构：

n. +v.：toothache（牙疼）、heartbeat（心跳）

v. +n.：telltale（告密者）、glowworm（萤火虫）

v. -ing+n.：wading bird（涉水鸟）、washing machine（洗衣机）

动宾结构：

v. +n.：knitwear（针织品）、pushbutton（按钮）

n. +v.：handshake（握手）、bookreview（书评）

n. +v. -ing：story-telling（讲故事）、sightseeing（观光）

v. -ing+n.：chewing-gum（口香糖）、drinking-water（饮水）

偏正结构：

n. +v.：gunfight（炮战）、telephone call（电话）

n. +n.：water snake（水蛇）、goldfish（金鱼）

v. +v.：helpmeet（伴侣）、make-believe（假装）

a. +a.：darkgreen（深绿色的）

a. +n.：open-air（户外的）

并列结构：

n. +n.：girlfriend（女朋友）

a. +a.：bittersweet（苦甜相间的东西）

v. +v.：hearsay（道听途说）

n. -and-n.：milk-and-water（无味的）

v. -and-v.：hit-and-run（肇事逃逸的）

同样，复合法在汉语词汇构成中也占有很大的比重，如"子孙""石板"等。《现代汉语词典》中对"复合词"的解释是由两个或两个以上词根合成的词。此外，还有学者认为此解释不够全面，需加上"由实语素构成"的条件，也就是说汉语中的复合词必须含有两个或两个以上的词根，同时语素要含有实义。

实际上，汉语中复合词的认定是有一定困难的，其与派生词、短语的区分标准与界限都不是十分明确。

关于复合词与派生词的区别，二者的不同点在词根上。复合词全部由词根构成，而派生词中含有词缀。这里的问题是，汉语中的词缀本身就是意义虚化的结果，因此无法明确地判断其是不是词缀，为此提出了"定位性"与"能够性"的标准。

针对复合词与短语的区别，提出了一些鉴定复合词的标准：①轻、重音的位置。复合词的重音在最后一个音节上，如"博士"。②词汇的构成成分是粘着的，还是自由的。构成成分粘着的是复合词，反之是短语。③意义是综合的还是词汇的。意义是综合的为短语，意义是词汇的为复合词，如"大衣（不是指衣服的大小）、半瓶醋（不是指装了半瓶子的醋）"等。

总体来说，汉语复合词的构成主要是受逻辑因果关系和句法结构关系的制约，主要存在"主语+谓语""限定词+被限定词""修饰语+被修饰语""动词+补语""动词+宾语"等几种形式。举例如下。

因果关系：冲淡、打倒

时间顺序：早晚、古今、开关

主谓结构：头痛、事变、私营、笔误、国有

动宾结构：唱歌、将军、跳舞、通信、施政

偏正结构：滚烫、奖状、手表、敬意、雪白

并列结构：笔墨、大小、得失、尺寸、医药

（二）英汉缩略法差异

所谓缩略法，顾名思义就是对字（词）进行缩略和简化。英语词汇中的缩略法较为复杂。英语中的缩略词按照构词方式一般可分为四种类型，分别是节略式、字母缩合式、混合式与数字概括式。

1. 节略式

所谓节略式，就是截取全词中的一部分，省略另一部分的形式。节略式缩略词有四种。

去头取尾：

aerodrome→drome （航空站）

helicopter→copter （直升机）

earthquake→quake （地震）

telephone→phone （电话）

取头去尾：

executive→exec （执行官）

September→Sept （九月）

zoological garden→zoo （公园）

gentleman→gent （绅士）

stereophonic→stereo （音响）

public house→pub （英式英语中的"酒吧"）

memorandum→memo （备忘录）

去头尾取中间：

refrigerator→fridge （冰箱）

prescription→scrip （处方）

influenza→flu （流感）

detective→tec（侦探）

取头尾去中间：

employed→empd（被雇佣的）

department→Dept（部门）

2. 字母缩合式

字母缩合式是提取一个短语或名称中的首字母或其中的某些字母进行缩合而形成的节略词。根据不同的发音特点，字母缩合式节略词也可以分为字母词、拼缀词与嫁接词三类。其中，字母词是按照字母的读音，拼缀词按照常规发音。有时，为了读音的方便，选取短语或名称中主要成分的首字母而忽略非主要成分。也有一些词在缩合时，为了顺应发音，从个别成分中提取两个字母。嫁接词的读音是字母加拼读，这种形式是将短语或名称的第一个成分的首字母与第二个成分的全部缩合而成的。

字母词：

unidentified flying object→UFO（不明飞行物）

Voice of America→VOA（美国之声）

very important person→VIP（贵宾）

post card→p. c.（明信片）

tuberculosis→TB（结核病）

kilogram→kg（公斤）

market→mkt（市场）

television→TV（电视）

General Headquarters→GHQ（司令部）

foot→ft（英尺）

拼缀词：

beginner's all-purpose symbolic instruction code→BASIC（BASIC 语言）

teaching English as a foreign language→TEFL（英语外语教学）

lightwave amplification by stimulated emission of radiation→laser（激光）

Organization of Petroleum Exporting Countries→PEC（石油输出国组织）

radio detecting and ranging→radar（雷达）

sound navigation and ranging→sonar（声呐）

嫁接词：

Defense Notice→D-Notice（防务公告）

nuclear bomb→N-bomb（核弹）

government man→G-man（联邦政府警察）

3. 混合式

英语中的混合式缩略词有两种形式，一种是选取短语或名称的两个成分 A、B 的部分

33

缩合成新词，另一种是成分 A 或 B 的部分加上另一种成分 A 或 B 的全部缩合而成。混合式缩略词按普通词拼读。

A 头+B 尾：

fruit+juice→fruice（果汁）

chocolate+alcoholic→chocoholic（巧克力迷）

A 头+B 头：

situation+comedy→sitcom（情景喜剧）

communication+satellite→comsat（通信卫星）

teleprinter+fexchange→telex（电传）

A+B 尾：

work+welfare→workfare（劳动福利）

tour+automobile→tourmobile（游览车）

lunar+astronaut→lunarnaut（登月宇航员）

A 头+B：

Telephone+quiz→telequiz（电话测试）

Europe+Asia→Eurasia（欧亚地区）

automobile+camp→autocamp（汽车野营）

4. 数字概括式

英语中数字概括式的缩略词与汉语相似，也可以分为两种类型。

其一，提取并列成分中相同的首字母或对应字母，并用一个数字进行概括，置于词前。例如：

copper、cotton、corn→the three C's（三大产物：铜、棉花、玉米）

peace、petroleum、Palestine→the three P's（中东三大问题：和平、石油、巴勒斯坦）

reading、writing、arithmetic→the three R's（三大基本功：读、写、算）

其二，用一个有代表性的词概括出词汇所代表的事物的性质或特征，并前置一个表示数量的数字。例如：

earth、wind、water、fire→four elements（四大要素：土、风、水、火）

death、trial、heaven、hell→four last things（最后四件事：死亡、审判、天国、地狱）

sight、hearing、touch、smell、taste→five senses（五官感觉：视、听、触、嗅、味）

通过上述分类可以看出，汉语缩略词的读音与原词的形式关系十分密切，其读音是按照原词的读音。而英语缩略词中有很多字母组合词是按照字母发音的，与原词的发音大相径庭。此外，与汉语缩略词相比，英语缩略词的数量更多。

汉语中的缩略词按照构成方式可分为四种：选取式、截取式、数字概括式和提取公因式。

第一，选取式。选取式是将词汇中有代表性的字选取出来。

其一，选取每个词的首字。例如：

科学研究→科研

政治委员→政委

文学艺术→文艺

劳动模范→劳模

其二，选取第一个词的首字和第二个词的尾字。例如：

扫除文盲→扫盲

整顿作风→整风

其三，选取每个词的首字和全称的尾字。例如：

安全理事会→安理会

执行委员会→执委会

文艺工作团→文工团

少年先锋队→少先队

其四，选取全称中最有代表性的两个字。例如：

中国人民政治协商会议→政协

北京电影制片厂→北影

其五，在一些并列全称中选取每个词的首字。例如：

亚洲、非洲、拉丁美洲→亚非拉

第二，截取式。截取式是用名称中一个有代表性的词代替原有的名称。

其一，截取首词。例如：

广西壮族自治区→广西

新疆维吾尔自治区→新疆

同济大学→同济

南开大学→南开

其二，截取尾词。例如：

万里长城→长城

中国人民志愿军→志愿军

第三，数字概括式。

其一，提取词汇中的相同部分，并用一个数字进行概括，且置于词首。例如：

湖南、湖北→两湖

工业现代化、农业现代化、国防现代化、科学技术现代化→四化

会听、会说、会读、会写→四会

其二，用一个有代表性的字或词概括出词汇所代表的事物的性质或特征，并前置一个表示数量的数字。例如：

两眼、两耳、两鼻孔、口→七窍

心、肝、脾、肺、肾→五脏

春、夏、秋、冬→四季

伏羲、燧人、神农→三皇

黄帝、颛顼、帝喾、尧、舜→五帝

《大学》《中庸》《论语》《孟子》→四书

《诗经》《尚书》《礼记》《周易》《春秋》→五经

第四，提取公因式。提取词汇中相同的部分进行合并。例如：

进口、出口→进出口

中学、小学→中小学

指挥员、战斗员→指战员

工业、农业→工农业

优点、缺点→优缺点

（三）英汉词缀法差异

所谓词缀法，是指在词根的基础上添加词来构词的方法。英汉语言中都有词缀构词法。

英语中有非常丰富的词缀，加缀法也是英语词汇主要的构成方式之一。以核心词根为基础，通过添加不同的词缀，可以形成众多新词。

与汉语不同，英语中的词缀没有独立的形式，不能单独使用，必须依附在词根或词干上才能构成词汇，且前缀和后缀的位置也很固定，前缀不能后置，后缀也不能前置。

词缀中有许多已成为单词不可分割的一部分，在研究词缀时，很少将它们独立分离出来进行分析。例如，前缀 ac-（变体 al-、at-、ad- 等）可构成 allot（分配）、attend（出席）、admit（承认）等。在分析英语词汇中的加缀法时，通常是研究在这些词的基础上加词缀构词的情况，如 allotment、attendance、readmit 等。

1. 前缀

英语前缀的特点是词汇意义较明显，主要作用是改变词义。因此，按照意义进行划分可以分为九大类。

表否定：in-（变体 ir-、il-、im-）、non-、dis-、un-、a-。

表贬义：mis-、mal-、pseudo-。

表方向态度：contra-、pro-、anti-、counter-。

表时间：fore-、pre-、ex-、post-、re-。

表反向或缺失：dis-、de-、un-。

表程度：co-、hyper-、micro-、out-、sub-、sur-、under-、arch-、extra-、macro-、mini-、over-、super-、ultra-。

表方位：fore-、intra-、tele-、extra-、inter-、super-、trans-。

表数：di-、semi-、hemi-、uni-、bi-、multi-、demi-、tri-、mono-。

其他：neo-、proto-、auto-、pan-、vice-。

还有一类前缀能够改变词性，这类前缀的数量随着英语的发展在不断增加，传统的说法中只有3个：be-、a-、en-。在当代的研究中又发现了许多，如un-（unearth）、inter-（interlibrary）、pro-（pro-conservation）等。

2. 后缀

英语后缀的主要作用是改变词根的词性。根据这一特征，可以将后缀分为四大类。

名词性后缀：

加在名词后表"人"或"物"：-er、-ette、-ster、-eer、-ess、-let。

加在动词后表"人"或"物"：-ee、-er、-ant、-ent。

加在名词后表"性质"或"状态"：-dom、-ful、-ing、-ship、-age、-ery（-ry）、-hood、-ism。

加在动词后表"性质"或"状态"：-al、-ance、-ence、-ment、-age、-ation、-ing。

加在形容词后表"性质"或"状态"：-ness、-ity。

加在名词后表"民族、人"或"信仰、语言"：-an、-ite、-ese、-ist。

形容词性后缀：

加在名词后：-ful、-less、-ly、-al（-ical，-ial）、-ic、-ed、-ish、-like、-y、-esque、-ous（-ious、-eous、-uous）。

加在动词后：-ative（-sive、-ive）、-able（-ible）。

动词性后缀：

加在名词和形容词后：-en、-ize（-ise）、-ate、-ify。

副词性后缀：

加在名词后：-wise。

加在形容词后：-ly。

加在名词或形容词后：-ward（-wards）。

在上述分类中，尽管同一类型的后缀都可以加在名词、动词或形容词后，但不同的词干对应的后缀是相对固定的。例如，-eer和-er都可加在名词后表示"人"，但是诸如auctioneer（拍卖者）只能使用-eer，Londoner（伦敦人）只能使用-er，二者是不能互换的。

此外，有些后缀加在同一词干后能够表示相同的意思，但是词化的程度不同。有学者认为，-ice、-cy、-ity 与-ness 相比，词化程度更高。例如：

justice→justness

sensibility→sensibleness

normalness→normality→normalcy

通过对比可以发现，汉语词缀与英语词缀之间并没有一一对应的关系，有些汉语词缀在英语中无法找到对应形式，只能以单词的形式体现。例如：

阿姨 auntie

阿婆 granny

阿爹 dad

桌子 table

杯子 glass

鼻子 nose

有些汉语词缀可以同时对应多个英语词缀。例如：

不-：un-、im-、dis-、ir-、non-。

超-：sur-、super-、ultra-、over-。

与英语类似，汉语中也有词缀构词法，并且其意义与英语也较为类似，即表示在具有意义的词根的基础上增加意义的词缀。一般地，汉语中的词缀构词也包含前缀构词与后缀构词。例如：

阿+哥=阿哥

老+先生=老先生

桌+子=桌子

哥+们=哥们

需要指出的是，从汉语层面说这些词缀可有可无，但是添加上会使得话语更加圆滑。

第二节 英汉句法差异

句子是比词语更高一级的语法单位，是根据一定的组成规律，由若干个词或者词组构成的、能够独立表达完整意义的单位。在句子层面上，英汉两种语言体现了不同的特点，如下所述。

一、英语形合与汉语意合

英语形合和汉语意合是英汉两种语言最重要的句法差异。对于形合与意合，可以从狭义与广义层面上来分析。

所谓形合，从广义上说指的是句子的形态组合，是借助一定的形式来构建完整句法，如语法范围标记、词组标记等；从狭义上说指的是词汇运用的手段，是借助一些连接词来构建句子，形成语法意义与逻辑意义的形式。

所谓意合，从广义上指的是不运用任何外在形式或者词语的形态来构建句子的意义，其注重的是句子内在的逻辑含义与表达；从狭义上说指的是句子之间的逻辑关系及上下语句间的含义，且通过句子间的含义来构建完整意义的形式。

简单来说，就是形合侧重于语法结构和语法功能，而意合侧重于句子的内在含义。由于英语和汉语属于不同语系，这也决定了两种语言的行文和句式结构明显不同，即英语侧重形合，而汉语侧重意合。举例如下。

I'm glad you showed up when you did.

你来得正是时候。

I go to call a taxi for you after having breakfast.

我吃完早饭去给你叫出租车。

从上述两组例句中可以看出，英语中都存在连接词，使句子更加严谨，保证了每个成分间的相互关系，如果没有连接词，那么整个句子很难让人理解；而汉语中只要意思是贯穿的，不使用连接词也可以叙述清晰，体现了汉语的洒脱。

二、英汉基本句子结构差异

英汉句子的构成方式存在差异性，其句子结构也有明显不同。如果将英语句子比喻成一棵大树，那么汉语句子常被比喻为一根竹子，这一比喻主要有如下原因。

英语凸显主语，句子往往会受形式逻辑的制约，采用"主语—谓语"结构，并且主语与谓语之间有着紧密联系，也构成了英语常见的主谓句。通常，英语语言中会运用各种连接词将具有限定、修饰、补充、并列等作用的短语或者从句置于句子主干上，导致英语句子多为树形结构。举例如下。

This is the cat that killed the rat that ate the malt that lay in the house that Jack built.

那只偷吃杰克房子里麦芽的老鼠，被这只猫捕杀了。

上例英语原文有明显的主谓结构，其中主谓句是"This is the cat."然后由后面that引导的从句附于这一主干上，对主干进行修饰和限定。

与英语相比，汉语凸显主题，句子往往受阴阳逻辑的制约，采用"主题—述题"结构。其中，主题一般是已知的信息，指的是说明的对象；而述题是未知的信息，是对上述主题的描写、叙述、解释、评议等。一般来说，汉语的主谓宾结构排列比较松散，往往依靠句子成分间的隐形逻辑来贯穿，从而表达完整意义，就像一个个小竹节，这也造就汉语句子多为竹形结构。例如：爱子心切，母亲背着小儿子、拖着大儿子，在冷雨中徒步行走了40公里的冰路。

上述汉语例句并没有使用"由于""因为"等连接词语，但是根据短句间的逻辑关系，可以完全读懂其存在的因果关系，且句子中使用"背""拖""行走"等多个动词直接连接即可，不需要任何其他连词。

三、英汉句子重心位置差异

所谓句子重心，指的是传达主要信息、新信息的语言成分，往往在句中是阐明主语或主语行为的信息。一般来说，英汉两种句子的重心往往会落在结果、事实、假设上。但是，由于英汉思维方式的差异，其句子重心的位置也存在明显的差异，即英语句子多重心在前，汉语句子多重心在后。

英语民族为直线形的思维方式，倾向于开门见山，即直接传达思想、表达情感和态度。因此，在叙事上英语句子呈现如下特点：①英语民族的人往往将重点信息置于次要信息之前，先说事件本身，再介绍事件发生的原因、背景等。②英语句子中既包含叙事部分，又包含表态部分时，往往将表态部分置于叙事部分之前，即表态部分更为重要。③在表达逻辑思维时，英语句子往往将结论、判断置于句子之前，而将条件、事实、前提置于之后。

例如：

It was a great disappointment when I had to postpone the visit which I had intended to pay to China in January.

It is so good that you are so considerate.

The sports meeting are cancelled because of the rain.

不难发现，上述三个例子中"It was a great disappointment."" It is so good." "The sports meeting are cancelled."是整个句子的主要信息，置于整个句子之前，而后用 when、that、because of 这三个关联词连接，保证了句子的连贯性。

与英语的直线形思维相比，汉语是螺旋形思维，倾向于婉转叙述，即将重要信息、关键信息置于最后。在叙述上，先说事件产生的背景、原因，然后再介绍事件本身。如果句子中包含叙述部分和表态部分，也会将叙述部分置于句子之前。在表达逻辑思维时，将条件、事实、前提等置于句子之前。仍旧以上述三个英语例子为例，汉语中会进行如下表达。

我原来打算 1 月份访问中国，后来不得不推迟，这令我深感失望。

你如此体贴，真好！

下雨了，运动会被取消了。

很明显，汉语中先叙事后表态，先原因后结果，符合汉语的表达习惯，也是顺理成章的、自然的表达。

四、英汉句内成分语序差异

受英汉思维方式和民族文化的影响，英汉句内成分的语序也存在差异性。由于英语民族一直推崇个体思维，因此英语民族一般是"主语+行为+行为客体+行为标志"的思维方式；而汉语民族主要是群体思维，侧重"主体+行为标志+行为+行为客体"的思维方式。这体现在语言上就是前者更倾向于分析，而后者倾向于综合。在成分语序上，定语位置与状语位置体现的差异性更为明显，下面对这两点加以论述。

（一）英汉定语位置差异

在英语中，定语位置是非常灵活的。如果某一单词在句中充当定语成分，其往往会将这一单词置于名词之前；如果短语或从句来充当定语成分，其往往会将短语或从句置于名词之后。与英语定语位置相比，汉语的定语位置较为固定，一般位于修饰词之前，而位于修饰词之后的情况是非常少见的。举例如下。

clear sky（前置）

清澈的天空（前置）

sly fox（前置）

狡猾的狐狸（前置）

Some of the topics they made are worth talking.（后置）

他们提出的一些话题值得讨论。（前置）

Lily is the only girl awake.（后置）

莉莉是唯一醒来的孩子。（前置）

（二）英汉状语位置差异

在英语中，状语位置较为复杂，由单词构成的状语一般位于句首，置于谓语动词之前；有时位于句中，置于谓语动词与助动词之间；也可能会位于句末。如果状语的位置较长，其一般不放在句中的位置。②在汉语中，状语位置较为固定，位于主语之后，谓语动词之前。当然，个别时候，汉语中的状语为了起强调作用，也可位于句首或句尾，但是这一情况不多。举例如下。

He checked up all the truths with great patience.（句尾）

他以极大的耐心查明了所有真相。（句中）

We participated in class actively.（句尾）

我们积极地参加课堂活动。（句中）

They went out in spite of the heavy snow.（句尾）

尽管下着暴雪，他们还是出去了。（句首，但为了强调）

另外，还存在一些包含时间、方式、地点等内容的状语，这些状语的排列顺序问题在英汉句子中的差异性也非常明显。英语的习惯语序是先说方式，其次是地点，最后是时间；而汉语的习惯语序是先说事件，其次说地点，最后说方式。并且，如果某一句子中包含两个及以上的时间、地点时，英语往往会按照由小到大的顺序，而汉语则由大到小。

例如：

The meeting will be held at about ten o'clock this Thursday.

这次会议将在本周四上午十点召开。

Please send the sample to 120 Zhongshan Road, Wuhan City, Hubei Province, China.

请把样品送到中国湖北省武汉市中山路 120 号。

第三节　英汉语篇差异

在英汉语言中，语篇是实际运用的语言单位，是人们交流过程中一系列的段落、句子组合成的语言整体。并且，语篇的功能与意义往往是根据一定的组织结构来确定的。在语篇层面，英汉语言也存在一些明显的不同，对语篇层面不同点进行分析，有助于译者更好地谋篇布局。

一、英汉语篇衔接手段差异

英语语篇强调结构的完整性，句子多有形态变化，并借助丰富的衔接手段，使句子成分之间、句与句之间，甚至是段落与段落之间的时间和空间逻辑框架趋于严密。形合手段的使用会直接导致语义的表达和连贯。因此，英语语篇多呈现为"葡萄型"，即主干结构较短，外围或扩展成分可构成叠床架屋式的繁杂句式。

此外，英语语篇中句子的主干或主谓结构是描述的焦点，主句中核心的谓语动词是信息的焦点，其他动词依次降级。具体来说，英语中的衔接手段主要包括两种：①形态变化。形态变化是指词语本身所发生的词形变化，包括构形变化和构词变化。构形变化既包括词语在构句时发生的性、数、格、时态、语态等的形态变化，也包括非谓语动词等的种种形态变化；构词变化与词语的派生有关。②形式词。形式词用于表示词、句、段落、语篇间的逻辑关系，主要是各种连接词、冠词、介词、副词和某些代词等。连接词既包括用来引导从句的关系代词、关系副词、连接副词、连接代词等，又包括一些并列连词，如and、but、or、both…and、either…or、not only…but also 等。此外，还有一些具有连接功能的词，如 as well as、rather than、for、so that 等。

与英语语篇相比，汉语语篇表达流畅、节奏均匀，以词汇为手段进行的衔接较少，过多的衔接手段会使行文不流畅，影响语篇意义的连贯性。汉语有独特的行文和表意规则，总体上更注重以意合手段来表达时空和语义上的逻辑关系，因此汉语中多为流水句、词组或小句堆叠的结构。汉语语篇的行文规则灵活，呈现为"竹节型"，句子以平面展开，按照自然的时间关系进行构句，断句频繁，且句式较短。

汉语并列结构中往往会省略并列连词，如"东西南北""中美关系"等。此外，汉语语篇句子之间的从属关系常常是隐性的，没有英语中的关系代词、关系副词、连接副词、连接代词等。

总体来说，英语和汉语在词汇衔接手段上大致相同，但是在语法衔接上却有很多不同之处。因此，这里主要对英汉语法衔接手段进行对比：①照应。当英语语篇需要对某个词语进行阐释时，如果很难从其本身入手，却可以从该词语所指找到答案，就可以说这个语篇中形成了一个照应关系。由此可见，照应从本质上看是一种语义关系。照应关系在汉语语篇中也是大量存在的。需要注意的是，汉语中没有关系代词，而关系代词，尤其是人称代词在英语中的使用频率要远高于汉语。因此，汉语语篇的人称代词在英语中常用关系代词来表示。②连接。除照应与省略之外，英汉语篇的另一个重要衔接手段就是连接。一般来说，连接关系通常是借助连接词或副词、词组等实现的，且连接成分的含义通常都较为明确。连接不仅有利于读者通过上下文来预测语义，还可以更快速、更准确地理解句子之间的语义联系。英汉语篇在连接方面的差异主要表现在以下两点：其一，英语连接词具有显性特征，汉语连接词具有隐性特征；其二，英语的平行结构常用连接词来连接，而汉语中的衔接关系通常通过对偶、排比等来实现。③省略。将语言结构中的某个不必要的部分省去不提的现象就是省略。由于英语的语法结构比较严格，省略作为一种形态或形式上的标记并不会引起歧义，因此省略在英语中的使用远高于汉语。举例如下。

每个人都对他所属的社会负有责任，通过社会对人类负有责任。

Everybody has a responsibility to the society of which he is a part and through this to mankind.

需要注意的是，在省略成分方面，英汉语篇也存在明显区别。具体来说，英语中的主语通常不予省略，而汉语语篇中的主语在出现一次后，后续出现的均可省略，这是因为与英语主语相比，汉语主语的承接力、控制力都更强。

二、英汉语篇段落结构差异

英汉语篇的区别不仅体现在语言符号上，还体现在组词造句上。任何一种语言，其词语组合、意义连贯方式都具有独特性，这也造就了英汉语篇段落结构的差异。具体来说，英语呈直线形结构，而汉语呈螺旋形结构。

英语的段落结构呈直线形，即在开篇先将中心意思呈现，进而分点逐个进行说明。开篇点题有助于让读者很快把握中心与主题，而分点是对这一主题进行一步步展开。这一结构模式体现了英语语篇的结构特点，同时也体现了英语语篇的连贯性。为了展开主题，语篇中的每个句子都是从前面主题句中延伸出来的，呈现动态性的特征，也契合读者的思维模式。综合来说，英语的直线形结构可以总结为从总到分、从整体到个体、从概括到具体等。举例如下。

①Soccer is a difficult sport. ②A player must be able to run steadily without rest. ③Sometimes a player must hit the ball with his or her head. ④Players must be willing to bang into and be banged into by others. ⑤They must put up with aching feet and sore muscles.

上述段落总共包含五句话。其中，句①是本段的主题句，而句②至句⑤是对句①的展开论述，也是对句①的句体说明，体现了从概括到具体的思维模式，是典型的直线形结构。

汉语的段落结构呈螺旋形。一般来说，螺旋形的结构往往具有反复性的特点，也是以发展的形式呈现。在具体的语篇中，作者往往使用分点对主题加以展开。但是，作者有时也会在说明之后返回来具体对其中的某一点或者某几点进行阐述，这点是英汉语篇的明显差异，甚至会让西方读者理解成是没有逻辑和条理的。但是，在中国人眼中，这就是螺旋形结构，与中国人的思维模式相契合。举例如下。

《乡愁》

小时候

乡愁/是一枚/小小的/邮票

我/在这头

母亲/在那头

长大后

乡愁/是一张/窄窄的/船票

我/在这头

新娘/在那头

后来啊

乡愁/是一方/矮矮的/坟墓

我/在外头

母亲/在里头

而现在

乡愁/是一湾/浅浅的/海峡

我/在这头

大陆/在那头

这是余光中先生的《乡愁》，这首诗是典型的螺旋形结构，采用了"开始—反复—发展"的格局，从小时候到长大后，到后来，再到现在这一系列的过程，由表及里地对"乡愁"这一主题展开叙述。

三、英汉语篇组织模式差异

语篇段落的组织模式实际上说的是段落的框架，即以段落的内容与形式为基点，对段落进行划分的方法。语篇段落组织模式是对语言交际的一种限制，对于语篇的翻译而言至关重要。对于英汉两种语篇，其段落组织模式存在相似的地方，即都使用主张—反主张模式、叙事模式、匹配比较模式等，但是二者也存在差异。

英语语篇的段落组织模式主要包含五种，除了主张—反主张模式、叙事模式、匹配比较模式，还包含概括—具体模式与问题—解决模式，这两大模式与汉语语篇组织模式不同，因此这里重点探讨这两大模式。

（一）概括—具体模式

该模式是英语中最具有代表性的常见模式，又被称为"一般—特殊模式"。这一模式在文学著作、社会科学、自然科学语篇中是较为常见的。著名学者麦卡锡（McCarthy）将这一模式的宏观结构划分为如下两种。

第一种：概括与陈述→具体陈述1→具体陈述2→具体陈述3→具体陈述4→……

第二种：概括与陈述→具体陈述→更具体陈述更具体陈述→……→概括与陈述

（二）问题—解决模式

该模式的基本程序主要包含以下五点。

第一点：说明情景。

第二点：出现问题。

第三点：针对问题给出相应的反应。

第四点：提出解决问题的具体办法。

第五点：对问题进行详细评价。

但是，这五大基本程序并不是固定不变的，其顺序往往会随机加以变动。这一模式常见于新闻语篇、试验报告、科学论文中。举例如下。

An Experiment

PRELIMINARY

The chemistry laboratory is a place where you will learn by observation what the behavior of matter is. Forget preconceived notions about what is supposed to happen in a particular experiment. Follow directions carefully, and see what actually does happen. Be meticulous(very exact and careful) in recording the true observation even though you "know" something else should happen. Ask yourself why the particular behavior was observed. Consult your instructor(teacher) if necessary. In this way, you will develop your ability for critical scientific observation.

EXPERIMENT Ⅰ: DENSITY OF SOLIDS

The density of a substance is defined as its mass per unit volume. The most obvious way to determine the density of a solid is to weigh a sample of the solid and then find out the volume that the sample occupies. In this experiment, you will be supplied with variously shaped pieces of metal. You are asked to determine the density of each specimen and then, by comparison with a table of known densities, to identify the metal in each specimen.

PROCEDURE

Procure(obtain)an unknown specimen from your instructor. Weigh the sample accurately on an analytical balance.

Determine the volume of your specimen by measuring the appropriate dimensions.

For example, for a cylindrical sample, measure the diameter and length of the cylinder. Calculate the volume of the sample.

Determine the volume of your specimen directly by carefully sliding the specimen into a graduated cylinder containing a known volume of water. Make sure that no air bubbles are trapped. Note the total volume of the water and specimen.

Repeat with another unknown as directed by your instructor.

QUESTIONS

(1)Which of the two methods of finding the volume of the solid is more precise? Explain.

(2)Indicate how each of the following affects your calculated density: ①part of the specimen sticks out of the water; ②an air bubble is trapped under the specimen in the graduated cylinder; ③alcohol(density, 0. 79 g/cc.)is inadvertently substituted for water(density, 1. 00g/cc)in the cylinder.

(3)On the basis of the above experiment, devise a method for determining the density of a powdered solid.

译文：

实验

准备工作

化学实验室是你通过实验观察可以知道物质性状的地方。忘记一切在特定实验条件下可能会发生什么情况的先入之见，细心地按照指令观察事情发生的实况。在记录实地观察到的情况时，即使你"明知"会发生其他问题，也必须十分慎重，做到非常准确，极其仔细。要问一问自己，为什么会观察到这种特殊的情况。如有必要，向导师请教。只有这样，才会提高你具有批判性的科学观察能力。

试验一：固体的密度

物质密度的定义是单位体积的质量。确定某一固体密度的最简单方法是称出该固体样品的质量，再求出样品的体积。做这项实验时，你会得到形状不同的金属块。要求确定每一种金属样品的密度，再和已知密度的一张表对比，以识别每种样品的金属。

步骤

从导师处领取一块不明性质的样品，放到分析天平上准确地称出它的质量。

测出该样品适当部位的尺寸，以确定其体积。例如，对于一个圆柱体样品，要测出它的直径和长度，算出它的体积。

小心地把该样品放进盛有已知水量的量筒内，直接确定该样品的体积。保证水里不含气泡。把样品和水加在一起的总体积记录下来。

遵照导师的指导，用另一块样品，重复上面步骤。

问题：

（1）上述两种方法中，哪种求固体物的体积更准确？试说明之。

（2）指出下述各种情况怎样影响到你所计算出来的密度：①样品的一部分露出水面；②量桶内，样品下面隐有气泡；③量桶内错把酒精（密度为 0.79 克/立方厘米）当成了水（密度为 1 克/立方厘米）。

（3）根据上面的实验，想出一种确定粉末状固体物密度的方法。

与英语语篇的段落组织模式相比，汉语语篇主要有以下两点特色：①一般来说，汉语语篇段落的重心位置与焦点多位于句首，但这也不是固定的，往往具有流动性与灵活性。例如：你将需要时间，懒洋洋地躺在沙滩上，在水中嬉戏。你需要时间来享受这样的时刻：傍晚时分，静静地坐在海港边上，欣赏游艇快速滑过的亮丽风景。以你自己的节奏陶醉在百慕大的美景之中，时不时地停下来与岛上的居民聊天，这才是真正有意义的事情。在上述这则语篇中，其重心位置与焦点出现在段尾，即"真正有意义的事情"，这则语篇清晰地体现了汉语段落组织焦点的灵活性。②汉语语篇的段落组织重心和焦点有时候会很模糊，并没有在段落中体现出来，甚至有时候不存在重心句和焦点句。例如：坎农山公园是伯明翰主要的公园之一，并已经被授予绿旗称号。它美丽的花圃、湖泊、池塘和千奇百怪的树木则是这个荣誉的最好证明。在这个公园，您有足够的机会来练习网球、保龄球和高尔夫球；野生动植物爱好者可以沿着里河的人行道和自行车道游览。

四、英汉语篇策略运用差异

"语篇策略"一词是由著名的学者恩奎斯特（Enkvist）提出的。他指出："语篇策略是指语篇生产者以交际目的为出发点，对谋篇布局所做的总体选择和决策，是为了一定目的而对选择和决策进行的权衡。"也就是说，语篇策略就是如何选择主题、框架、论据、手段等，以保证语篇的完整。

英语语篇强调以理服人，即往往采用客观的论据、观点等展开，并且要求具有较强的逻辑性；而汉语语篇侧重以情动人，多采用慷慨激昂的词语、典故、成语等，并掺加一些主观想法来完成。正如我国学者邓炎昌所说，"英语语篇多讲究用真实的论据进行事实说话，而汉语的语篇多用豪情万丈的语句进行战斗性说话"。

例如：

We should/should not...　我们应该/不应该……

It is absurd...　……是荒谬的

We must...　我们必须……

Resolutely demand…   坚决要求……

It was dead set against…   坚决反对……

上述这些实例凝聚着众多的情感，因此在英语语篇中往往需要避免。这是因为，对于存在争议的情况，必须要通过事实论据的方式加以验证，才能说是否正确，而上述这些语句掺加了过多的主观臆断和个人情感，很容易让英美人反感。相反，中国人则认为是正确的，符合中国人的组篇方式。可见，在语篇策略上，英语和汉语存在明显的不同。

第四节　英汉修辞差异

一、英汉音韵修辞的差异

英汉属于不同的语系，都具有自身的音韵美。作为修辞的重要组成部分，音韵修辞对于提升语言的魅力和加强语言的效果有着重大意义。在英汉语言中，存在着很多的音韵修辞格，但是差异比较大的主要体现在押韵上。

所谓押韵，指的是把相同韵部的字或者词放在规定的相应位置上而达到一定韵律效果的修辞手法。在英语中，押韵主要包括头韵、腹韵、尾韵三种。在汉语中，押韵主要有双声和叠韵。

（一）英语头韵与汉语双声

在英语中，头韵是押韵修辞的重要组成部分，其最早发源于英语诗歌，是古英语诗歌韵律的基础。英语头韵是一种将两个或两个以上的相邻单词以相同的首音因素开头，形成顺口悦耳读音的修辞方法。它不仅包括词首辅音的押韵，还包括词首元音的押韵。其作用在于赋予语言以音乐美和节奏美，渲染气氛，烘托情感，使得语言声情交融、音义一体，增强语言的表现力和感染力。

与英语头韵相对应的是汉语双声。汉语双声指的是汉语中一个双音节词的两个字的拼音的声母相同。汉语双声有两种。第一种是双声联绵词。汉语中的双声联绵词是指作为一个整体而存在的、不可分割的双音节单纯词。虽然这类词语在书面上要写成两个汉字，但这两个汉字只是一种符号，不能拆开，一旦拆开就无法表达意义，如"含糊""犹豫""踌躇""尴尬""辉煌""忐忑""伶俐"等。第二种是双声合成词。汉语中的双声合成词是由两个声母相同的自由词根构成的。构成这类词语的两个字各有含义，多数双声合成词的含义是由构成它的两个字的含义组合而成的，如"到达""改革""新鲜"等。

在表达过程中，头韵的使用能够增加句子的节奏感，使语言更加鲜活、生动。举例如下。

Dumb dogs are dangerous.

在该例中，dumb、dogs、dangerous 都以 /d/ 开头，压头韵，使句子读起来朗朗上口。

不难发现，汉语中的双声与英语中的头韵有很大的相似性，但有一点需要注意，英语中的首字母是元音或者首部辅音字母不发音时，只要其元音的读音相同，也属于头韵的修辞，但是在汉语中并没有这种情况。

（二）英语腹韵、尾韵与汉语叠韵

在英汉两种音韵修辞中，由于音节数的不同，形成了不同的韵律表达方式。汉语中一般只有一个韵母音节，因此形成了叠韵的表达。汉语中的叠韵指的是同韵母的字构成音韵的同叠效果的修辞手法，如婆娑、飘摇等。

但是，由于英语中单词的音节可能有一个，也可能有多个，因此其分为腹韵和尾韵的表达。所谓腹韵，指的是英语中后续单词与前面的单词在重读音节上有相同的元音重复现象。所谓尾韵，指的是英语句子中单词的最后一个音节在读音上相同的表达方式。通过尾韵能够提高语言表达的节奏感。

例如：

The kind guide said aside.

No pains, no gains.

第一个例子 kind、guide 中都包含了 /ai/ 这一重读情况，因此使用了腹韵修辞；而 pains 与 gains 包含了 /einz/ 的读音，因此使用了尾韵修辞。这两大修辞的使用使得句子更具有节奏感。

二、英汉词语修辞的差异

在英汉语言中，词语修辞格占据很大的比例，如比喻、夸张、拟人、双关、借代、移就等。对词语修辞进行有效运用能够使得语言更加优美活泼、生动形象，因此在很多文学类的作品中，词语修辞是非常常见的。但是，在跨文化视域下，英汉词语修辞中差异比较大的主要在比喻、比拟、双关修辞上。

（一）英汉比喻差异

比喻主要可以分为明喻、暗喻两种类型。英汉语言在比喻修辞上带有各自的特点。

首先，明喻指的是本体、喻体、喻词都出现的形式。在喻词上，英汉语言带有不同的方式。汉语中常见的喻词为"像""如""仿佛""似"等，英语中的喻词主要是 like、as 等。

例如：

Eric drinks like a fish.

我们去！我们去！孩子们一片声地叫着，不待夫人允许就纷纷上马，敏捷得像猴子一样。

很明显，上述两个例子中英语句子使用了 like 一词，汉语中使用了"像"，这是最为常见的表达。

其次，暗喻指的是在表达中不出现喻词的形式。英语中一般使用系动词 be 代替喻词，而汉语中一般使用判断词"是""就是""成了""成为""变成"等词语表达暗喻。

例如：

刹那间，东西长安街成了喧腾的大海。

German planes rained down bombs.

上述汉语例句使用"成了"替代喻词，将长安街比喻成喧腾的大海；英语例句使用系动词 rained down 比喻德国飞机投掷的炸弹如下雨一般。

（二）英汉比拟差异

比拟指的是将一个事物当作另一个事物进行描写的修辞方式。比拟的修辞一般可以分为拟人和拟物两种类型。但是，由于英语中很少出现拟物的修辞，因此这里只对比拟修辞中的拟人进行对比。

拟人（personification）指的是将物当作人进行描写，从而赋予事物人类的言行或思想，使之人格化。

例如：

那宽大肥厚的荷叶下面，有一个人的脸，下半截身子长在水里。

这个例句将"荷"比作"人"。

波浪一边唱歌，一边冲向天空，去迎接那雷声。

这个例句将"波浪"比作"人"。

…all mountains were overjoyed; all rivers were overjoyed.

上述例文为拟人修辞的运用，作者将山脉和河流用"高兴起来了"进行描写，将人的喜悦之情赋予了山脉和河流。

英汉拟人修辞都是将作者的感情赋予具体事物，通过托物抒情、托物言志的方式，使自己的感情表达得更加淋漓尽致，拉近读者与作品之间的距离。但是，由于英汉语言与文化存在不对应性，汉语常常使用综合型表述方式，而英语中则主要使用分析型表达方式。

除了上述介绍的英汉词语修辞格之外，两种语言中还有一些自身特有的修辞方式。例如，汉语中还包括镶嵌、顶针、回环等英语中没有的修辞方法，在此不再赘述。

（三）英汉双关差异

双关是借助同音异义或同形异义，使表达具有两种不同含义的一种修辞方式。使用双关需要一个前提：双关的字面含义和隐藏含义要具有一定的相似点，这样才能使句子拥有两个含义，引发读者联想。英语中的双关特点是表达含蓄。通过双关可以使语言产生幽默、诙谐的效果，将隐藏之意以含蓄、幽默的方式表达出来，使听话人更容易接受，最终达到一箭双雕的作用。汉语中的双关是利用词语的同音、多义等条件，有意用同一个词语、句子等语言片段在相同的语境中同时照应两种事物，表达两种意思：表面意思和隐含意思。其中，表面意思被称为"表体"，隐含意思被称为"本体"。本体是双关表达的重点。

但是在具体的使用中，英汉双关存在着明显差异。

我们知道，英语中经常借助同音同形异义词重复来构成双关，而关于同音同形异义词重复是否与汉语中的双关对应还存在争论。有学者认为英语中的同音同形异义词重复与汉语中的"换义"类似。另外，汉语双关只能关照两种事物和意义，而英语双关有时能关照两个以上的事物和意义。

例如：

Not I, believe me. You have dancing shoes.

With nimble soles: I have a soul of lead.

So stakes me to the ground. I can not move.

译文：我实在不能跳。你们都有轻快的舞鞋。

我只有一个铅一样重的灵魂，把我的身体紧紧地钉在地上，使我的脚不能移动。

本例中，作者利用同音异形词 sole（舞鞋）和 soul（灵魂）构成了谐音双关，从而引发三种不同的关照：①sole（舞鞋）和 sole（舞鞋）对照，意思是"你们都有轻快的舞鞋，我只有铅一样重的舞鞋"；②sole（舞鞋）和 soul（灵魂）对照，意思是"你们都有轻快的舞鞋，我只有铅一样重的灵魂"；③soul（灵魂）和 soul（灵魂）对照，意思是"你们都有舞鞋，心情又轻松，而我虽然有舞鞋，却心情沉重"。这三种对照实际上从各个侧面反映了罗密欧当时苦恼、沉郁的心情。

三、英汉结构修辞的差异

所谓结构修辞，是指通过句子的特殊结构，对语言效果进行强化的一种修辞手段。结构修辞格主要建立在修辞结构特征的基础上，即通过一些结构形式，如排比、对偶、倒装等，对语篇的某些内容进行强调，从而提升语篇的表达效果。但是，由于英汉语言的差异性，英汉一些结构修辞的使用也存在明显差异，主要表现在排比、对偶、倒装上。

（一）英汉排比差异

排比（parallelism）修辞是指运用两个及以上具有相同或者相似结构的短语、句子，且在意义上有一定相关性的句子进行表达的修辞方式。排比修辞的使用一般朗朗上口，能够提升语言的气势，从而提高语言的说服力和表达效果。

例如：

我尊敬我的老师，我爱戴我的老师，我倾慕我的老师。

She tried to make her pastry fluffy, sweet, and delicate.

上述两个例子都使用了排比修辞，汉语例句就"我……我的老师"进行排比，分别使用了"尊敬""爱戴""倾慕"三个相似的词语；英语例句是对 make 后的形容词展开对比，使用了 fluffy、sweet、delicate。无论是汉语例句还是英语例句，排比的使用都增加了句子的表达效果。

英汉语言中的排比修辞在其语用功能上具有很高的相似性，但是在形式上，英语排比可以是一组词形相同的词、词组，也可以是句式相同的句子。同时，当英语排比句中反复出现几个相同的动词或提示语时，可以省略；但是汉语排比句中不允许省略句子成分。

（二）英汉对偶差异

所谓对偶（antithesis）修辞，指的是利用字词数相等和结构相似的两个语句表现论题相关或对立、意思相近或相反的一种修辞方法。

英汉两种语言中都有对偶的修辞方式，但是由于各自不同的语言特点，对偶修辞也带有一定的差异。

对偶修辞在使用过程中对文字的工整性有一定的要求，同时还要求字数、词性的对应，因此使用时并不十分简单。汉语文字表达多样，文字工整，因此在表达过程中经常使用对偶的修辞。

例如：

无边落木萧萧下，不尽长江滚滚来。

诸葛亮舌战群儒，鲁子敬力排众议。

很明显，上述两个例句工整对仗，是对偶修辞的典型代表。

与汉语文字特点不同，英语在文字特点的限制下，对偶修辞的使用不如汉语广泛，主要用于体现句子语法结构的表达上。

例如：

When you are present, you wish to absent, and when absent, you desire to be present.

Many are called, but few are chosen.

观察上述两个例句，可以发现前后基本是对应的，但是由于英语句子的特殊性，需要运用连接词予以连接，如第一个句子中的 and 及第二个句子中的 but。

（三）英汉倒装差异

英语句子一般是按照主、谓、宾的顺序排列的，即自然语序（natural order）。那么，倒装语序（inverted order）便是改变自然语序，从而构成顺序颠倒的语序。

例如：

At length did cross an albatross,

Through the fog it came;

As if it had been a Christian soul,

We hailed it in God's name.

译文：

有一只海鸭穿过浓雾，

它向船冉冉飞来。

我们看见它似逢故友，

拍手呼，乐满胸怀。

该例中，at length 与 through the fog 提前，主要是为了使诗歌的韵律协调。

倒装是将语句中的主语、谓语、宾语、状语等颠倒顺序的一种语法现象，顺装则是指按照正常语序排列的句子语序。可见，顺装和倒装是相对而言的，是由句子成分的排列顺序决定的。汉语句子的语序是主语在前，谓语在后；定语、状语在前，被修饰的成分在后；偏句在前，正句在后；等等。然而有时候，为了表达上的需要，如使句式新颖、语气强烈、语意突出，故意不按常规，将一般语序进行颠倒，变成特殊句式，这就是倒装。

通过上文的具体论述及相应例子的解释说明，可以看出，英语的倒装（anastrophe）和汉语的倒装在表达作用和修辞效果上基本类似，都可起到强调句子成分、平衡句式、衔接句子结构、使描绘更为生动的效果和作用，但是它们包含的内容却不尽相同。因此，并不是所有的英语倒装结构都可以通过对应的汉语倒装结构来表现。

总的来说，主谓结构的倒装和动宾结构的倒装，英汉基本是相同的。但修饰成分的倒装则往往涉及一个顺序的问题，英语动词的修饰语一般在动词之后，倒装时通常将修饰语移至动词前面；而汉语动词修饰语的倒装则是将状语后置。请看下面一组英汉例句。

（1）I permitted myself to look into the box. Out came handful of corrugated cardboard padding, and something at the bottom flashed.

（2）春吹到每个人的心坎，带着呼唤，带着蛊惑。

例句（1）中的动词修饰语 out 被置于动词 came 之前，但例句（2）中的状语"带着呼唤，带着蛊惑"则是被放在了动词"吹"的后面。

此外，倒装句式在英语中的使用较为频繁，相比之下，在汉语中使用较少。因此，英语倒装句往往被翻译成汉语顺序结构的句子。举例如下。

Here at last seemed credible history of the difficult advance of man.

人类艰苦前进的历史终于在这里看来是能够令人置信的了。

Under no circumstance should we do anything that will benefit ourselves but harm the interest of the state.

无论如何，我们不能做出任何有利于自己而有损于国家利益的事情。

第五节　英汉语用差异

一、英汉语用功能差异

从语用功能层面来说，英汉语用功能也存在明显的差异性，具体体现在语用语调差异、词汇语用差异及语法语用差异。下面对这三种差异逐一进行分析和探讨。

（一）英汉语用语调差异

在语言交际过程中，语用语调对语用含义有着极其重要的影响作用，因而也是影响交际效果的重要因素之一。在不同语言的使用过程中，发话者可以通过不同的语调形式，如停顿、节奏、音长等来表达不同的语用含义；受话者则可以通过对语调和语境的理解来分析发话者的交际意义。

英汉两种语言在语用语调方面存在很大的差异，下面具体从语调功能角度对二者进行对比分析。

1. 英语的语调功能

英语属于印欧语系，是一种拼音文字。在口头交际过程中，英语主要利用语调、重音、停顿等形式来表达具体的语用含义。其中，英语语调对交际有着重要的影响。一般来说，英语语调伴随着说话人的个人感情色彩，是通过约定俗成的规律和语音系统进行的。在调控语调的过程中，一般需要利用语调组。所谓语调组，通常是由调头、调核、调尾三部分组成的。其中，调核对整个语调有着关键的影响作用，决定着语调的高低、长短、节奏等。

在具体的语言交际过程中，交际者需要根据不同的交际目的选用不同的语调方式。英语语言学家韩礼德（Halliday）根据系统音系学的理论提出了英语语调的三个选择系统：①进行语调组划分。②确定重音的位置。③选择核心语调。

下面分别从以下几点进行分析。

（1）声调。

英语声调主要有五种：降调、升调、降升调、升降调和平调。在交际中，通过使用这些声调能够表达出不同的语用含义。即使是同一个句子，由于语调不同，其语用含义也会有所不同。

例如：

Is she ↗ beautiful?

Is ↗ she beautiful ↘?

上面的例句为同一句话不同的语调表达形式，第一句话通过平调向升调的转换，表达的是一种询问的语用功能；第二句话语调形式从升调转向降调，表达出说话人怀疑与否定的态度。再如：

Mr. ↘Smith is ↗our new manager ↘.

Mr. Smith ↘is ↗our new manager.

Mr. ↗Smith ↘is ↗our new manager ↘.

在上面的例句中，三个同样的句子由于使用了不同的语调而产生了迥然不同的语用功能。其中，第一句的声调呈现出"平—降—升—平"的模式，最后的降调表明其为一个陈述句。第二句的声调呈现出呈"平—降—升"的变化模式，最后的声调增加了语句表达的怀疑性与询问性。第三句的声调呈现出"平—升—降—升—平—降"的模式，可以体会出一种感叹的语气。

（2）重音。

重音也是英语语调表达的重要方式，其通过对不同词汇进行强调、对不同语气进行加强来更改句子的语用功能。

例如：

David came here this morning.

大卫早晨来这了。

David did come here this morning.

大卫早晨确实来这了。

对比上述两个例句，第二个例句通过增加 did 一词，对 came 的动作进行了强调。

（3）停顿。

在英语语调中，还有一种重要的形式，那就是停顿。所谓停顿，是指受表达需要和句子结构的影响，需要对其进行停顿、间歇。在英语中，停顿的出现会对一个句子的意义产生一定程度的改变。举例如下。

Jerry said//Jack is a stupid donkey.

Jerry//said Jack//is a stupid donkey.

对比上述两个句子可知，通过不同的停顿，能够表达出不同的语用含义。其中，第一个句子表达的含义是"杰瑞说，杰克是蠢驴"，第二个句子的含义为"杰克说，杰瑞是蠢驴"。

2. 汉语的语调功能

在汉语中，主要有阴平、阳平、上声和去声四种基本调值。汉语的语调是其语言的重要特征之一，对语用功能有着关键的影响作用。除了基本的调值外，汉语也可以通过声调、重音和停顿来体现句子含义及其语用功能。

（1）声调。

汉语中的声调主要有四种，即升调、降调、平调和曲折调。由于声调不同，其句子的语用功能会发生一定的变化。

例如：

上课铃响了，同学们都向各自的教室跑去。

这句话为平调，主要用来表达表述的功能。

这条 QQ 语音是他发的？

这句话为升调，主要用于表达惊诧的意味。

《乘风破浪》电影真好看。

这句话为降调，表达一种感叹。

你面子真大，市领导都会来参加你的晚会呢。

这句话为曲折调，暗含讽刺之意。

汉语中还有很多语气词，如"啦""啊""嘛""啰""呀"等，它们也可以用来影响语用功能的发挥。

（2）重音。

汉语中也有通过重音来表达具体语用内涵的使用情况。一般来说，汉语中的重音主要包括两种：一是语法重音，二是逻辑重音。

所谓语法重音，是指发话人根据语法结构的不同，对某一词语进行强调的一种方法。

例如：

你快点，否则赶不上音乐会了。（状语重音，表示"真得赶快走，否则就真的赶不上了"）

我警告他了，可他不理睬。（谓语重音，表示"我的确警告了，可他不予理睬"）

所谓逻辑重音，指的是发话人通过对前后语言和人物进行对比，以对其中一方的语音方式凸显出来。需要指出的是，逻辑重音影响着交际者对话语是否理解。举例如下。

我//知道你会来看我。

这句话的意思是说，只有我知道，其他人不知道你会来看我这件事。

我知道//你会来看我。

这句话的意思是说，你会来看我这件事我是知道的，所以不容易瞒住我。

我知道你//会来看我。

这句话的意思是说，我知道你肯定会来看我，但是不知道其他人会不会来。

（3）停顿。

在汉语语调中，停顿的使用也会影响句子的语用功能。举例如下。

老师看到我//笑了。

老师看到//我笑了。

对上述两个句子进行分析，虽然二者的语言结构相同，但是根据不同的停顿方式，其语言含义有着重要差异。其中，第一个句子表示的是"老师笑了"，第二个句子表达的则是"我笑了"。

（二）英汉词汇语用差异

词汇语用指的是利用词汇变化来表达话语的语用功能。通过词汇语用的使用，交际双方都能了解话语的言外之意，从而促进交际的顺利进行。英汉两种语言中具有不同的语言使用规律，下面就对英汉词汇语用的差异进行分析。

1. 英汉词汇运用变化差异

在词汇语用变化方面，英汉两种语言有很大不同。英语主要是通过屈折形态变化来表达不同的语用含义，而汉语则较多地通过词汇手段，如虚词、语气词、助词等来表现语用功能。例如，英语中的敬称主要是通过 your 加上具体需要敬称的词语构成，如 your majesty、your highness 等。而汉语中的敬称可以通过不同的词汇表示，如"您的大作""贵子"等。

2. 英汉词汇运用原则差异

由于受不同的社会背景、历史环境等因素的影响，不同的语言形成了不同的词汇系统，在词语的运用和选择上也具有很大的差异性。

例如，在打招呼方面，英语习惯通过问候天气来打招呼，而汉语则较多用"吃了吗?""干吗去?"等进行表达。受中西方传统思维形式的影响，西方人多为直线思维，表达过程中喜欢直接表达自身感受，并注重个人隐私与个人空间。中国人受孔孟思想的影响，注重交际中的礼仪，在问候、称呼、称谓等方面都带有自身的特点。

（三）英汉语法语用差异

英汉两种语言在语法语用方面也带有各自的特点，因此也会产生不同的语用功能。不同的语用功能可能会通过相似的句法形式传达，相同的语用功能也可能通过不同的句法形式传达。从这个意义上说，对英汉语法语用的差异性进行分析十分必要。

1. 不同句法形式具有相同的语用功能

在具体语言环境的作用下，交际者会根据不同的交际意图选择使用不同的语言策略。在英汉两种语言中，存在不同的句法形式具有相同的语用功能的表达。

例如：

Close the door.

关门。

Someone's forgotten to close the door.

有人忘了关门。

Can you feel cold in this room?

在屋子里你感觉冷吗?

上述例句有祈使句、陈述句和疑问句三种语言形式，但是其最终的语用功能都是用来表达命令。需要指出的一点是，在请求他人做事时，英汉两种表达带有差异性。通常，英语中会使用间接的言语行为，而汉语则通常使用直接的言语行为。

例如：

Can you tell me where the post office is?

劳驾，邮局怎么走？

2. 相同句法形式具有不同的语用功能

语用学主张联合不同的语言环境进行话语的理解。在具体的交际场景中，相同的句法形式也可能具有不同的语用功能。在英汉两种语言中，这一点都有所体现。

例如：

Lucy is coming.

露西来了。

这句话为普通的陈述句，但是放在具体的语境中，也可以表达一种建议或警告的语用功能。

Can you shut up now?

你能闭嘴吗？

这句话为一般疑问句，看似是疑问语气，但是在实际交际过程中，也能表达一种威胁的含义。

What time is it now?

现在几点了？

上述例句为特殊疑问句，用于平常的语境中可以表达询问时间之意。但是，在特殊语境中也能表达出一种抱怨的语用含义。

英汉两种语言中都含有相同句法形式具有不同语用功能的现象，在具体的语言理解和跨文化翻译过程中应该进行具体区分。

二、英汉语用形式差异

英汉语用文化对比主要是语言形式和语言功能的对比，鉴于英汉语言形式的明显差异，下面主要结合语言交际中经常出现的语用模糊与语用失误两个层面进行对比分析。

(一) 英汉语用模糊差异

所谓语用模糊（pragmatic ambivalence），是与语义含糊相对的一个术语。人们在言语交际过程中所表达的话语包括两个层次：话语意义与话语之力。其中，话语意义是表层次的内容，而话语之力则是深层次的内容。通常而言，深层次的话语之力即人们说话的真正意图所在。

人们在交际中所说的话语大多含有多种潜在的含义，当说话者有意隐瞒自己的话语意图，在交际的特定语境下故意使用一些模糊的、不确定的、间接的话语时，就会向听者传达好几种言外之力。然而，虽然说话者所表达的言外之力是不确定的，但他想要听话人产生的言后行为则是确定的。

例如：

A：我们去莉莉的新家吗？

B：她买了一条大狼犬。

在上述对话中，A 想去莉莉的新家参观，但是 B 却采用了委婉、迂回的手段告诉 A，由于她买了一条大狼犬，所以不去。

再如：

A: Do you want some tea?

B: Tea would keep me awake.

在上述对话中，B 所说话语的言外之力是不确定的，既像是陈述事实，也像是一种婉言谢绝，但其言语之外的目的却是一定的，那就是告诉 A 不需要忙于招待自己。这种具有多种言外之力的表达方式可以避免双方之间的尴尬情况，同时顺利完成了交际。可见，语用模糊的使用具有一定的动机性。

语用模糊的使用与"礼"和"面子"具有十分密切的关系，通常是说话者为了避免损害对方的面子所采用的语用挽救措施。也就是说，语用模糊的社会心理基础是"面子保全论。""面子"分为两种：消极面子与积极面子。

所谓消极面子，指的是个体不希望他人干涉自己的行为，或者说排斥别人将意志强加于自己的身上。所谓积极面子，即个体希望得到别人的认同、喜欢。上述两种面子为人类所共有，是每一个社会成员共同的心理需求。然而，由于受文化各方面差异的影响，中国人在人际交往过程中通常奉行的是"非等式"的交际类型，即上下"尊卑有别"，语言在使用过程中体现出明显的权势取向，是一种垂直式的社会关系。在这种交际类型中，中国人讲究积极面子的维护，即倾向于得到他人的认同与尊重。

与中国人际交往的类型不同，西方国家由于处于一种平行的社会关系中，人们提倡个人本位主义，从而形成了一种"对等式"交际类型。在这种交际类型中，人们更加看重的是消极面子，追求行动上的自由与不受约束。

例如：

（语境：妈妈与女儿正在忙着准备晚餐）

Mother: We need these potatoes for dinner.

Daughter: OK, I will peel them.

在上述对话中，妈妈所说的话语只是表达了一种客观上的需要，并没有要求女儿做什么，而这样表达的目的就在于维护女儿的消极面子，不让她心里产生一种行为受牵制的感觉。但女儿对妈妈的话语意图进行了很好的把握，给出的反应完全符合妈妈的期望："我会准备。"然而，在汉语环境下，妈妈的身份相比女儿来说要高，于是妈妈就可以直接让女儿去准备土豆，而不需要顾及女儿的消极面子。可见，这就是英汉语用模糊的差异所在。

(二) 英汉语用失误差异

所谓语用失误，即处于不同文化背景下的人在交际过程中因为没有按照目的语的语用规则开展交际而导致的不能完全达到交际效果的情况。因此，为了避免语用失误现象的发生，人们在交际过程中需要有意识地注意双方语言、环境、习惯、表达方式等方面的差异。下面主要对英汉语言中的称呼语、委婉语的语言失误现象进行分析。

1. 英汉不同的称呼语导致的语用失误

称呼语是人们用来进行交际的先导语，只有在使用得当的情况下才能顺利打开交际的大门。可见，称呼语是影响社交过程的首要因素。

在西方国家中，父母、兄妹、姐弟都可以彼此直呼姓名，是一种长幼无别的亲属关系，这说明西方社会的称呼语是贫乏的。西方社会两代人的家庭组合结构使得他们之间完全不需要各种名目繁多的称呼语。

在中国社会中，"上下有义、长幼有等"的亲属关系使中国人十分看重称呼语，这也是中国传统文化观念的反映。在中国，人们往往不会直呼比自己辈分高的人的名字，父母、亲戚、邻居都包括在内。除了亲属关系中体现的长幼伦理文化，在行政职务等方面同样也会体现出一定的等级关系，如李老板、张科长、王教授等，这些称呼语的使用将更加有利于交际的顺利进行。

由上可知，英汉称呼语存在着很大的不同，在人际交往中必须注意称呼语的使用，如此才能保证社交活动的正常进行，避免语用失误现象出现。

2. 英汉不同的委婉语导致的语用失误

无论在哪一种社会文化中都存在语言禁忌。委婉语的产生主要源于禁忌。从古至今，人们都会对一些事物心存忌讳。为了人们都能接受，为了交际的顺利进行，为人所忌讳的字眼就必须用一些非禁止的词语来替代，敏感、刺激的话题必须要以一种人们认为高雅、得体的形式出现。这就是委婉语产生的背景，也是不同文化背景下委婉语产生的根源。例如，汉语中对怀孕生育就有很多委婉的陈述。

遇喜婉指怀孕。

怀喜婉指怀孕。

大身子指怀孕的身子。

双身子婉指孕妇。

身怀六甲婉指女子怀孕。

重身即身中有身，指妇女怀孕，为避俗的婉称。

在英汉两种语言中，文化背景的不同使委婉语的使用表现出很大的不同，尤其是在不同的场合中，委婉语可以体现出不同的文化内涵。以"年老"的委婉语为例，西方国家大多崇尚家庭独立，往往子女成年后就会与父母分开居住，因此西方人怕老，认为"老"就是思想迟钝、僵化的象征，因此十分忌讳 old 一词，而常用 well-preserved、seasoned 等词来表达"年老"之意。而中国素有尊老爱幼的习俗，所以中国人常将年老看作经验和智慧的象征，并以赡养老人为一种责任，常以"老"为敬称，如"您老""老夫"等。

综上可知，人们在长期使用语言的过程中往往形成了一些约定俗成的表达方式，文化背景不同，所产生的表达方式也不同。人们想要顺利达到交际的满意效果，就需要了解不同文化下的习惯表达方式，熟悉某一习俗下的语言形式及这些形式所适用的特定语境，唯有如此才能避免语用失误现象的发生。

三、英汉言语行为差异

对英汉言语行为的对比研究是语用研究的重要组成部分。言语行为的使用是为了达成不同的交际目的，满足交际者的具体交际需求。下面分别对比分析英汉语言中常见的语言行为的表达。

（一）英汉问候类言语行为差异

问候是言语交际中的常见形式，是经过人类长期的生活实践所形成的程式化语言，在英汉语言中都包含大量问候用语。问候语言的形成与发展是多种因素共同作用的结果，文化便是其中的关键因素。英汉语言中关于问候语言的表达不尽相同，甚至在同一语言内部，问候的方式也具有差异性。

大体上说，英语在表达问候时通常与时间有关，如 good morning、good afternoon、good evening 等，这些表达大致相当于汉语中的"你好"。但是，和上述表达相类似的 good night 却表示的是"晚安""明天见""再会"的含义，在使用过程中需要引起注意。

汉语表达问候时经常使用"吃了吗?""去哪里?"等形式，但说话人并不是真正问及交际者的隐私，而只是一种客套的问候，起到一种应酬的语用功能。受话人并不需要对此种问候做出实质性解释。

需要引起注意的是，由于英语国家的人大多重视个人隐私，对于汉语中这种问候形式会觉得难以接受。而中国人在集体主义的影响下，并不认为这些话语侵犯了自己的权益，反倒愿意和大家分享生活中的事情。在具体的跨文化翻译过程中，需要针对不同情境进行具体应对。

（二）英汉道歉类言语行为差异

道歉指的是因自身某种行为给对方造成不便时所使用的话语。英汉两种语言中道歉话语的语用功能并不完全一致。

在英语中，人们经常会使用"excuse me""I'm sorry"等表达来传达一种对别人的尊重和打扰。尤其是 excuse me 在英语中使用十分广泛，但是汉语中这种表达的方式却多种多样，如劳驾、借光、请问等。

（三）英汉致谢类言语行为差异

英汉两种语言中关于致谢的表述也有所不同。汉语中表达感谢时可以使用"谢谢"

"对不起""请……"，英语里有 thank you、please 等。

西方国家使用 thank you 和 please 十分频繁，这和西方国家习惯直接表达感情有关，他们认为赞美别人是很平常的事情。这种赞美不分阶级、性别、家庭关系，使用范围十分广泛。中国人在表达感谢时较为含蓄，甚至当说话者表达自身感情时，会让受话人感到尴尬和不自在。这一点在关系亲近的人中异常明显。很多中国人认为，家人、朋友间使用致谢语是一种见外的行为。

在回答致谢的语言上，英汉语言也有所不同。英语中常见的致谢回答如下。

Not at all.

Don't mention it.

You're welcome.

I'm glad to be of help.

It's a pleasure.

汉语中对致谢的回答通常有以下几种。

没什么。

不用谢。

不用客气。

这是我应该做的。

(四) 英汉称赞类言语行为差异

称赞是一种对他人品质、能力、仪表等的褒奖言行，恰当的称赞可以鼓励他人、缓解矛盾、缓和人际关系等。美国人对 nice、good、beautiful、pretty、great 等形容词的使用比较多，最常用的动词有 like、love 等。美国人所用的称赞语中，下列句式出现的频率较高。

You look really good.

I real like it.

That's really a nice…

That's great!

对称赞的反应，英美人一般表示感谢，也就是正面接受称赞。不过并不全是接受，有时也有拒绝的情况出现。举例如下。

①A: That's a nice outfit.

B: What? Are you kidding?

②A: That's a nice watch.

B: It's all scratched up and I'm getting a new one.

需要说明的是，英美人拒绝称赞并非因为谦虚，而只是出于观点不同的直接表达，即并非像中国人那样明明同意对方的观点却故意否定对方的赞扬。

中国人与英美人不同，一般不会爽快地以迎合的方式去接受对方的称赞或恭维，而是习惯使用"自贬"的方式来对待他人的赞美。比如，有中国学者做国际性学术报告，报告本身很有学术价值并得到与会者的一致认可，但在结束报告时，报告人通常会说一些让外国人觉得毫无缘由的谦虚话。

例如：

As my knowledge and research is still limited, there must have been lots of mistakes in my work. I hope you will correct me and give me guidance.

由于本人学识和研究有限，错误在所难免，恳请各位批评指正。

四、英汉指示语差异

英汉指示语的差异性主要体现在绝对性社会指示语与关系型社会指示语上。

（一）绝对性社会指示语

绝对性社会指示语表示说话人或受话人的社会关系是绝对的。

英语中绝对性的敬称指示语较多，如 Your Majesty、Your Highness、Your Excellency、Mr. President 等。汉语中绝对性的敬称指示语也不少，如"陛下""殿下""阁下"等。

（二）关系型社会指示语

关系型社会指示语表示说话人与指称对象、受话人或旁听者之间的社会关系是相对的。

英语中的关系型社会指示语较为少见，多数时候仍以 I、my、you、your 等词来指示。相比较而言，汉语中的关系型社会指示语十分丰富，因为汉语有一整套较为复杂的关系型社会指示词语：敬称词语和谦称词语。一般来说，在谈到自己或与自己有关的人或事时，用谦称词语，如"敝国""寒舍""鄙人""不才""区区在下""贫僧""拙见""窃以为"，在提到对方或与对方有关的人或事时，用敬称词语，如"高见""令堂""贵国""尊驾""叶老先生""玉体"等。这些汉语谦语和敬语的使用符合利奇（Leech）的"礼貌原则"，有助于避免与交际对象的分歧，保证交际的顺利进行。

第三章　跨文化背景下翻译的常用方法与技巧

第一节　跨文化背景下翻译的常用方法

一、增译法与减译法

作为翻译的一个普遍原则，译者不应随意增添或缩减原文的内容。不过，由于英、汉两种语言文字之间所存在的悬殊差异，在实际翻译过程中很难做到词字上的完全对应。因此，为了准确地传达出原文的信息，译者往往需要对译文做一些增添或删减，把原文中隐含的一些东西适当增补出来，或删去一些可有可无、不符合译文习惯表达法的词语，以便于读者理解。

（一）增译法

增译法是为满足目的语读者需求，增加补充翻译内容的一种方法。由于英汉两种语言具有不同的思维方式、语言习惯和表达方式，在翻译时，为了使译文更符合目的语的语境和语用习惯，译文需要增添一些词、短句或句子，以便更准确地表达原文的意义。通过增译，一方面能有效保证译文语法结构完整，另一方面能确保译文意思明确。

1. 增加动词、名词、形容词、副词

例如：

（1）He ate and drank, for he was exhausted.

他吃点东西，喝点酒，因为他疲惫不堪。（增加名词）

（2）It's our hope to continue with business dealing with you.

我方希望能够继续同贵方保持大量的业务往来。（增加形容词）

（3）I hope we can do business together, and look forward to hearing from you soon.

希望我们有合作机会，并静候您的佳音。（增加名词）

（4）He dismissed the meeting without a closing speech.

他没有致闭幕词就宣布结束会议。（增加动词）

（5）They drove to the airport.

他们开车去机场。（增加名词）

（6）You must learn from mistakes.

你必须从错误中吸取教训。（增加名词）

（7）Our counter-offer is in line with the international market fair and reasonable.

我们的还算公平、合理，完全符合国际市场的价格水平。（增加副词）

（8）We couldn't count on his rationality.

我们不能指望他会讲道理。（增加动词）

（9）As he sat down and began to talk, words poured out.

他一坐下来就讲开了，滔滔不绝地讲个没完。（增加副词）

（10）No changes can he made on this contract without mutual consent.

未经双方同意，不可对合同做任何修改。（增加形容词）

2. 增加量词

（1）英语中的数字常直接与名词连用，用汉语表示时却通常需要不同的量词来修饰。

例如：

10 books 十本书

a computer 一台计算机

a red sun 一轮红日

5 cars 五辆小汽车

a bad dream 一场噩梦

a horse 一匹马

①We are pleased to have transacted our first act of business with your company.

我们很高兴同贵公司达成了首批交易。

②He has written to me three letters since he left New York.

他离开纽约后给我写过三封信。

③We have succeeded in putting through the deal of five hundred bicycles.

我们成功地达成了五百辆自行车的交易。

（2）英语中有些动词或动作名词，译成汉语动词时需要增加一些表示动作、行为的动量词。

例如：

have a wash 洗一洗

have a talk 谈一谈

①Now that you are tired, let's have a rest.

既然你们都累了，我们还是休息一下吧。

②How often do you have a business trip?

你多长时间出差一次？

③Once, they had a quarrel.

有一次，他们争吵了一番。

3. 增加表示名词复数的词

汉语名词的复数没有词形的变化，但如果需要强调复数的概念，可以通过增词来实现。比如，可以在表示人的名词前加"各"，或在其后加"们"。还可以用重叠词来表达复数，如"种种"等。举例如下。

（1）Cargo insurance is to protect the trader from losses that many dangers may cause.

货物保险会使贸易商免受许多风险所可能造成的各种损失。（增加形容词）

（2）Problems still remain.

仍然存在种种问题。

（3）He stretched his legs which were scattered with scars.

他伸出双腿，露出腿上的道道伤痕。

（4）As our product has the features you need and is 20% cheaper compared with that of Japanese make, I strongly recommend it to you.

我们的产品具备了您所需要的各项特色，而且比日本产品便宜20%，所以向您极力推荐。

（5）Newsmen went flying off to London.

记者纷纷飞到伦敦去了。

（6）Flowers bloom all over the yard.

朵朵鲜花开满了庭院。

4. 增加语气助词

汉语是借助词汇手段表意的语言，因此增译法就成为我们表达英语情态的不可或缺的方法。在英汉翻译中，经常需要增添语气助词，如"了""啊""呀""嘛""吧""吗"来补足句子情态的需要，除此之外，还经常会视情况添加适当的虚词，如"罢了""而已""究竟""到底""才好"等。举例如下。

（1）Let's do it in the way of business.

这件事我们还是按生意场的老规矩办吧。

（2）Don't take it seriously. I'm just making fun of you.

不要认真嘛！我不过开玩笑罢了。

（3）We might just well go the whole hog and stay over night.

我们索性在这里过夜吧。

（4）What have you to be so proud?

你究竟有啥了不起的？

（5）After all, what is more enviable than happiness?

毕竟，还有什么能比快乐更令人羡慕呢？

（6）As for me, I didn't agree from the very beginning.

我呢，从一开始就不赞成。

5. 增加主语

英语中常用一些表示状态、现象、作风等意思的抽象名词做主语，翻译这些词时，有时需要增补一些词，使其能具体化译出。举例如下。

The intimacy between them can be found at the first sight.

译文：他们之间的亲密关系一眼就能看出来

原文中的"intimacy"是一个抽象名词，译为"亲密、隐私"，在这里，作者将其译为"亲密关系"，增补了"关系"一词，能使目的语读者准确理解原文意思。

6. 增加表示不同时态的词

英语动词有时态、语气的变化，而汉语却没有对等的表现形式，翻译时常常要靠增加一些时态和语气的词才行。例如：

表示现在时的"现在""目前"；

表示将来时的"将""要""会""就"；

表示过去时的"过去""以前""曾经""那时"；

表示完成时的"曾（经）""已（经）""过""了"；等等。

举例如下。

（1）I'll leave for Shanghai tomorrow.

我明天将去上海。

（2）We won't retreat, we never have and never will.

我们不会后退，我们从未后退过，将来也绝不后退。

（3）For the past two years, I have been working in an investment banking.

过去的两年中，我一直在一家投资银行工作。

（4）If I had known he was not in, I would not have come.

早知道他不在家，我就不来了。

（5）I know it quite well as 1 know it now.

我在当时就知道得同现在一样清楚。

（6）We stressed the necessity of shipping our order so that it might reach us by May 30.

本公司曾经强调，我方所订货物必须于5月30日之前运抵我方。

7. 增加表示语态的词

英语多被动句，而汉语多主动句。英语被动句译成汉语主动句时，需增加一些表示被动的词，如"被""便""由""受到""遭到"等；或增加主语，如"人们""我们""大家""有人"等。举例如下。

（1）At the end of the month he was fired for incompetence.

月底，他因不胜任工作而被解雇了。

（2）He was set upon by two masked men.

他遭到两个蒙面男子的袭击。

（3）It's well known that computers are most widely used and play an important part in industry.

众所周知，计算机得到了广泛应用，在工业上起着非常重要的作用。

（4）All the buildings were destroyed in a big fire.

所有的建筑物均被一场大火焚烧。

（5）They were given a hearty welcome.

他们受到热烈欢迎。

（6）The dockers were seen unloading the chemical fertilizer from s. s. Apollo.

有人看见码头工人从"阿波罗"号货轮上卸下了这批化肥。

8. 增加概括词或承上启下的词

英汉两种语言都有概括词，在基本译文的基础上加上适当的表示"概括性"的词，其目的是使译文概念进一步明确，而且可以使上下文的连贯性得到进一步加强。

例如：

（1）We've settled the questions of price, quality and quantity.

价格、质量和数量三个问题都已谈妥。（增加概括词）

（2）In order to save money, many people look for sales, low prices and discounts.

为了省钱，许多人都希望买到减价的、低价的，或是打折的商品。（增加概括词）

（3）Father, Mother, Peter and I went to see a movie yesterday.

昨天，我和爸爸、妈妈、彼得四人去看电影了。（增加概括词）

（4）For mistakes had been made, bad ones.

因为已经犯了许多错误，而且还是很糟糕的错误。（增加承上启下的词）

（5）Yes, I like Chinese food. Lots of people do these days, sort of the fashion.

不错，我喜欢中国菜。现在很多人喜欢中国菜，这种情况算是有点赶时髦吧！（增加承上启下的词）

（6）They talked about inflation, unemployment and environmental pollution.

他们谈到通货膨胀、失业、环境污染等问题。（增加概括词）

9. 增加关联词

英语中关联词的使用不如汉语中使用得那么频繁，英语原句有时可利用某些如不定式、分词和独立结构等语法形式表达某些成分之间的逻辑关系，但汉译时一定要选用合适的关联词，准确表达其确切含义。

举例如下。

（1）Heated, water will change to vapor.

如水受热，就会汽化。

（2）Knowing English well, he finished the English homework without much difficulties.

由于他的英语很好，所以他轻松地完成了英语作业。

（3）Your early settlement of this case will be appreciated.

如能早日解决这一问题，我方将不胜感激。

（4）Many people being absent, the meeting had to put off.

既然有这么多人缺席，会议就只好延期召开。

（5）With the sales so disappointing, the manager felt unhappy.

由于产品销售如此不景气，经理感到很难过。

（6）Weather permitting, we will hold our food exhibition next week.

如果天气允许的话，我们将在下周举行食品展销会。

10. 增加表示文化的词

英语母语国家和汉语母语国家由于历史、地理等因素，形成了不同的文化，因此其语言中存在较多的文化不对等词，为了使汉语读者更好地理解英语中的文化词，就需要对这些文化词进行增译。例如，在翻译"Cupid"时，一般将其翻译成"爱神丘比特"，增加了"爱神"一词，将"Lincoln"翻译成"美国总统林肯"，增加了"美国总统"一词。类似的词还有"Apollo（太阳神阿波罗）"等。

（二）减译法

减译法是指在不改变原文意思的基础上，省略原文中部分语句或文字，使译文更加简洁明了。实际上，减译法是删减一些可有可无的，或者增加以后会违背译文习惯表达的一些词或短语，但是减译并不删减原文的重要思想，运用减译法可以达到化繁为简的效果。

尽管两种翻译方法产生的效果各有不同，但因为英语与汉语这两种语言的思维方式、语言习惯及表达方式存在极大不同，因此在英译汉的过程中，需要注意以下问题：①虽然增译法和减译法是较常见的翻译方法，但是在翻译时仍需要权衡，不能过度运用增译或减译，降低译文的翻译效果；②在使用增译法和减译法的过程中，要始终忠于原文，做到"信""达""雅"。

1. 省略代词

（1）省略人称代词。

英语中通常每句都有主语，因此人称代词往往作为主语会多次出现。而汉语中如果后句和前句的主语相同，就可以省略主语，所以英语的人称代词译作汉语时，常常可以省略。例如：

①We live and learn.

活到老，学到老。

②You can never tell.

说不准。

③You are not allowed to smoke a cigarette in a public place.

公共场所严禁吸烟。

④Our products are always as good as the samples we sent, I can promise there will be no debasement of quality.

我们的产品一定和送给你们的样品一样好，我保证质量绝对不会降低。

⑤Our product is in great demand and the supply is limited, so we would recommend that you accept this offer as soon as possible.

我方产品市场需求量很大，供货有限，建议贵方从速接受报价为好。

⑥In our market, products of similar types are so many and with such low price that many of our regular customers may switch to other companies, I'm afraid.

在我方市场上，同类产品非常之多，价格又那么低廉，恐怕我们的许多老客户会转而购买其他公司的产品。

（2）省略作为宾语的代词。

英语中有些作为宾语的物主代词，不管前面是否提到过，翻译时往往都可以省略。

例如：

①I went up to him and held out my hand.

我向他走过去，伸出了手。

②He put his hands into his pockets and then shrugged his shoulders.

他将手放进衣袋，然后耸了耸肩。

③We are enclosing our commercial invoice in duplicate.

随函附寄商业发票一式两份。

④We assure you of our reciprocation of your courtesy at any time.

贵行的好意我方保证随时回报。

⑤Shanghai retains its position as China's most important port.

上海保持了中国最重要港口的地位。

⑥She felt the flowers were in her fingers, on her lips, growing in her breast.

她觉得手里和唇上都是花儿，胸中也生长着花儿。

2. 省略非人称和强调句中的 it

it 用于非人称和强调句中，汉译时往往可以省略不译。

（1）省略非人称用法的 it。

例如：

①Outside it was pitch dark and it was raining cats and dogs.

外面一团漆黑，大雨倾盆。

②It is advisable that you accept our quotation as soon as possible.

你方尽快接受我方报价是明智的。

③I drank some ice tea, but it made me more thirsty.

我喝了一些冰茶，却更渴了。

④It is too early in the season to quote.

季节未到，不能报价。

⑤He glanced at his watch, it was 10:15.

他一看表，是十点一刻了。

⑥He found it impossible to arrive there before dark.

他发现天黑之前到达那里已不可能。

（2）强调句中用法的 it。

例如：

①It was she who had been wrong.

错的是她。

②It was to me that she gave the money.

她那钱是给我的。

③It was not until 11 o'clock last night that my father returned.

我父亲昨夜直到 11 点才回来。

④It was with some difficulty that he started his own business.

他费了不少劲才开始了自己的业务。

⑤It was the factory that Mary wanted to go.

玛丽想去的就是这家工厂。

⑥We wish to reiterate that it is only in view of our long and friendly business relations that we extend you this accommodation.

我们重申，正是鉴于双方长期友好的业务关系，我们才做出此项调和。

3. 省译原文重复的词语

在英语中，一句话的表达通常会涉及诸多从句，如定语从句、宾语从句、形容词性的定语从句等，在这些从句中，往往会含有与前句或前文中重复的部分，若根据原文句子翻译成中文会显得烦琐。因此，应适当运用减译法，删减重复的词语，从而使整个句子看起来更为简洁，满足汉语的表达习惯。

例如：University applicants who had worked at a job would receive preference over those who had not.

译文：报考大学的人，有工作经验的优先录取。

在翻译例句中的定语从句"who had worked at a job would receive preference over those who had not"时，译者直接将其翻译成"有工作经验的优先录取"，省略了"over those who had not"的翻译，使整个句子更加简洁明了。

4. 省略连接词

英语重形合，句中各意群、成分之间都用适当连接词连接，组成句子。句子与句子之间也由连接词组成复合句，形式上比较严谨；汉语则重意合，即更多地依靠语序直接组合成复合句，用逻辑意义将其句子成分、句与句贯穿起来，结构灵活、简洁。因此，英译汉时很多情况下不必把连词译出。

（1）省略并列连词。

例如：

①Early to rise and early to bed makes a man healthy.

早睡早起使人身体健康。

②As it is to our mutual interests and profit, I am sure you'll have no objection to it.

这符合我们双方的利益，我确信你方不会有任何反对意见。

③One more step, and you are a dead man.

再走一步，你就没命了。

④Spare the rod and spoil the child.

孩子不打不成器。

⑤He looked gloomy and troubled.

他看上去有些忧愁不安。

⑥This seems to be a very clear case and we hope you will make a prompt settlement.

看来情况已十分清楚，我们希望你能设法尽快解决问题。

（2）省略表示原因的连接词。

英语因果句中一般用连接词表示原因，而汉语则往往通过词序先后来表示因果关系，"因"在前，"果"在后。因此，英译汉时往往可以把原文中这种连接词省略不译。举例如下。

①As it is late, you had better go home.

时间已不早了，你最好回家去。

②As she was not well, I went there alone.

她身体不好，所以我独自到那里去了。

③As our customers are in urgent need of the goods, please effect shipment as soon as possible.

我方客户急需此货，请尽快办理货物的装运。

④We must stress that this offer remains open for three days only because of the heavy demand for the limited supplies of this walnut in stock.

核桃存货有限，而需求却不断，本公司必须强调，此报价有效期仅为三天。

⑤Because the departure was not easy, we made it brief.

告别这件事难受得很，我们就做得简短些。

⑥Since we are old friends, I suppose D/P or D/A should be adopted this time as the mode of payment.

咱们是老朋友了，我想这次应该用 D/P 或者 D/A 付款方式吧。

（3）省略表示条件的连接词。

表示条件的连接词 if，一般译为"假如""如果"等，但在日常口语体或文言文结构中，往往可以省略不译。举例如下。

①If winter comes, can spring he far behind?

冬天来了，春天还会远吗？

②If it should rain tomorrow, I shall stay at home.

明天下雨，我就待在家里不出去。

③If I had known it, 1 would not have joined in.

早知如此，我就不参加了。

④You can stay to dinner if you like.

你愿意的话，可以留下一起吃饭。

⑤We hope you will bid for this article if you have interest in it.

你方若对此货有兴趣，望递盘。

⑥Your application for sole agency is now under our careful consideration. If possible, we should like to know your plan to push the sale of our products.

你们想独家代理的请求我们正在仔细考虑当中，可能的话，我们很想了解你方推销我们产品的计划。

（4）省略表示时间的连接词。

表示时间关系的 when 和 as 等，汉译时一般用"当……时"，或仅用"时"。但如汉语时间先后次序明显，为了简略起见，"当……时"或"时"往往可以省略。例如：

①The day when he was born remains unknown.

他出生的日期仍然不知。

②Since love is the beauty of the soul, when love grows within you, so beauty grows.

爱是灵魂的美丽，内心的爱增加了，内心的美丽也增加了。

③I could not help thinking of his company when the other day I saw George selling the products by himself in the street.

前几天，我看到乔治独自一人在街头推销产品，不禁想起了他的公司。

④We will contract you as soon as the new crop comes to the market.

收成上市时，我方定会和你方联系。

⑤I was having a beautiful dream when someone knocked at the door.

我正在做美梦，突然有人敲门。

⑥Strike the iron when it is hot.

趁热打铁。

5. 省略冠词

英语中凡是指全体、天地间唯一的事物、最高级形容词及特定的普通名词，一般都要在前面加定冠词 the（指全体亦可加不定冠词或用复数名词），根据汉语习惯，皆不必译出。

例如：

①A camel is much inferior to an elephant in strength.

骆驼的力量不如大象。

②I would like to discuss with you the problem of agency for your electric fans.

我想同贵方商谈你们电风扇的代理问题。

③That is the reason why he left the village where he was born.

这就是为什么他离开出生的村庄的原因。

④We are a state-owned corporation handling textiles products.

我们是经营纺织产品的国有公司。

⑤The man sitting at the window is our manager.

坐在窗边的男士是我们的经理。

⑥The customers are complaining of the inferior quality of our products.

客户投诉我们的产品质量低劣。

6. 省略介词

通常，介词在不同的情况下会代表不同的意思，如 in、on、at 等词，千万不可一见这些词就一视同仁。举例如下。

①Suddenly, there came a knock to the door.

突然响起了敲门声。

②There are 100 pence in the English pound.

英币 1 镑是 100 便士。

③I'm warning you for the last time.

我最后一次警告你。

④Will you be out for a long time?

你会出去很久吗？

⑤He lies in bed for a whole day.

他卧床一天。

⑥Smoking is not allowed in the warehouse.

仓库重地，不准吸烟。

二、直译法与意译法

（一）直译法

作为一种非常重要的翻译策略，直译多用于科技资料翻译、外语教学（便于学生了解两种语言结构的差异）及文学翻译等领域。直译的优势在于能够更为直观地传递原文意义，展示原文的异国情调，再现原文的语言和表达风格。请看下列例子。

virtual water

译文：虚拟水

virtual water 是英国学者托尼·艾伦（Tony Allan）在 20 世纪 90 年代初期提出的一种新概念，是指生产产品和服务所需要耗费的水资源，即凝结在产品和服务中的虚拟水量，用以计算食品和消费品在生产和销售过程中的用水量。例如，1 台台式电脑含有 1.5 吨虚拟水，1 条斜纹牛仔裤含有 6 吨虚拟水，1 千克小麦含有 1 吨虚拟水，1 千克鸡肉含有 3 到 4 吨虚拟水，1 千克牛肉含有 15 到 30 吨虚拟水。因此，缺水国家或地区可以采用虚拟水战略（virtual water strategy），以贸易的方式从水资源丰富的国家和地区购买水密集型农产品，尤其是粮食，从而获得淡水和粮食的安全。virtual water 可直译为"虚拟水"，但其概念还有待于推广。

the seven year itch

译文：七年之痒

the seven year itch 是指婚姻到了第七个年头因婚姻生活的平淡乏味而可能经历的一次情感危机，婚姻的一方或双方可能会产生喜新厌旧之感，出现婚外恋的现象。虽然在汉语中没有相应的概念或表达，但可直译为"七年之痒"。

US uses carrot-and-stick policy for Myanmar.

译文：美国对缅甸采取胡萝卜加大棒式的外交政策。

"胡萝卜加大棒"源自一个古老的故事，即若要使驴子前进，要么在它前面放一个胡萝卜引诱它走，要么用棒子在后面赶着它。这是一种奖惩并用、恩威并施的手段，旨在诱发所希望发生的行为。因此，采用直译策略非常形象，使得美国政府对他国威逼利诱的惯用做法跃然纸上。

（二）意译法

作为一种不同于直译的翻译策略，意译旨在再现原文的意义及其传递的信息，而不是追求逐字逐句的形式对等。意译主要在源语与目的语之间存在巨大文化差异时应用，其特点是以目的语为导向，使用规范的目的语语言来再现原文的意思。意译注重译文的自然流畅，不强求保留原文的结构及修辞手法。世界各国和各民族在语言、文化、经济制度、社会习俗和生态环境等诸多方面存在着巨大的差异，这使得意译在翻译过程中成为一种不可或缺的策略。

请看下列例子：

①He is past his Jesus year, but has yet to hit his Elvis year.

译文：他已过了 33 岁，但还不到 42 岁。

Jesus year 在这里是指耶稣被钉死在十字架上时的年纪，即 33 岁；而 Elvis 是指猫王 Elvis Presley，他年仅 42 岁就英年早逝了，所以 Elvis year 在这里是指 42 岁。由于中国文化中没有 Elvis year 和 Jesus year 这类的概念及相应的表达方式，所以采用意译策略成为唯一的选择。

②Britannia rues the Waves

译文：英国航运业的悲哀（或：大不列颠望洋兴叹）

这是英国某报刊文章的一个标题，其立意借用了英国海军军歌《Rule，Britannia》中的一句歌词 Britannia rules the waves（不列颠统治海洋），只是将 rules（统治）改为 rues（懊悔、悲伤），意在讽刺日益衰落的英国航运业。就英语修辞而言，这是一个非常成功的运用仿拟（parody）修辞手法的例子，因为 rules 与 rues 读音几乎一样，但意义却相差甚远。所以，不难想象富有幽默感的英国人看了这一标题会有何种感受。然而，这种兼具文化特色及修辞特点的英式幽默实在难以通过汉语再现。因此，只能放弃该标题的修辞特色，采用意译策略以争取译出标题的基本含义。

③Yet quantitative easing is no silver bullet.

译文：然而，量化宽松货币政策并不是（拯救经济的）灵丹妙药。

在西方鬼怪题材的小说和电影中，"silver bullet" 是具有驱魔的效力，可以杀死狼人、女巫和吸血鬼的唯一利器。在现代英语中，silver bullet 是指最为有效的手段、王牌、法宝等。由于汉语母语者缺乏有关 silver bullet 的背景知识，所以最好将其意译为"灵丹妙药"或"法宝"等。quantitative easing 主要是指中央银行在实行零利率或近似零利率政策后，通过购买国债等中长期债券、增加基础货币供给、向市场注入大量流动性资金的干预方式，鼓励开支和借贷，也被简化地形容为间接增印钞票。

三、正反、反正译法

（一）正说反译法

正反译法是指从英文形式上看是肯定的，但其内容带有否定意义，因而在译成汉语时应根据其深层含义译成相应的否定句。也就是说，英文中既未出现"no""not""none" "nothing""nobody""neither""nowhere"或"barely""hardly""seldom""rarely"等带有否定意义的词,也未出现带有否定词缀的词,如"de""dis-""im-""in-""ir-""non-""un-"或"-less",但其陈述的内容是否定的。而且,其否定语气有时还很强。在这样的句子中,与之相关的词通常有名词、动词、介词、形容词、副词、连词及其词组。在译成汉语时,通常采用"不""没""没有""非""无""未""否"等否定词。

1. 名词及名词词组

(1) A few instruments are in a state of neglect.

一些仪器处于无人管理状态。

(2) Her abstraction wasn't because of the tea party.

她那种心不在焉的神气,并不是因为那个茶会。

(3) She knew it was evidenly Greek to her.

她知道她显然不懂得那事。

(4) Silence reigned all over for a while.

一时全场寂静无声。

(5) For the complicated problem, he was at a loss for words.

面对这一复杂问题,他不知怎么解释才好。

2. 动词及动词词组

(1) Time failed me to finish my talk.

时间不允许我把话讲完。

(2) The specification lacks detail.

这份说明书不够详细。

(3) Unfortunately, I missed the train.

可惜我没赶上那班火车。

(4) Such a chance denied him.

他没得到这样一个机会。

(5) The book leaves much to be desired.

这本书缺点不少。

(6) In winter plants should be protected from cold.

冬天应保护植物不受冻。

3. 介词及介词词组

(1) Good advice is beyond price.

忠言是无价的。

(2) The theory of Relativity worked out by Einstein is now above many people's comprehension.

sion.

爱因斯坦的"相对论"现在还有许多人理解不了。

（3）The strange phenomenon seemed out of understanding

这一奇怪现象似乎是无法理解的。

（4）These parts are made of plastics instead of metals.

这些部件不是由金属而是由塑料制成的。

（5）What you suggested is beside the mark.

你的建议不切题。

（6）His book is beneath criticism.

他的书不值一评。

（7）It is anything but bad.

这完全不是什么坏事。

4. 形容词及形容词词组

（1）He is not stupid, merely ignorant.

他并不愚笨，仅仅是无知而已。

（2）The conclusion is final.

这一结论是不可改变的。

（3）Worm gear drives are quiet, vibration free, and extremely compact.

蜗轮传动没有噪声，没有振动，而且非常紧凑。

（4）Free of any external force, a falling body will continue falling.

下落物体在无外力作用下将会继续降落。

（5）Short of equipment, we make our own.

没有设备，我们自己造。

（6）The sun sends out more solar energy than man can use.

太阳释放出的太阳能，人类用不完。

5. 连词

（1）He arrived there before it began to rain.

他到那时，天还没有下雨。

（2）I never go past that house but I think of my miserable life in the old society.

我走过那所房子时，没有一次不想起我在旧社会所过的悲惨生活。

（3）She couldn't sit still till her native country was free.

祖国不解放，她就不能袖手旁观。

（4）I won't go unless he tells me.

要是他不告诉我，我就不去。

（5）Hurry up, or you will be late.

快点，否则你要迟到了。

6. 副词

（1）We may safely say so.

我们这样说万无一失。

（2）He is taller than his elder brother.

他比他的哥哥高。

（3）He said idly, "Well, what does it matter?"

他漫不经心地说："哼，这有什么关系？"

（4）She always seemed too busy in the house.

她们似乎总是为屋里的事忙不过来。

（5）Slowly he pulled the letter out of the envelope.

他不慌不忙地从信封里把信抽出来。

7. 固定词组及句式、习语及谚语

（1）The uses of metals are far from finished.

有关金属的用途还远没有讲完。

（2）He was too young to go to school.

他太小了，还不能上学。

（3）Her hair is black rather than brown.

她的头发是黑色的，而不是棕色的。

（4）When meeting with difficulty, he would rather think if over himself than know its answer with the help of others.

有困难时，他宁愿自己思考也不借助别人帮助得到答案。

（5）The judge told the witness that his remarks were off the point.

法官告诉证人，他的话与案子无关。

（6）Fancy meeting you here!

真想不到在这碰到你了！

（7）My plans are still quite in the air.

我的计划还没有定下来。

（8）If it worked once, it can work twice.

一次得手，再次不愁。

（二）反说正译法

英语从反面表达，汉语从正面表达。当否定句译成肯定句更能表达原文含义，使译文更加明晰、自然流畅时，应译成肯定句。英语中含有否定词语的结构和双重否定的结构在翻译时往往可以从正面表达。例如，unfasten "解开"、dislike "厌恶"、displease "使人生气"、indecisive "优柔寡断的"、fearlessly "大胆地" 等一些副词、形容词、名词、短语，以及英语里一些表达否定意思的词或词组，如 "no" "not" "until" "no less than" "no more than" "nothing but" "cannot...too" 等。

1. 动词

（1）Catching such a bad weather, he had to decelerate the car.

赶上这样一个鬼天气，他只得把车子减速。

（2）"Don't unstring your shoes, Tom."she said.

她说："把鞋带系上，汤姆。"

（3）She immediately disappeared among the crowds.

她很快就消失在人群中了。

（4）The difficulty was still unsolved.

困难仍然存在。

（5）He unpacked the trunk, but it was empty.

他打开了皮箱，可里面是空的。

（6）We have discovered he is quite careful in his work.

我们发现，他工作很仔细。

2. 副词

（1）"What happened?" she asked breathlessly.

"出了什么事?" 她气喘吁吁地问。

（2）"How can you do your homework so carelessly?"the teacher asked angrily.

"你怎么能这么马马虎虎地做作业呢?" 老师生气地问。

3. 形容词

（1）All the articles are untouchable in the museum.

博物馆内一切展品禁止触摸。

（2）His unusual behavior caused his mother's attention.

他异常的举动引起了母亲的注意。

（3）Please cut out unnecessary words.

请删去多余的词。

（4）This is a relatively unsophisticated problem.

这是个比较简单的问题。

（5）During the Depression, many workers were off bless.

经济大萧条时期，许多工人失业了。

（6）He is such an indecisive person.

他这个人很优柔寡断。

（7）I'll be disengaged on Saturday.

星期天我就闲了。

4. 名词

（1）He watched me with disbelief.

他怀疑地看着我。

（2）The little boy has a strong dislike for English.

这个小男孩很讨厌学英语。

（3）Generally she accepted the family life in all its crowded inadequacy.

在通常情况下，她还是能够忍受她那拥挤的家庭生活的。

（4）Unemployment is increasing in the capitalist countries.

资本主义国家失业人数正在增加。

（5）He never told an untruth in his life.

他一生从不说谎。

5. 固定词组、句式及习语

（1）It is nothing but a joke.

这只是一个笑话而已。

（2）—Do you like beer?

—你爱喝啤酒吗？

—Oh, not half.

—非常爱喝。

（3）Take the medicine and you will feel better in no time.

把药吃下去，你很快就会好些的。

（4）The job is no sweat, we finished it in half an hour.

这工作很容易，我们半小时就完成了。

（5）He enjoyed the concert no end.

他非常欣赏那个音乐会。

（6）As often as not, she thinks before she speaks.

她常常想好了才说。

（7）I'd go there as soon as not.

我很乐意去那儿。

（8）You can't be too careful in your work.

工作越仔细越好。

四、异化法和归化法

（一）异化法和归化法的形成与发展

在文学翻译中，异化法和归化法的由来归根结底还要提到 19 世纪下半叶德国著名的古典语言学家兼翻译理论家施莱尔马赫（Schleiermacher）。施莱尔马赫曾在自己的著作《论翻译的方法》中阐释了两种翻译途径：一种是译者不改变作者的原意，让读者去体会并靠近原作者；另一种是不干扰读者的思想，让原作者去靠近读者。当时的施莱尔马赫并没有给这两种文学翻译的途径下定义，也没有取名字。在 20 世纪 50 年代中期，在美国著名翻译理论家劳伦斯·韦努蒂（Lawrence Venuti）的著作《译者的隐身》一书中，明确将施莱尔马赫提出的两种文学翻译途径分别命名为异化法和归化法。异化法就是要求翻译者要向原作者靠拢，将原作者的意思一丝不差地表现出来，归化法就是要求翻译者向读者群众靠拢，将读者的理解和意愿注入翻译过程中去，让读者能够在自己身临其境的前提下享受原著中的文学精华。具体来讲，归化法可以明确地体现在文学翻译的人名、地名、文章结构、记叙顺序中，甚至包括文章的褒贬基调和体裁表现。换一种角度来说，可以将异化法归结为直译，将归化法归结为意译。

（二）归化法在文学翻译中的应用和流行原因

19 世纪 40 年代，外国文学作品大量涌入，翻译家林纾曾经翻译了近 180 多部西方文学著作。在林纾的翻译作品中，大多是文言文翻译，归化法在他的文学翻译中得到了广泛应用。虽然林纾的作品拥有不少读者，但是在他的译文中出现过不少笑话，例如，他曾把莎士比亚的戏剧翻译成记叙性古文，从而受到了胡适称其为"莎士比亚的大罪人"的责骂。20 世纪 20 年代初期，新文化席卷了大半个中国，其中鲁迅提出的"宁信而不顺"的翻译主张使得异化法又得到了兴起，但是毋庸讳言，异化法也带来了当时的翻译过于"硬化"的问题。这就引起了 20 世纪 30、40 年代时，部分翻译家对归化法重回翻译界的要求。20 世纪 50 年代后，我国思想文化的发展更加趋向自由民主，在此期间，一些有见识的翻译家提出"翻译所求不在形似而在神似""艺术创造性的翻译"等主张，使得归化法又得到了青睐。

译者的身份和背景也影响着归化法作用的发挥，但是具体汉化到什么程度，还要看译者本身的身份地位及背景出身。中国早期的译者没有些许的文学功底是不能作为翻译的。因此，对于他们来说，译作就是另一种程度下的文学创作，当然归化也就体现得淋漓尽致。

归化法受到青睐的第三个原因可以归结为缺少科学而正确的翻译理论指导。当时，中国的翻译事业刚刚起步，并没有前人宝贵的经验来做指导，因此初入翻译界的学者只能依靠自己的想法来摸索，在当时的背景下，将文学翻译成积极向上的、有利于中国国情发展的内容当然是最好的选择。因此，翻译家只能翻译出迎合中国大众口味的版本。

（三）异化法将成为未来翻译主导的原因

文化发展的变化引发的接受潮流。改革开放后，大量西方文学作品被中国译者翻译，随着文学作品的传入，一些西方的翻译理论也逐渐传入，越来越多的译者意识到归化法自身的不足之处。又随着中外来往的增加，国人逐渐了解了西方文化，西方许多哲学观点、文艺作品及思想中的先进观念都一点一点被中国人所吸收和运用，也不再过于排斥，因此对西方文学著作的翻译更加趋向于原汁原味。

经济全球化发展潮流的推动。经济全球化是全球范围内的一种发展态势，经济的发展必然会带来文化的发展，从这一点来说，各国之间不断地往来，在发展经济的基础下，难免会涉及文化的交流，从人与人之间的语言交流，到思想的火花撞击，再到行为上的指引。随着全球化的发展，这也成了各国文化发展进程中的必然趋势。因此，表现在翻译手法中就是异化法的不断流行。

归化法的不足越发显露，再加上对异化法的了解不断更新，这些认识上升到理论高度就加速推动了我国文学翻译的发展，甚至出现了一大批优秀的翻译作品。国人的理解和接受能力不断增强，使得异化法在文学翻译中的地位不断提升。但是，异化法始终只能是未来文学翻译的主导，而不是完全包揽文学翻译市场。

（四）关于归化与异化的争端

翻译界对于异化与归化向来争论不休，翻译家也是各执一词，似乎难以协调。总的来说，可以归纳为两大派：主张异化派和主张归化派。

1. 主张异化派

主张异化派认为翻译的目的就在于向译语读者忠实译介异域民族不同的社会生活、文化传统、思想观念及先进的科学知识。异化翻译除了能正确表达源语作者的思想及写作风格外，还能给译语带来新的活力，从而丰富译语的语言与文化。作为一名译者，应该清楚地认识到翻译就是要忠实译介外域世界，而译者的职责就是要在翻译中原原本本地反映原文作者所描绘的世界，决不允许用自己的观念对外域世界随意曲解，也决不允许用译语的某些优势来取代源语的语言特异表现形式。

"归化"的译文不能够体现出源语世界所特有的文化传统、风土人情、习俗时尚、语言使用习惯等，抹杀了其民族特点，迫使他们就范同化于归宿语言，因此也就必然是对原文的歪曲。这种抹杀洋气的"归化"翻译法，一方面是"失真"的译文，毫无美感而言；另一方面，"归化"译法也限制了丰富语言的进程，不利于吸收外语中的新因素，不利于世界各民族的文化交流。

只有异化翻译才能传译出原文的"异质因素"。具体说来，就是能传达出原作的异域文化特色、异语语言形式及作者的异常写作手法，虽然在 20 世纪的大部分时间里，归化翻译占据着主导地位，但是到了 21 世纪，局面将会有所改变。随着国际交流的日益频繁，随着各国人民之间的不断沟通，向作者接近的异化翻译将会越来越被广泛地采用。

美国的翻译理论家劳伦斯·韦努蒂是国外异化翻译的代表。他认为流畅的归化式翻译既掩盖了译者的工作努力，使译者遭受"隐形"的不公正待遇；也掩盖了文化之间的差异和原作的历史感，将主流文化的当代价值观强加给原作。由于归化式翻译追求的文体效果使译文读起来不像译文，因此很容易让读者误以为已受目标语言主流文化和语言价值观污染的译作就是原作的原貌。

2. 主张归化派

奈达可以说是归化派的代表人物。他提出了"最切近的自然对等"的概念。他从社会和文化的角度出发，把译文读者置于首位，并仔细分析源语信息的意图。奈达在各种不同的场合重复他的这一观点，即"译文基本上应是源语信息最切近的自然对等"。译文的表达方式应是完全自然的，并尽可能地把源语行为模式纳入译文读者的文化范畴。为了理解源语信息，读者不一定得接受源语文化的模式。因此，英语成语"to grow like mushroom"在译成中文时，可以用汉语成语"雨后春笋"来表达。

在前面分别提到了异化派和归化派各自的主张。表面上看，译文归化与异化似乎是一对矛盾体。异化要求忠实于原文，保存异域情趣，更多地保留语言与文化的民族性，它是世界文化融合的一种趋势。而归化是在异化不能被理解或是不能准确达意的情况下，而使之本土化的一种翻译手段，是一种将就"读者"的变通转换。但是，异化与归化的这种矛盾并不表明异化与归化是互相排斥的。好的翻译是在异化和归化之间找一个"合理"的折中点。鲁迅先生说过："凡是翻译，必须兼顾着两面，一当然力求其易解，一则保存着原作的丰姿。"也就是说，既要有点"洋化"，又要一定程度的"归化"。"兼顾着两方面"也就是"归化"和"洋化"的统一。

主张异化派的人认为需要归化译法作为补充，而主张归化派的人也认为需要异化译法作为补充，双方都认为应该采取一种折中的办法。翻译家也在试图找出归化和异化之间的某种妥协，但无论是孙先生的"相辅相成"，还是蔡先生的"相互补充"，都没有给我们一个明确的借助"归化"或"异化"的标准。

此外，翻译中归化与异化的表达方式也并不是固定不变的。在某一个时期被认为是异化的表达法，随着时间的推移和社会的发展，有可能成为译语的一部分，看不出异质的因素。这样，异化也就变成了归化。

（五）异化法和归化法在英语翻译中的应用

1. 异化法

异化策略具有以下四个特点：①不完全遵循目的语语言与语篇规范；②在适当的时候选择不通顺、晦涩难懂的语言；③有意保留源语中的实现材料或采用目的语中的古词语；④为目的语读者提供一次前所未有的阅读体验。

采用异化策略来处理原文中带有明显文化特征的元素，其结果必然会出现一些不同于目的语的新表达形式及其承载的文化内涵，而语言作为一个开放的体系，也具有强大的包容力和吸收力。随着各国、各民族之间经贸与文化交流的日益频繁，各种语言都从中获益，得到了不同程度的丰富，如汉语中的象牙塔（ivory tower）、愿景（vision）、黑马（dark horse）、桑拿（sauna），以及英语中的 kung fu（功夫）、paper tiger（纸老虎）、tofu（豆腐）等。请看以下例句。

（1）To kill two birds with one stone.

译文：一石二鸟。

类似 To kill two birds with one stone 的汉语表达有"一箭双雕"或"一举两得"，但采用异化策略将其译为"一石二鸟"则有一种令人耳目一新的感觉，可以使汉语母语者了解到有别于汉语的英式表达方式。

（2）谋事在人，成事在天。

译文：Man proposes, heaven disposes.

2. 归化法

归化是一种以目的语文化为导向，要求译者向目的语读者靠拢，采取目的语读者所习惯的表达方式来传递原文信息的翻译策略。归化策略旨在尽量减少译文中的异国情调，为目的语读者提供一种自然流畅的译文，即施莱尔马赫所说的"尽量不干扰读者，请作者向读者靠近"。采用归化策略的译者通常都会有意识地采取一种自然流畅的目的语文体，把译文调整为目的语篇体裁，加入必要的解释并删去原文中的直观表达方式。请看以下例句。

（1）When the cat is not home, the mice dance on the table.

译文：山中无老虎，猴子称大王。

这是一句荷兰谚语，意思是说"当猫不在家的时候，老鼠就会肆意妄为（直译为在桌上跳舞）"。如果采用归化策略，借用汉语母语者耳熟能详的"山中无老虎，猴子称大王"这一汉语俗语来翻译本句，则更有助于译文读者产生与原文读者相似的阅读效果。

（2）癞蛤蟆想吃天鹅肉。

译文：The toad on the ground wants to eat the goose in the sky.

译者采用归化策略，放弃了"天鹅"一词，而以 goose（鹅、雁）取而代之，巧妙地借用英语习语 a wild-goose chase 来表达"徒劳之举"的意思，使得译文非常传神。

第二节　跨文化背景下翻译的技巧

一、英语词汇的翻译技巧

（一）翻译中的选词

词是构筑短语、句子、段落和篇章最基本的单位。为了使翻译文本精确通顺，译者必须选择与原文最为贴切的译文表达。因此，选词就成为最基本的翻译技巧之一。

某个单词的意思不仅仅是其在字典当中的解释，更重要的是它在语言中具体应用的含义。字典释义大多只是单词外延意义的记录，通常并不能给出其具体内涵。词本无义，义随人生。同一个单词在不同的上下文中，就成为另一个新的单词。翻译初学者通常生硬地遵照两种语言字面上的对应关系，却忽略了其上下文中的一致。因此，翻译时必须认真考虑原文中某个单词或短语的实际意思，然后选择译文中最恰当的词语来表达。

1. 选择情感意义

情感意义是指作者想要向读者传达的感情及态度。作者的立场观点、语气语调在语言上都会有所体现，在翻译时就必须注意措辞。词句在语言中通常有三种情感意义：褒义（positive）、中性（neutral）及贬义（derogatory）。对于原文中本身就含有褒贬意义的，应该把褒贬意义表达出来；而对于那些本身似为中性的词汇，必须根据上下文判断其褒贬，从而做出合适的转达。下面主要通过例子来进行解释和分析。

（1）英文褒贬义，汉译褒贬义。

①He is a highly successful student with a brilliant academic record.

他是一个学业出众的高才生。

原文的 successful 和 brilliant 都是褒义词，而且句子本身传达的都是积极含义。因此，译成汉语时应该选择同样带有褒义的词汇"高才生"与"出众"来表达作者的正面态度。

②"You chicken! "he cried, looking at Tom with contempt.

"你这胆小鬼！"他轻蔑地看着汤姆叫嚷道。

英文的 chicken 用来指人时，通常形容某人缺乏勇气，胆子很小，在口语中更是如此。原文中的另一个单词 contempt 也透露出句中的汤姆瞧不起对方。翻译时，必须将这种主观态度直接表达出来。

（2）英文中性，汉译择褒或择贬。

①Aggressive nations threaten world peace.

侵略成性的国家威胁世界和平。

②A salesman must be aggressive if he wants to succeed.

推销员如要成功，必须有闯劲。

Aggressive 既有"好斗的"之意，又有"执着的"的内涵，如何选择其义，关键在于其所在句子透露出来的到底是褒义还是贬义。上面两个例句正好说明了这个英文单词相对的两种含义。

（3）带有文化色彩的情感意义。

由于英汉两种文化的差异，英文中某些带有褒义的单词，其汉语对应词却是贬义的，或者刚好相反。遇到这种情况，翻译时就必须认真辨析，并做些改变。举例如下。

①individualism: feeling or behaviour of a person who likes to do things his/her own way. regardless of what other people do; theory that favours free action and complete liberty of be-lief for each individual person(contrasted with the theory that favours the supremacy of the state); the idea that the rights and freedom of the individual are the most important rights in a society.

个人主义：一切从个人出发，把个人利益放在集体利益之上，只顾自己，不顾别人的错误思想。个人主义是生产资料私有制的产物，是资产阶级世界观的核心。它的表现形式是多方面的，如个人英雄主义、自由主义、本位主义等。

由上可知，individualism（中性词）≠个人主义（贬义词）≈个体主义。

②pragmatism: a way of dealing with problems in a sensible practical way, instead of following a set of ideas.

实用主义：现代资产阶级哲学的一个派别，创始于美国。它的主要内容是否认世界的物质性和真理的客观性，把客观存在和主观经验等同起来，认为有用的就是真理，思维只是应付环境解决疑难的工具。

由上可知，pragmatism（褒义词）≠实用主义（贬义词）≈务实主义。

2. 选择引申意义

由于英汉两种语言在词语搭配及语境使用上存在许多差异，英译汉时总有些词或词组难以按照字面意义进行直译。为了使译文通顺达意，需要将原文的词义加以引申。引申意义的得出必须依据上下文的内在联系和逻辑关系，使用符合汉语习惯的方式将原文的深层意义表达出来。词义的引申一般可以通过抽象译法、具体译法和转换译法这三种方式来实现。

（1）抽象化。

当英文原文用具体事物来表达某种抽象概念或特性时，尤其是用到那些带有强烈西方色彩的词汇，有时可以将其词义从具体引向抽象，从特殊引向一般，从局部引向概括，这样完成由"实"到"虚"的过程，使得译文更符合汉语的地道表达。举例如下。

①Every life has its roses and thorns.

每个人的生活既有甘甜，又有苦涩。

原文中的 roses 和 thorns 分别为"玫瑰"和"棘刺"，是十分具体的事物，但在本句里却是指代生活当中会遇到的不同体验和感觉。因此，需将原文带有具体意象的词句进行抽象化处理，将它扩展为"甘甜"与"苦涩"。

②Arabs rub shoulders with Jews, and have been doing so from the earliest settlement of the territories.

阿拉伯人和犹太人生活在一起，而且从这些地区最初有人居住时就一直如此了。

例句中的 rub shoulders with 字面意思为"与某人擦肩"，属于生活当中具体的动作行为。而在本句中，这层意思必须进行延伸，才能体现原句所要表达的两个民族人民长期相处的深层含义。

③When I go around on speaking engagements, they all expect me to assume a Quaker-Oats look.

我应邀外出演讲时，他们都指望我摆出一副毫无表情、一本正经的面孔。

Quaker-Oats 是欧美一种有名的麦片商标，商标中画的老头模样毫无表情，因为中文读者对此不熟悉，所以不能直接翻译成"像麦片商标中老头那样的表情"，而应该虚译。

（2）具体化。

有时，当英文原文本身就是某种抽象概念或特性时，为了使其译文符合汉语表达，可以将原文中抽象、含蓄或者是朦胧的词义从抽象引向具体，从一般引向特殊，从概括引向局部，完成由"虚"到"实"的过程，以更贴近汉语读者的阅读习惯。举例如下。

①He is a valuable acquisition to the team.

他是该队不可多得的新队员。

acquisition 意为"获得"或"得到"，若直接按照字面翻译，就可能会翻译成"他是该队宝贵的一种获得"。从中文角度去考虑，这句话很明显是不通顺的。细究本句中 he 和 team 的关系，可知是刚加入的队员，因此将该词词义具体化，从而得出上述译文。

②The Great Wall is a must for most foreign visitors to Beijing.

对于大多数去北京的外国游客来说，长城是必不可少的游览胜地。

该句中的 must 充当的是名词，如果只翻译成"必须"，句意不完整，不利于读者理解。因此，应该通过释义手段，将词义明确化，使译文流畅。

（3）转换法。

有时，某个英文单词或词组的译文实在无法通过直译或意译来得出，或者翻译出来的译文不符合中文表达习惯，此时在保证原文意思不变的情况下，可以转换思维，重组原文的表层形式，转换角度或选用地道的中文进行翻译。

①No difficulty can break the iron will of the Chinese workers.

任何困难都动摇不了中国工人的钢铁意志。

本例中，和"意志"搭配的汉语动词显然不能采用 break 的字面意思"折断"，这时就必须进行转换，选择"动摇"来与"意志"进行搭配，从而使译文较为通顺流畅。

②It is a project that answers many purposes.

这是一项适应多方面需要的工程。

answer 一词若照搬字面意思直接译成"回答"，和后面的宾语 purpose 无法形成合理通顺的搭配，只有通过转换，才能得出符合汉语习惯的地道表达。

（二）名词的翻译

1. 专有名词

英语专有名词包括人名、地名、国名、机构名称等，在英译汉的过程中，有些问题需要注意，请看下例。

The Einsteins, however, could not afford to pay for the advanced education that young Albert needed.

然而，爱因斯坦的父母无力负担年轻的阿尔伯特深造所需要的费用。

上例中 Einstein 是姓，Albert 是名。英语中定冠词+人名的姓+s，用来指父母、夫妇、兄弟姐妹或是全家人。The Einsteins 指的不是阿尔伯特·爱因斯坦本人，而是指爱因斯坦的父母。

The search went on in Europe, in the Americas, in India, in China, in Africa.

探索工作继续在欧洲、南北美洲、印度、中国、非洲进行。

我们知道 America 是指"美国"或"美洲"。在上例中，定冠词加上 America 的复数，我们就应注意了，它是南美洲和北美洲的统称。

2. 普通名词

英语普通名词有可数和不可数之分，其中有些普通名词既可做可数名词，又可做不可数名词，但意义不尽相同。

（1）单数与复数。

a piece of paper 一张纸

Where's today's paper? 今天的报纸在哪？

He read a paper at a medical conference on the results of his research.

他在医学会议上宣读了他的研究论文。

Immigration officials will ask to see your papers.

移民局的官员将要求你出示证件。

She spent the evening marking examination papers.

她一整晚都在批试卷。

从上例可以看到，paper 用作单数时可以作"纸""报纸""论文"解，用作复数时可以作"证件""试卷"解。

再如，people 和 peoples 都是可数名词，但加了 s 与不加 s 意义上有所不同，people 作"人民""人们"解，但 peoples 则作"各国人民""各民族"解。因此，在英译汉的过程中，除要辨别单复数的词义外，还要结合不同的语境去理解具体词义。

（2）可数与不可数。

One recent use of radar was in the determination of the distance to the moon.

雷达最近的一种用途是测定到月球的距离。

Peacetime uses for radar are many.

雷达在和平时期的用途很多。

上两例中，use 受数词 one 修饰或使用复数形式，是可数名词，应当作"用途"解。而 use 作为不可数名词时，却应解释为"使用"，举例如下。

a room for the use of doctors only.

只供医生使用的房间。

（3）复数。

Men and nations working apart created these problems; Men and nations working together must solve them.

人们之间和国家之间离心离德产生这些问题，人们之间和国家之间同心协力必定能解决这些问题。

此例中，men 与 nations 都是复数名词，如果单单译为"人们"和"国家"，不合原意，并且还容易误解为"人们同国家之间离心离德……"。原文中，men 指的是"人与人之间"，nations 指的是"国家与国家之间"，因此在翻译时应在"人们"和"国家"后面分别补充"之间"一词，否则便会产生误译。

再如：

The primary task of contrastive analysis must be the comparison of rules and rule systems and not of the structures determined by them.

对比分析的主要任务必然是规则之间和规则体系之间的比较，而不是规则和规则体系所决定的结构之间的比较。

上例中，如将 the comparison of rules and rule systems 译为"规则和规则体系的比较"，就容易使人误解为"规则同规则体系之间的比较"。句中 rules 和 rule systems 都是复数，指的是"规则与规则之间（的比较）"及"规则体系与规则体系之间（的比较）"，因此在译成汉语时，应在"规则"和"规则体系"后面分别补充"之间"一词。后半句中的 structures 也是复数，应同样译为"结构之间"。

汉语中重复使用的名词译成英语时，有的可采用名词复数形式来表达。举例如下。

①战争是民族和民族、国家和国家、阶级和阶级、政治集团和政治集团之间互相斗争的最高形式。

War is the highest form of struggle between nations, states, classes or political groups.

②长时期的历史经验，必然使我们的党心、军心、民心集中到在社会主义基础上实现国家的富强，实现包括台湾在内的祖国统一这一基本要求上来。

Long years of historical experience have inevitably turned the hearts and minds of all members of our Party, army and people to the fundamental goal of the prosperity of the country under socialism and of reunification, particularly the return of Taiwan to the motherland.

3. 动作名词

（1）动作名词与其他名词意义。

英语中有些名词既可用作动作名词，又可用作一般抽象名词或普通名词，但是它们的含义各不相同。正因为它们在形式上相同，有时就容易引起误解。举例如下。

The commission of certain acts such as armed attack, naval blockades, support lent to armed gangs of terrorists was considered as a form of aggression.

从事诸如武装进攻、海上封锁、向武装的恐怖分子集团提供援助之类的行为，都被认为是一种侵略。

上例中，commission 一词不用作普通名词"委员会"去理解，而是用作动作名词"从事"去理解，这里的 the commission of certain acts 相当于 committing certain acts。

（2）带否定含义的动作名词。

英语中有少数动作名词，如 failure（后接动词不定式）、absence 等，带有否定含义，一般可译成汉语"不""没有"等，但是有时它们容易被误解为一般抽象名词，译为"失败""缺席"等。

例如：

His failure to come that evening was due to ill health.

他那天晚上没能来是因为身体不舒服。

failure 用作一般抽象名词时可译为"失败"，如"Failure is the mother of success."（失败是成功之母），但是在上例中，failure 不能译为"失败"，因为它后接动词不定式 to come，用作动作名词，相当于 to fail to come，理解为 to be not able to come，译为"没能来"。

再如：

Why does he say nothing about the total absence from his list of poems about future?

他开列的单子中根本没有关于未来的诗歌，对此他为什么只字不提？

在上例中，absence 用作一般抽象名词时可作"缺席""缺乏"解，但用作动作名词时应译为"没有"，此句中的 absence...of poem 不宜译为"缺少诗歌"，应译为"没有……诗歌"。

英语动作名词一般不加 s，加了 s 含义就不相同。例如 the trouble of translation，译作"翻译的难处"，而 translations of British Literature 则译作"英国文学译作"，前者 translation 是指翻译这项活动，而后者的 translations 则指具体作品。因此，动作名词加了 s 往往是指动作的具体结果。

例如：

A successful scientist at applies persistent and logical thought to the observations he makes.

凡是有成就的科学家总是对观察到的结果进行持续不断的、合乎逻辑的思考。

observation 是由动词 to observe 派生而来的，作"观察"解释，如 observation of natural phenomena，译为"观察自然现象"或"对自然现象的观察"。但这句中的 observations 是复数，指的是"观察到的情况、资料或结果及观察后发表的意见"，在这里可译为"观察到的结果"。

As a result of those economies, many of our most important new projects in other fields became possible.

由于采取了这些节约措施，我们在其他方面的许多最重要的新工程才得以实施。

上例中 economies 的单数形式是 economy，可解释为"经济""经济制度"，也可作"节约"解释，在这里，economy 是"节约"的意思，因为是复数形式，作具体的"节约措施"解，而不能译为"经济"。

（3）抽象名词。

这里所说的抽象名词主要是指表示状态或其他抽象概念的名词。英语中，有些抽象名词如 desirability、utility、advisability 等，特别是这些词放在 to question、to ask 这类动词后面，可分别译为"是否可取""是否有用""是否妥当"等。

例如：

Our previous occasions, Canada expressed certain reservations about the possibility of obtaining general agreement on a definition of aggression and in fact questioned the desirability and utility, in the light of the international situation, of continuing the search for such a definition.

对于就侵略定义取得大体一致意见的可能性，加拿大过去曾经几次表示过某些保留，事实上，它鉴于当时的国际形势，对于继续谋求这样一个定义是否可取和是否有用也表示过怀疑。

上例中的抽象名词 desirability 和 utility 不宜译为"可取性"和"有用性"，特别是在这里和 questioned 这个表示疑问的动词连用，应译为"是否可取"和"是否有用"。

再如：

Asked about the advisability of allowing a fire at all so near to buildings, Mr. Banks pointed out that there was no other open space available.

当人们问到在如此靠近建筑物的地方烧火是否妥当时，班克斯先生指出，当时没有其他露天场所可供使用。

上例中，抽象名词 advisability 用在 asked about 之后，译为"是否妥当"比译为"妥当性"更能确切地表达原意，更符合汉语的表达习惯。

（三）冠词的翻译

冠词是虚词的一种，没有独立的意义，只能依附在名词之前，包括不定冠词"a/an"和定冠词"the"。与汉语不同，英语冠词的存在非常广泛，含义也很丰富。不定冠词"a/an"与数词"one"同源，表示"一个"；定冠词"the"与"this"和"that"意思接近，表示"这个，那个"，只是指示程度比较弱。一般来说，不定冠词泛指某个事物或人，而定冠词则是特指一个或几个事物或人。而汉语的名词前面是没有冠词的，名词本身也没有明确泛指或者特指的概念。因此，在英汉翻译的时候，要根据具体的语言环境决定如何处理名词前面的冠词。举例如下。

You should take the medicine three times a day. 这个药每天吃三次。

You'd better take some medicine. 你最好吃点药。

Pass me the salt. 把盐递给我。

Please give me some salt. 请给我点盐。

另外，英语的专有名词、抽象名词和物质名词前一般不加冠词，但需要注意以下情况中加冠词和不加冠词之间意义的区别。

Do you like the music?你喜欢这音乐么？

I have a passion for music. 我酷爱音乐。

He took the advice immediately. 他立刻接受了这个意见。

Good advice is beyond price. 好意见是无价宝。

在英汉翻译中，英语冠词的翻译一般涉及如下情况。

1. 冠词的省译

由于不定冠词后面所跟的名字通常是前文没有出现过的事物或者人，一般来说省译得相对较少；而定冠词后面的名字大多数都是之前出现过的，很多时候都被省略了。

例如：

A man came out of the room.

一名男子从屋里走出来。

汉语名词本身没有指示单复数的作用，因此需要用数量词表示出来。上面这个句子中的"man"翻译成了"一名男子"，应当是前文中没有提到过的人物，或者讲话参与者所不知道的人，因此不定冠词是翻译出来了的，而"the room"表示是大家都知道的房间，所以定冠词"the"也就省略了。也有一些情况是不定冠词省略的，举例如下。

I haven't got a thing to wear.

我没有衣服可穿。

原文中的不定冠词"a"没有翻译出来，直接与前面的"haven't got"融合，译为"没有衣服"。

2. 冠词的直接翻译

英语的冠词，在一些情况下是必须翻译出来的。

例如：

He died on a Monday.

他是在一个星期一去世的。

这个句子中的"a"表示"某个"，并不是所有星期一中的随意一个，而是说话者不确定死者去世的时间具体是什么时候，用"a Monday"表示一个比较模糊的时间概念。如果省略了"a"，变成了"他是在星期一去世的"，意思就和原句相去甚远了。

The news made her all the sadder.

这消息让她更加悲伤。

定冠词 "the" 用在 "all" 与形容词比较级之间，表示 "更加……"，因此在译文中，这个定冠词是与其搭配词的语义融合在一起的；而 "the news" 当中的定冠词表示 "她" 当时所听到的那一则特定的消息，所以在译文中翻译为 "这" 表示强调。

（四）连词的翻译

1. and

一般来说，连词 and 在连接两个或两个以上处于并列关系的名词、代词等情况下，通常被译为 "和" "与" "以及" 等，如 "You and I"（我和你）、"Pride and Prejudice"（《傲慢与偏见》）、"China, India and other countries in the region"（中国、印度以及该地区的其他国家）。然而，and 除了作 "和" 解以外，还包含许多其他意义，下面分类举例加以说明。

（1）连接两个或两个以上动词。

当 and 连接两个或两个以上动词时，有时可省略不译，有时可译为 "接着" "然后" 等。

例如：

The goalkeeper places the ball, runs up and boots it well up field to the outsideleft.

守门员把球放在地上，跑上去飞起一脚，球越过中线，传给了左边锋。

这句话中，and 连接 place、run up 和 boot 三个表示先后紧接着发生动作的谓语动词，译成汉语时应当省略，不能译为 "和" 或 "以及"。

再如：

As a result of those measures we weathered the storm and moved on into calmer waters.

由于采取了那些措施，我们经受住了风暴，接着进入了比较平静的海面。

上例中，and 连接 weather 与 move on 这两个动词虽然不是表示一个紧接着一个发生的动作，但也不是表示中间相隔较长一段时间发生的动作，这里的 and 可译为 "接着"。

（2）连接两个或两个以上短语或从句。

and 连接两个或两个以上短语或从句，除了可译为 "后来" "随即" "就" 以外，还可译为 "并且" "又是" 等，有时也可省略不译。

Further to the west, at a point where the river was fordable, and abbey—the Abbey of Westminster—was founded, and two towns grew up side by side—one centered on the Roman camp, and the other on the Abbey.

西边稍远，在河水浅得可以涉水而过的一个地方造了一座大教堂，即威斯敏斯特教堂。后来两城并肩崛起，一个以罗马人的营地为中心，另一个则以大教堂为中心。

上例中，第一个 and 连接 an abbey was founded 与 two towns grew up side by side 两个并列句，句中所叙述的 "造教堂" 和 "城镇兴起" 这两件事相隔至少一段时间，这种含义的 and 可译为"后来"；第二个 and 连接两个短语，可省略不译。

（3）表示目的、条件等含义。

例如：

Another opportunity for the three kingdoms to join and oppose was lost.

这三个王国又错过一次联合起来进行对抗的机会。

上例中，如把句中的 to join and oppose 译为"联合和对抗"，就没有真正理解 and 在这里的含义。句中连接 to join 和（to）oppose 的 and 表示的不是并列关系，而是表示目的；to join and oppose 相当于 to join to oppose，意思是"联合的目的在于反抗"，这种表示目的含义的 and 译成汉语时一般也可省略不译。

再如：

Take a look at our village and you will see what changes these five years have brought about.

看看我们这个村子，你就知道五年来发生了多大变化。

上例中的 and 前面是祈使句 Take a look…，后面是 you will…brought about，这种用法的 and 表示条件含义，原句相当于 if you take a look…, you will see…。这里的 and 可译为"就"，而不能译为"以及"。

and 还有一些其他的含义，如"These apples are good and ripe."不能译为"这些苹果又好又熟"，应译为"这些苹果熟透了"，这里的 good and 相当于一个副词，作 very 解。句中的 good and ripe 解释为 well ripe，因此译为"熟透了"。又如"It is nice and warm by the fire."应译为"在火边很暖和"，其中 nice and 与 good and 一样，也作 very 解。再如 a knife and folk，译为"一副刀叉"；又如 a needle and thread，不译为"一枚针和一根线"，应译为"穿了线的针"。

2. or

一般情况下，我们习惯把 or 理解为"或者"，如"We usually watch TV or take a walk after supper."。这句中的 or 相当于汉语的"或者"，全句可译为"晚饭后我们通常看电视或者散步"。但除此之外，连词 or 还有其他的含义，译法也较灵活。

（1）在肯定句中的含义与译法。

The X-ray or post-mortem examination reveals many broken bones.

无论是 X 光检查还是尸检，都表明许多骨头已经折断。

上例中，the X-ray or post-mortem examination 相当于 whether it is the X-ray or post-mortem examination，因此译为"无论是……还是"比译为"X 光检查或尸检……"更加切合原意。

Black tea, or red tea as called in China, is now exported in large quantities to European countries.

黑茶，即中国人说的红茶，现在大量出口到欧洲各国。

上例中，or 所连接的两个部分是同一个事物，"黑茶"即"红茶"，只是名称不同而已，指的是同一个东西。这里的 or 是一种同位用法，可译成汉语的"即""也就是"等，若译为"或者"则容易引起误解。

Hurry up, or you'll be late.

赶快，否则你要迟到了。

上例中的 or 连接两个并列句，作 if not 或 otherwise 解，可译作"否则"，or 后可接 else。

（2）在否定句中的含义与译法。

or 用于否定词 not、no 等后面，不宜译为"或者"，否则会引起误解，可译为"不""也不"，有时则可译为"和"。

If there were no such things as gravity, you could not run or jump rope or swim or drink an ice cream soda.

要是没有地心引力，我们不能奔跑、（不能）跳绳、（不能）游泳，也不能喝一杯冰激凌苏打。

该句中，or 用于 not 或者其他否定词后面时作 and not 解，该句中的头两个 or 译成汉语，可在"跳绳""游泳"前面重复"不能"，也可以省略，但是第三个 or 宜重复"不能"。

The moon had no seas, lakes or rivers or water in any form. There are no forests, prairies or green fields and certainly no towns or cities.

月球上没有海、湖和河，也没有任何形式的水；没有森林，草原和绿色田野，当然也没有城镇和城市。

上例中有四个 or 和 no 连用，但都不宜译为"或者"，其中除了 or water in any form 中的 or 应译为"也没有"外，其他三个 no 后面的 or 都可译为"和"。

3. more…than…

包括 more…than…的一些句子，一般习惯译为汉语的"比……多"或"超过"，这样的译法在有些情况下是正确的，但除此之外，more…than…还有一些其他的用法，下面分别举例加以说明。

（1）作 rather…than…解，可译为"与其说……不如说……"。

It seems that the so-called division between the pure scientist and the applied scientist is more apparent than real.

看来纯科学家和应用科学家之间所谓的界限，与其说是实际存在的，不如说是表面的。

上例中的 more apparent than real 不是形容词的比较级，不能译为"比实际更明显"，因为这里的 more…than…连接两个相应的成分，作 rather…than…解，可译为"与其说……

不如说……"。由于英语 more…than…肯定 than 前面的 apparent，而汉语"与其说……不如说……"肯定后面的"不如说"，所以 than 前后的两个词译成汉语时要互换位置。

（2）作 not 解，可译为"不"。

The traveler entertained his host with stories, some of which were really more than could be believed.

过往旅客讲了一些故事给他的主人听，其中有些简直不能相信。

上例中的 more than could be believed 不能译为"比能够相信的更多"，应译为"不能相信"，这里的 more than 作 not 解。这种作 not 解的 more than 多半后接 can 或 could 构成谓语动词。

（3）作 not only 解，可译为"不只""不仅仅"。

Peace is much more than the absence of war.

和平远远不只是意味着没有战争。

上例中的 more than 作 not only 解，不宜译为"超过（没有战争）"，应译为"不只是"。这里的 much 用来强调 more than…，可译为"远远"。

二、英语句子的翻译技巧

（一）从句的翻译

1. 名词性从句

所谓名词性从句，顾名思义就是名词成分用从句来代替，如主语从句、表语从句、宾语从句。

（1）主语从句。

主语部分由从句代替。通常，从句部分是疑问分句或陈述分句，如果是疑问分句，语序是陈述语序，此时翻译成汉语可按原文的正常顺序。举例如下。

Whatever form is used by the majority of educated speakers or writers is correct.

虽然这句话的主语表面上看起来是一个特殊疑问句，但在翻译时我们可按陈述语气来对待。应译为"大多数受过教育的人说话和写作所使用的语言形式是正确的"。

Where she spends her time is none of your business.

where 引导的从句翻译时可以直接译出。应译为"她去哪消磨时间不关你的事"。

由 it 做形式主语的主语从句，主语从句是否需要提前译，要视情况而定。举例如下。

It has been estimated that the weight of all the insects destroyed by spiders in Britain in one year would be greater than the total weight of all the human beings in the country.

这句话真正的主语从句过长，所以不提前译，先译 it 做形式主语的部分，it 也没有强调，故不需要译出。参考译文为"据估计，在英国一年中蜘蛛所消灭的害虫的重量要比所有英国人加在一起的体重还要重"。

It is curious to consider the diversity of men's talents, and the causes of their failure or success.

这句话真正的主语从句比较短，所以可以提前翻译。文中没有明确的主语，故 it 需要译出，但没有具体所指，所以可以泛泛地翻译。参考译文为"人各有天分，各人成败的原因也不同。人们对这些问题的思考都透着一分好奇"。

It is more important that each kind of wine should be served at whatever the right temperature was for it.

此句主语从句不提前翻译，it 需要译出。参考译文为"这一点对酒来说更显得重要。每个品种的酒，都应该以合适的温度饮用或储存"。

It is impossible to make more than the wildest guess at how many they kill, but they are hungry creatures, not content with only three meals a day.

此句主语从句提前翻译，it 不需要译出。参考译文为"它们一年中消灭了多少昆虫，我们简直无法猜测，它们是吃不饱的动物，不满足一日三餐"。

（2）宾语从句。

由 what、that、how 引导的宾语从句在翻译时不需要改变句序，也就是通常所说的顺译法。举例如下。

No one will deny that what we have been able to do in the past five years is especially striking in view of the crisis which we inherited from the previous government.

参考译文为"没有人能够否认由于前任政府遗留下来的危机，我们在过去 5 年所能够做的现在已经进行不下去了"。

The sagas of these people explain that some of them came from Indonesia about 2000 years ago.

参考译文为"当地人的传说告诉了人们：其中有一部分是在约 2000 年前从印度尼西亚迁来的"。

Other experiments showed that her knees and shoulders had a similar sensitivity.

参考译文为"其他实验表明，她的膝盖和双肩有类似的感觉能力。"

I was speaking to her about my aunt, and mentioned that my aunt had been very sad ever since Mary died, and said to her, "Of course, you know how important Mary was to her."

参考译文为"我在对她说我姑妈的情况时提到，我姑妈自从玛丽死后一直非常伤心，所以我对她说：'当然，玛丽对她来说是多么重要'"。

（3）表语从句。

表语从句的翻译比较简单，一般按照原文的顺序翻译即可。举例如下。

The result would be that the representation of sensations and memories would be confined to smallish, discrete areas in the left hemisphere, while exactly the same input to a corresponding area of the right side would form a sprawling even impressionistic, pattern of activity.

此句句型复杂，但主体是一个表语从句，参考译文为"其结果往往是，感知和记忆的表现总是限于左半脑中的较小且离散的区域，而进入右脑的相应区域的完全相同的输入则总是形成一种散开的甚至印象式的活动模式"。

The fact, however, remains that, though seemingly a big military power, she is far from invulnerable in her air defence.

参考译文为"然而，现实情况仍旧是，虽然它貌似一个军事强国，它的空防却远不是无懈可击的"。

Perhaps the most commonly voiced objection to volunteer participation during the undergraduate years is that it consumes time and energy that the students might otherwise devote to "academic" pursuits.

虽然这句话的主语较长，但仍按原文的顺序来翻译。参考译文为"反对在大学期间参加志愿者服务的最普遍的看法是认为社会服务占去了学生的时间和精力，否则，学生会利用这些时间去做学术研究"。

What we should like to know is whether life originated as the result of some amazing accident or succession of coincidences, or whether it is the normal event for inanimate matter to produce life in due course, when the physical environment is suitable.

这句话的表语从句部分成分复杂，需要注意翻译的顺序。参考译文为"我们想知道的是生命究竟是起源于某个惊人的事件，或是一系列的巧合呢？还是当自然环境适合，无生命的物质经过相当一段时间就自然而然地产生了生命呢？"

The blunt truth of the matter is that human beings are not designed for tasks which require relentless vigilance: for the sophisticated human brain these are boring.

参考译文为"此事说明了一个真切的道理：人类并不是生来就适合做不间断的高度警觉的工作，对于复杂的大脑来说，这些工作太乏味了"。

（4）同位语从句。

所谓同位语从句，是对句中的名词或代词做出进一步的解释。举例如下。

Furthermore, it is obvious that the strength of a country's economy is directly bound up with the efficiency of its agriculture and industry, and that this in turn rests upon the efforts of scientists and technologists of all kinds.

参考译文为"再者，显而易见的是一个国家的经济实力与其工农业生产效率密切相关，而效率的提高则又有赖于各种科技人员的努力"。

2. 定语从句

定语从句也被称为形容词从句，在句中做定语，修饰一个名词或代词，在句法结构上属于次要成分，但由于使用范围很广，因而极其重要。英语中的定语从句主要分为两类：

限制性定语从句和非限制性定语从句。汉语中没有类似英语中定语从句的结构，在翻译过程中要灵活处理，善于变通。灵活处理和善于变通的度关乎原文和译文结构调整的量。无论采用何种办法，都要遵循译语的表达习惯，不断增强译文的可读性。

（1）限制性定语从句。

限制性定语从句对所修饰的先行词有限制的作用，两者之间的关系非常紧密，定语从句与先行词之间不用逗号分隔。一般来说，这类句子多采用提前定语从句的方法来翻译。

①前置法。

前置法是定语从句的常用翻译方法之一，是指在翻译过程中将定语从句调整到中心语的前面，形成汉语中前置定语的结构。前置法通常把原句翻译成"……的……"的偏正结构。举例如下。

You are the only person that can help me.

你是唯一能帮助我的人。

The question that worries us is how long the water can last.

我们都担心的问题是这些水能维持多久。

Last night I saw a very good movie which was about a lovely Samoyed dog.

昨晚我看了一部关于一只可爱的萨摩耶犬的电影。

A child whose parents are dead is called an orphan.

双亲都死了的孩子叫作孤儿。

一般说来，使用前置法翻译的定语从句具备这样的特点：其定语结构比较简单，字数较少。如果定语从句结构比较复杂，尤其出现较多的修饰成分时，多采用重复后置法来翻译，这样做是为了避免译文冗长杂糅，也符合汉语的表达习惯。

②重复后置法。

重复后置法是针对那些字数较多、结构较复杂的定语从句的一种有效的翻译方法。所谓重复后置法，是指先重复翻译先行词，然后将定语从句译成并列的后置分句，不调整到中心语前面。举例如下。

A province is composed of cities that are composed of towns.

省是由城市组成的，而城市又是由集镇组成的。

Small wonder then that more scientists are visiting the region to acquire new knowledge which will help us to have a better understanding of the earth as a whole.

难怪现在越来越多的科学家前往该地区以获得新知识，这些知识将有助于我们更好地了解整个世界。

HR Department is an important part of a company that is responsible for the company's personnel management.

人力资源部是公司的重要部门，它负责公司的人事管理。

It is our teacher received the good news that announced the championship of our team.

是我们老师收到了好消息，说我们队赢了。（后置分句省略了先行词）

③融合法。

融合法是另一种翻译定语从句的方法，是指把主句和从句融合成一个新的句子。具体来讲，是把英语中的主句处理为汉语中的主语部分，把英语中的定语从句处理为汉语中的谓语部分，构成一个新的汉语句子。这种方法尤其适用于 there be 句型中的定语从句的翻译。举例如下。

There is nothing that does not contain contradiction.

没有什么事物是不包含矛盾的。

There is a boy on the phone who wants to speak to you.

电话里有个男孩要和你说话。

There are many people who want to see the panda from China.

许多人想看这只来自中国的熊猫。

The boy who was crying as if his heart would break said that he was very hungry.

那个男孩哭得似乎心都碎了，说他实在是饿极了。

（2）非限制性定语从句。

非限制性定语从句与主句的联系相对没有那么紧密，多起解释或补充说明的作用。翻译这类定语从句，也需根据实际情况采用前置法或重复后置法。与限制性定语从句有些不同的是，由于非限制性定语从句中主从句相对较为独立，因此有时可以采用重复后置法把主句和从句译成两个独立句。举例如下。

Chairman had talked to the CFO Mary, who assured him that the financial problem could be well solved.

董事长和财务总监玛丽谈过话。玛丽向他保证，财务问题会圆满解决。

3. 状语从句

状语从句的种类有很多，按意义可分为时间、地点、原因、目的、结果、条件、让步等。不同类型的从句翻译时也各有特点。

（1）时间状语从句。

When I became aware of my imminent mortality, my attitudes changed.

这句话篇幅简短，那么我们可以把状语从句部分译为状语成分，参考译文为"当我得知自己大限将至以后，我的态度就变了"。

As land developed, rain water and rivers dissolved salts and other substances from rocks and carried them to the oceans, making the ocean salty.

参考译文为"在陆地形成时，雨水和河水溶解了岩石中的盐和其他物质并把它们带入海洋，使海水变咸"。

101

（2）原因状语从句。

The policies open to developing countries are more limited than for industrialized nations because the poorer economies respond less to changing conditions and administrative control.

这句话包含原因状语从句，既然表原因，就要有类似的关联词。参考译文为"由于贫穷国家的经济对形势变化的适应能力差一些，政府对这种经济的控制作用也小一些，所以发展中国家所能采取的政策比起工业化国家来就更有局限性"。

Besides learning the prescribed textbooks, you are supposed to read more books on your subject in order that you may expand your scope of knowledge.

参考译文为"为了扩大知识面，你们除了学好规定的教材之外，还应该阅读一些与专业相关的书籍"。

He says computer manufacturers used to be more worried about electromagnetic interference, so they often put blocks of material inside to absorb stray signals.

参考译文为"他说过去的计算机生产商往往更担心电磁干扰，所以他们常常内置一层材料来吸收杂散信号"。

（3）让步状语从句。

让步状语从句翻译时最显著的特点就是关联词"虽然、但是、即使"。举例如下。

Although humans are the most intelligent creature on earth, anything humans can do, nature has already done better and in far, far less space.

参考译文为"虽然人类是地球上最聪明的生物，人能创造一切，但大自然更富于创造性，早已创造出比人类创造的更好、更小巧的东西"。

（4）条件状语从句。

You jump on the bandwagon when you decide to support a candidate because public opinion studies show he is likely to win.

参考译文为"如果民意调查显示某个候选人很可能会取胜，因此你决定支持他，你就跳上了他的宣传车"。

（5）目的状语从句。

We do not read history simply for pleasure, but in order that we may discover the laws of political growth and change.

目的状语从句的关联词常用"为了、以免"。参考译文为"我们阅读历史书籍不仅仅是为了兴趣，而是为了发现政治发展与变革的规律"。

In plucking wild flowers, he always refrained from taking many from one locality, lest he should injure the future growth.

参考译文为"他采野花的时候避免从一个地方采集很多，以免影响花的生长"。

（二）时态的翻译

众所周知，英语有九个时态，其中的一般现在时、现在进行时、现在完成时、一般过去时、过去进行时、过去完成时、将来时比较常用。在翻译中，这些时态的翻译也各有特点。

1. 一般时态（现在，过去）

这两种时态翻译比较简单，一般是按照原文顺序，也无特别明显的标志词。例如：

Farmers and nomadic hunters alike enjoyed gathering around the fire, especially on wintry nights, to hear the tales of the storyteller.

参考译文为"农民们和游猎者都尤其喜欢在寒冬的夜晚，围坐在火堆周围，倾听讲故事的人讲述一个又一个故事"。

Although food cooked at home is far more healthful than meals eaten at restaurants, Americans are dining out more than ever, the u. s. Agriculture Department said Tuesday.

参考译文为"据美国农业部星期二称，尽管在家煮烧的食物远比餐馆里所用之餐有益于健康，美国人外出用餐仍更频繁"。

2. 进行时态（现在，过去）

这两种时态强调"正在"，所以在翻译时要注意是否有与此有关的词语。举例如下。

The gap of income between the wealthiest and the poorest families in the USA is widening though the national economy began to pick up in the 1990s.

参考译文为"尽管 20 世纪 90 年代全国经济复苏，美国家庭最富有者和最贫穷者收入之间的差距正在继续扩大"。

3. 完成时态（现在，过去）

完成时态强调"已经"，在译文中要有所体现。举例如下。

There has been plenty of publicity about"sudden-wealth syndrome"(also known as"affluenza")—evidence mainly of the fact that comparatively indigent journalists like to write about the new rich having a bad time, despite their fast cars and swanky houses.

参考译文为"关于'暴富综合征'（亦称'富裕病'）已经有不少的宣传——其证据主要基于这样一种事实：经济上较为贫困的新闻工作者们愿意写一些关于新贵日子不好过的消息，尽管他们拥有高速轿车和漂亮住房"。

三、英语语篇的翻译技巧

（一）把握主旨，通篇谋划

文章的主旨反映作者的写作意图，把握文章的主旨，也就是要了解作者的写作意图，因为作者的写作意图直接影响到了译文的翻译，以及该如何遣词造句。我们在翻译文章之前，要先分析作者的思路，看看他笔下人物的行事风格和处事态度。只有这样，才能力求使译文符合原文的意思，不歪曲作者的本意。

1. 领会作者的写作主旨

The customers of Holiday Hotel look 500 000 towels from its 2638 branch hotels every year, and the hotel wonders what happened to these towels later. However, the hotel has no intention to send a punitive expedition against the shoplifters but intends to enhance the nationwide promotion. The hotel announced to spare these customers on condition that they would tell what they have done with those towels in these years.

这段文章开始是对拿走毛巾的旅客持否定的态度，所以对于"lake"，我们可以翻译为"卷走"，对于"happen to"可以翻译为"遭遇"。

2. 分析作者笔下人物的性格特点

Tonight there is no moonlight at all. I know that this is a bad omen. This morning when I went out cautiously, Mr. Zhao had a strange look in his eyes, as if he were afraid of me, as if he wanted to murder me. There were seven or eight others who discussed me in a whisper. And they were a-fraid of my seeing them, so, indeed, were all the people. I passed. The fiercest among them grinned at me; whereupon. I shivered from head to foot, knowing that their preparations were complete.

作者笔下的人物心理是心虚、害怕的，而且充满了怀疑，所以作者用了很多不确定的修饰词，在翻译时，我们也要注意。如"似乎怕我，似乎想害我"要把人物的疑心表现出来。

I used to feel sorry for that ugly black piece of stone lying like an ox in front of our door; none knew when it was left there and none paid any attention to it, except at the time when wheat was harvested and my grandma, seeing the grains of wheat spread all over the ground in the front yard of the house, would grumble: This ugly stone takes so much space. Move it away someday.

这段话作者虽然不是在描写一个人物，但显然他为这块石头赋予了人物的特点，所以我们也要分析作者对于这块石头的态度。我们从"ugly"这个词可见一斑，"丑陋的"，作者开始对于这块石头无疑是嫌弃的。所以，在翻译最后一句话时，我们要翻译为"这块破石头多碍事呀，哪天把它搬走吧"。

3. 深刻理解作者意图

The opening of doors is a mystic act: it has in it some flavor of the unknown, some sense of moving into a new moment, a new pattern of the human rigmarole. It includes the highest glimpses of mortal gladness: reunions, reconciliation's, the bliss of lovers long parted.

这句话中"flavor"这个词的本义是味道、风情、情趣等。但在这里译成这些含义显然不合适，需要引申为意味。参考译文为"开门这个动作很神秘：既带着一点新时刻即将开始的感觉，是人类繁文缛节的一种新形式"。

在英译篇章的时候，首先要考虑句子翻译的正确性与准确性，运用以上学过的基本技巧与方法把每个句子翻译好。其次，要考虑句子以外的因素，如文化背景、语言环境等。其中，最为重要的是主题性、句与句之间的衔接性与连贯性，也就是说要考虑整体性，把一篇文章作为一个整体来看，而不是一个个单独的句子。如果只想到句子的意思，则会造成译文无法实现原文的全部功能和意义。

汉语篇章主题句往往不如英语篇章明显，所以我们要学会归纳总结，这样做有利于断句与分层。如果没有主题句，我们自己要先总结一个主题，然后各个分句或段落都围绕这个主题来翻译，因为所有分句与分段都是为表达中心意义服务的。除了总结主题，我们还要把剩下的句子或段落分层，这样可以将复杂的思想化整为零，然后逐个击破。举例如下。

这本文集里的文章风格完全一致。在对语言的理解，采用近来的哲学和语言学的方法了解个中含义这方面，这些文章向我们展示了某些"前沿"话题。"前沿"在这里有两层意思：其一，所讨论的话题都是现今思想与学术上比较前瞻性的东西。其二，对这些问题我们不太清楚或理解不够。

这段汉语段落层次分明、主题明确，所以需分段。

"The essays in this collection are composed entirely in this vein. Within the general field of the understanding of language, of the more recent philosophical and linguistic ways of approaching the meaning of meaning, they try to set out certain 'frontier' topics. The word 'frontier' has two relevant senses. The topics discussed are at the forward edge of current thought and scholarship. They are not yet clearly or fully understood."

我轻轻地扣着板门，刚才那个小姑娘出来开了门，抬头看了我，先愣了一下，后来就微笑了，招手叫我进去。这屋子很小很黑，靠墙的铺板上，她的妈妈闭着眼平躺着，大约是睡着了，被头上有斑斑的血痕，她的脸向里侧着，只看见她脸上的乱发和脑后的一个大髻。

这段文字从表面上看层次不明显，我们可以把它加工分为两层，先是"进门"，然后是"妈妈的样子"。层次分好后，我们就可以按部就班地英译了，值得注意的是，一系列的动词要保持动作的连贯性。参考译文为"knocked softly on the wooden door. The young girl I had met just now answered. Seeing me, she was a little taken aback at first, but soon began to smile and beckoned me in. On the plank bed against the wall, her mother was lying on her back, her eyes closed. She must have gone to sleep. There were blood stains scattered on the bedclothes round her neck. Her face was turned to the wall, and I could only see tangled wisps of hair across her face and the coil at the back of her head".

（二）结合语境

从语境的基本概念中我们可以知道，语境有助于加深译者对原文的理解，有助于译者把握全文的感情基调。

将翻译技巧的讲解融于文化语境的分析之中，可以让我们看到：翻译并不仅仅是语言活动，更是一种文化活动。译者如果忽略了原文的文化语境，就会将自己的错误理解转嫁给译文读者，造成译文的不连贯。根据语境对翻译技巧做出选择，应该是最为稳妥的方法。教师一定要让学生明白，无论采用直译、意译的翻译策略，还是增补、诠释等翻译方法，都要有一个理由。语境就是最好的理由。衡量译文的翻译策略是否恰当也要从语境出发。情景语境的作用在实际操作中往往会通过语域变体来体现。

（三）语气

If computer could be made as complex as a human brain, it could be equivalent of a human brain and do whatever a human brain can do.

不足的译文：如果电脑能够被制造得像人脑那样复杂，它完全能够像人脑那样，人脑能干什么，它就能干什么。

一般情况下，can 和 could 均可以表示"能够"的意思。但上句含有 if 引导的表示假设的条件句，句中两处 could 均为虚拟语气，结合上下文的语篇来看，could 应译为"倘若""可能会"，不宜译为"能够"。因此，上例可改译为：倘若电脑能制造得像人脑那样复杂，就可能会与人脑旗鼓相当，完成人脑所能做的一切工作。

Who should come in but the mayor himself?

你道是谁进来了，是市长自己呀！

上句形式上是疑问句，但是情态动词 should 在这里有强调和感叹的含义，因此将原文的疑问语气译成汉语的感叹语气更为有效和准确。

第四章　跨文化背景下的文学翻译

第一节　文学翻译概论

翻译文学作品是译者对原作品在其创作的情感、文学的价值、文学的意境和美学的内涵等方面的解读与诠释，并利用另一种语言文字使相关文学作品当中蕴含的美学价值能够重新体现出来。本章主要内容为文学翻译的内涵、文学翻译的过程及其原则、文学译者的基本素质要求。

一、文学翻译的内涵

（一）文学翻译的相关概念

1. 文学的含义

14 世纪时，从拉丁文 litteris 和 litteratura 演变而来的文学（literature）一词，延续了字词知识与书本著作的古文原意，成为与社会政治、历史哲学、宗教伦理比肩共存的形象表征，在当时的研究语境中，并无与其他文化产品迥异之处。然而，时至 18 世纪，文学有了自身独特的美学形式和情感表达方式，别具一格的文学作品开始从普通的文化产品中获得独立并脱颖而出。

总体来说，文学有广义和狭义之分。"只要是用文字编著而成的作品都可以被称为文学，这是文学的广义层面；特指用优美的语言和灵动的文字写就而成的作品才可以被称为文学，这是文学的狭义层面。"就此分类来看现今的文学作品，诸如戏剧、散文、小说和诗歌等，都属于狭义层面的文学。

2. 文学翻译的含义

文学翻译的历史溯源中外有别。国内最早出现的诗歌翻译可追溯至公元前 1 世纪，由西汉文学家刘向在其著述《说苑·善说》中记载的古老壮族民歌《越人歌》，是国内文学翻译的起点；国外最早出现的史诗翻译可追溯至约公元前 250 年，由古罗马史诗与戏剧的创始人李维乌斯·安德罗尼库斯（Livius Andronicus）用意大利粗俗的萨图尼尔斯诗体译出了荷马（Homer）的《奥德赛》（Odyssey），用于教学。自文学翻译诞生之日起，人类对其的思考与探索就未曾止步。及至当代，对文学翻译的研究更多地开始以专著的形式获得呈现。不同的学者持有不同的研究目的，从多个角度出发，对文学翻译进行了深度研究，得到了环环相扣的各种结论。由此可知，认清文学翻译的本质与内涵极为必要。对于国内外众多学者给出的文学翻译定义，下面将择其要者分而述之：①苏联著名文学翻译家兼翻译理论家加切奇拉泽（Gachechiladze）认为，文学翻译的过程也是译者进行文学再创作的过程，译著既要尊重原著的艺术真实，也要反映译者的价值观念和思维理念。②我国知名作家兼文学评论家茅盾先生认为，文学翻译的过程是借助语言营造原著艺术意境的过程，译文需要使读者感受到原著的美与神韵。③我国著名文学研究家、作家兼翻译家钱钟书先生认为，文学翻译不仅仅是对文字牵强、生硬地再转变，而应该弥合两种语言之间的文化差异，在译著中保留原著的风味。这种文学翻译的过程，类似于灵魂的迁徙（the transmigration of souls）过程，虽然躯壳有变，然而精神永存。

文学翻译的初级阶段，涉及文字符号的译介；及至高级阶段，文学翻译则重在展示原著的艺术风格与形象特质。此时的翻译语言已不再满足于传递信息，而是对原著的再创作，是不同文化观念的融合汇流，是艺术的展示与再现过程，既要客观真实地反映原著，又要追求艺术风格、社会影响和读者效果的有机统一。

因此，认清文学翻译的本质与内涵，有助于加深对文学翻译原则、过程、意义与价值的理解。

（二）文学文本的结构特点

文学翻译虽然是从词语、句子着手的，但译者需放眼整个文学文本或语篇，方可更好地理解与传译词语、句子表情达意的力量与效果。有道是："篇之彪炳，章无疵也；章之明靡，句无玷也；句之清英，字不妄也。"（刘勰《文心雕龙·章句》）。因此，如何分析与把握文学文本对做好文学翻译具有十分重要的价值与意义。

1. 国外文本结构论

西方传统文论将文学文本结构分解为若干构成要素，如情节、性格、思想、主题、措辞、韵律等，其中起决定性作用的要素划归内容方面，其他一些要素则划归形式方面，为表现内容而存在。与"要素构成论"并行的还有中世纪晚期意大利诗人但丁·阿利吉耶里（Dante Alighieri，以下简称"但丁"）提出的"层次构成论"。他将诗的意义划分为四个层次：①字面意义，即词语本身字面上显示出的意义；②寓言意义，即在譬喻或寓言方式中隐晦地传达出的意义；③道德意义，即需要从文本中细心探求才能获得的道德上的教益；④奥秘意义，即从精神上加以阐释的神圣意义。但丁的"四分法"大致相当于将文学文本划分为两个层次：字面意义层和由字面意义表达的深层意义层（包括寓言意义、道德意义和奥秘意义）。

从总体倾向来看，"要素构成论"与"层次构成论"均呈现出内容和形式的二元划分与语言的工具性。针对传统文本构成论中的症结，现代文本构成论随之应运而生。其中，有代表性的是现象学家罗曼·英伽登（Roman Ingarden）的文本构成论，他将文学作品的构成要素划分为五个层次：①字音层，即字音、字形等的语义与审美意义；②意义单位，即每一句法结构都有它的意义单元；③图式化方面，即每一个所写客体都是由诸多方面构成的，在文学作品中出现时只能写出其某些方面；④被再现客体，即文学作品中所表达的人、物、情、事等；⑤形而上性质层，即揭示出生命和存在更深的意义，如作品所表现出的悲剧性、戏剧性、神圣性等。这五个层面逐层深入、彼此沟通、互为条件，成为一个有机的统一体。

2. 我国文本结构论

对文本结构的现代化探索，可以结合当下的研究成果，将文学作品的文本结构划分为以下三个层次：①文学话语层。该层次是译著供读者欣赏时所用的实际话语体系。该体系不仅生动形象、精练凝重并富有节奏感，而且具备面向文本艺术风格的内在指向性，包含原著作者丰富的想象力、情感与知觉体验的心理蕴含性，以及跳过语言常规，引发作者趣味与美感的阻断拒绝。②文学形象层。该层次需要激活读者的联想和想象能力，进而唤醒读者头脑中生动活泼、具体形象的生活图景。③文学意蕴层。该层次特指文本所包含的情感与思想性内容，又可细分为历史内容层、审美感知层，以及对人生进行抽象思考的哲学意味层。

不同的文本结构论揭示出文学文本这个构成物所包含的不同侧面与层次，它们之间虽不乏共同之处，但却有内涵、功能与用途之别。文本层次的结构特点，可以引导译者/读者如何确立文学文本的研究范围与层次，如何认识文学文本层次陈陈相因、逐层深入的艺术整体性与审美的重要性，可以为译者/读者如何进行译文的选择与表达及评析提供具体而有效的认识手段与操作方法。

二、文学翻译的过程及其原则

（一）文学翻译的过程

文学翻译的过程主要包含"理解"和"让人理解"两个方面，同时，有关"理解"和"让人理解"的研究也是文学翻译研究的重要课题。理解指的是译者自身理解并认识文学原文的行为，以及文学原文被译者所理解的过程。"让人理解"指的是译者在"理解"之后对文学原文的再表达行为，以及文学原文被译者所表达的过程。"理解"和"让人理解"虽然是完全不同的两种行为和过程，但却相互影响、相互制约、相辅相成。

1. 理解的层次及方法

译者对文学作品原文具象化的思维解释，就是文学翻译中译者的"理解"。这是一种译者对文学作品解读的心理活动，在这个心理活动中，译者的理性认识和感性认识应达到高度统一。译者只有对文学作品的原文有透彻的理解和认识，才能把原文正确地翻译出来。可以说，译者对于原文的理解和认识是译者进行翻译工作的基础，而译者理解原文的过程是翻译流程的前提和起点。译者对文学作品的理解一定要深入、透彻，只有这样才能把翻译工作做好，对作品进行理解时要把作品看成一个有机的整体，因形体味、披文入情、沿波讨源，从对文学作品文本构建系统的研究入手，逐渐由表及里、由外入内，深入作品的内部世界。

在文学翻译过程中，理解可以按照译者对文学作品原文理解深度的差异，划分为表层理解及深层理解两部分。其中，表层理解停留在对作品外观及字面等表层方面的理解上，主要涉及作品整体的节奏、韵律、结构，以及作品中运用的特定表现手法、修辞手法、典故运用、遣词造句等方面。而深层理解则是在表层理解基础上的进一步升华，深层理解不再停留在作品的表象，而是侧重于对作品构建机制和象征意义的理解。译者对文学作品的理解应由外入内、因形体味、披文入情，是一个对文学作品由表及里、见微知著的研究与分析过程。关于在翻译过程中对理解作品的认识，文学翻译家吕同六先生提出了以下极具代表性的看法：对文学作品的翻译，要建立在对作品使用的语言、作品的作者，甚至是作品对应的文明有深入的研究并取得一定程度的理解的基础上。由此可见，研究是理解的前提和基础，更是整个翻译工作所有环节的前提和基础。此外，对作品的研究应贯穿整个翻译过程的始终，不能把研究仅仅当成翻译工作中的前期环节。身为翻译工作者，要对研究有一个正确的认识，要把研究和翻译工作视为一个不可分割的有机整体，认识到翻译的过程就是一个研究的过程。在对文学作品进行研究时，要让自己全身心地投入其中，把自己完完全全地放入作者在作品中描绘的世界里，只有这样才能最真切地理解作品中人物的情感波动、思想内容等表层理解无法体会到的深层元素，进而加强对作品的理解、认识。

通过对作品拆解整体、多层透视、文外参照，可以实现对作品的理解。文学作品是一个有机整体，但是为了更具体地理解，也可以把整体看成由若干部分组成的集合体。通过对文章的拆解，实现对作品各个部分的理解，在此基础上由各部分的联系，找出文章的主体部分或重点部分并加以深入研究，以达到见微知著的效果，这就是所谓的拆解整体。此外，对作品的理解还可以以多层透视的方式进行，把文章结构划分为文学话语层、形象层与意蕴层三个层面，对各层次中的各要素进行审美价值和文学功能等方面的剖析，逐层理解，循序渐进，由浅入深。而文外参照则需要从作品所处的历史文化背景，以及作者的其他作品和作者本人的文艺思想等因素出发，对作品的感情基调、风格个性及时代特征等进行研究和理解。

2. 表达的目的及原则

理解是翻译的前提和基础，但如果只有"理解"，并不能叫翻译，还需要有"表达"的配合，而表达指的就是前面所说的"让人理解"的过程。理解和表达，虽然本质完全不同，但却有着十分密切的联系，两者相互影响、相辅相成，理解是以表达为目的的，而表达是建立在理解的基础之上的。作为表达的基础，理解会在很大程度上决定如何表达，但具体的表达方式是有特定的原则可以遵循的。

首先，表达要遵循力求与原文一致的原则。表达是建立在对文学作品原文理解的基础上的，是对原文所表达的信息的再现。译者不能脱离原文自行创作和改写，这违背了翻译中表达的基本原则。不同语言间可能会存在文化、历史等各方面的不同，在无法满足完全与原文一致的情况下，要用最接近的方式来对原文的对等信息进行表达。在作品的意义及风格方面，必须与原文最大限度地保持一致。

其次，表达要遵循流畅、通顺、清晰的原则。表达的目的是让人接受信息，翻译的目的是让无法理解原文的人可以理解。如果表达无法做到流畅、通顺、清晰，就很难让人接受并理解，这样翻译也就失去了其原本的意义。

最后，表达要遵循符合作者艺术个性及创作个性的原则。如果只是把文学作品的翻译当成文字、语句的翻译及文章意义的转达，那就太肤浅了。除文章本身和意义的表达外，翻译文学作品还需要把作者的艺术个性及创作个性鲜明地表达出来。如果翻译过程中只在乎原文中说了什么，不在乎是怎么说的，忽视作者的艺术个性及创作个性的表达，翻译过来的文章将失去原文的韵味和原有的艺术价值，拜伦不再是拜伦，李白也变成了别人，这样的东西是无法让人产生阅读兴趣的。

（二）文学翻译的主要原则

文学翻译的主要原则，会因译者的认知角度、经历经验、知识背景、时代背景、文化背景等方面的不同而产生差异。世界上所有的翻译大家都遵循自己独特的原则，塞莱斯科维奇（Seleskovitch）讲究"翻译释意"，纽马克（Newmark）讲究"交际翻译与语义翻译"，"功能对等"是奈达的原则，费道罗夫（Fedorov）认为应该"等值翻译"，泰特勒（Tytler）总结出了"翻译三原则"，等等。在我国，每个著名学者都对翻译秉持自己的观点，钱钟书在翻译中注重"化境"，傅雷在翻译时讲究"神似"，林语堂秉持"忠实、通顺、美"的原则，鲁迅提倡"宁信而不顺"，严复认为应该"信、达、雅"，等等。这些翻译大家各自的翻译原则既不同又相同，既有差异也存在共性，从各个层次、各个侧面、各个角度诠释了人类对翻译的认识。

这些既有的原则虽然具有指导性，但是过于抽象，缺乏可操作性，但这些原则在后来的使用中，演变出了种种可操作性强的使用方法。在国内翻译界，严复"信、达、雅"的原则流行至今已有100多年，在这100多年里，这一原则的具体内涵及构成一直是业内探讨的热门话题。基于严复的"信、达、雅"，林语堂先生于20世纪30年代在《论翻译》一文中提出了"忠实、通顺、美"的翻译标准，并对翻译中应遵循的"三重标准"进行了深入且细致的讲解，从林语堂先生的文章中不难发现，这"三重标准"是对严复"信、达、雅"和"译事三难"的继承、充实及升华。其中，"忠实、通顺"分别与"信、达"相对应，"美"更是在严氏理论基础上的创新、推进和延伸。林语堂先生关于翻译的原则和标准，充分体现了文学的艺术特征及其与审美间的关系，是对国内翻译界原有翻译原则的突破和升华。

1. 忠实的原则

在林语堂先生提出的关于翻译的原则和标准中，第一点就是"忠实"。译者在翻译过程中，要秉持对文学作品原文负责的态度，在文章的内容和意义等各个方面要忠于原著。林语堂先生认为应该从以下三个方面来体现对原著的忠实：①译者对于原文有字字了解而无字字译出之责任。译者所应忠实的不是原文的零字，而是零字所组成的语意。在"忠实"的具体对象方面，林语堂阐述了自己的观点，他认为译者所忠实的是整体的语意，而非逐字对译。②译文需忠实于原文之字神句气与言外之意。"字神"是什么？就是一字之逻辑意义以外所夹带的情感色彩，即一字之暗示力。林语堂先生认为，翻译不能只注重字面意思，还要忠于意义、韵味等深层的内容。③译者所能达到之忠实，即比较的忠实之谓，非绝对的忠实之谓。林语堂先生认为"绝对的忠实"是很难达到的，翻译过程中应尽力做到"比较的忠实"。

2. 通顺的原则

翻译的目的是让无法理解文学作品原文的人，可以通过译文来对文学作品进行阅读和理解。所以，译文语言必须符合读者的语言规范和语言习惯，做到流畅、自然、清晰。林语堂先生关于"通顺"有以下两点详细的论述。①"译者心中非先将此原文思想译成有意义之中国话，则据字直译，似中国话实非中国话，似通而不通，绝不能达到通顺的结果。"在翻译时要以中国语言的规范和习惯为标准。②"译者必将原文全句意义详细准确地体会出来，吸收心中，然后将此全句意义依中文语法译出。"由于各国语法上的差异，翻译时要以句为最基本的单位，这样才能保证文章的"通顺"。

3. 文学翻译的"美"原则

翻译要保留原文的艺术价值，力求对原著"美"的全面诠释。优秀的翻译家进行翻译工作的过程，无异于对一件艺术品的雕琢。林语堂先生认为文字的美体现在五个方面：文体形式之美、文气之美、传神之美、意义之美及声音之美。林语堂创造性地将"美"引入翻译领域，对翻译界产生了深远的影响，引发了业内对"美"的研究与讨论。许渊冲、鲁迅等人认为，林语堂的"五美"完全可以总结为"三美"，即"形美""意美"和"声美"。林语堂先生提出的"忠实、通顺、美"，为文学翻译树立了标准。对这"三重标准"的具体论述，则为文学翻译提供了可操作性很强的手段与方法。

三、文学译者的基本素质要求

做好翻译工作，绝非易事。翻译工作者综合能力的体现主要有三个方面。第一，具有职业道德，即有高度的责任心，以及对工作内容要保证绝对的真实性。其中，责任心体现为对工作认真负责的态度，内容真实则体现出翻译工作者的职业操守。第二，扎实的工作能力，体现为翻译工作者至少要掌握两门以上的语言，并且能够流利地运用，相互转化。第三，有庞大的知识储备库。因为翻译工作的内容往往涉及诸多方面，要求翻译者自身对相关国家的基本情况、历史文化、政治生态等方面有所了解，从而更好地开展翻译工作。翻译工作分为很多种，要做好文学翻译，需要做到以下几点。

（一）具有语言的感悟力

文学是人类文明进步的产物，是语言艺术的表现形式。例如：个体性，表现出个人的思想情感；暗示性，表现出作品意在表达的思想；音乐性，表达出作品的旋律；等等。这就要求译者具有高水平的认知能力和感悟能力。认知能力是指对语言的深入了解，细化到词语的个别要义、表达出的情感、词语的运用、暗指的思想、作品创作的基调等；而感悟能力是指对文学内容表达的思想做到准确体会。这需要译者对文章进行剖析，了解语言的结构、语言的声音，与作者产生共鸣，在情感及内涵等层面上合理把握，分析作品的时代背景及人物性格，还有作者的创作意图等。

（二）具有丰富的想象

想象是一种复杂的思维运算，是在原有事物的基础上，利用经验和心理活动进行构建的一种创造性的认知活动。想象是独立自主的构造，富有新颖性和创造性。想象可以归结为两类：再造与创造。文学创作需要想象，没有想象就无法塑造艺术，无法表达出艺术的美感。文学翻译也不能缺少想象，否则就无法将原作者的文艺观念展示出来。因此，文学翻译的想象属于再造想象。

译者可以借助想象，更好地开展翻译工作。因为想象可以帮助译者对文本的内容进行深入的感触，进而发现其艺术价值，克服翻译的困难，从而译出高质量的作品。比如，对毛主席诗中的"炮火连天"一词进行翻译，需要借助想象，将炮火的形状、声音和震撼人心的画面一起进行描述。译者在具体的翻译工作中，可以查找原作者的创作背景及目的意义，进行选择性的传译。

在翻译表达阶段，译者丰富的想象可使译文简练新颖、生动形象，取得事半功倍的效果。因为中西方存在文化差异，所以翻译中也会遇到这种问题，译者可以借助想象来克服这一难题。

（三）具有丰富的情感

只有以情感来进行翻译工作，才能将原作品完美地呈现。白居易曾言："感人心者，莫先乎情。"意在指出作品的精髓，不外乎与读者产生共鸣，以情感为纽带来鼓舞人、陶冶人。在现代，茅盾也指出，翻译作品首先要明白作者的思想，其次要领会作品的艺术，最后要自己身临其境走入作品中。著名翻译家张谷若也有同样的感悟，他说译者必须知道作者的创作情感。

贺拉斯（Horatius）曾说过，如果让读者哭，作品应该让自己先哭；如果能够让读者笑，作品应该让自己先笑。而译者同样如此。以上的中外著名学者都认为情感是作品艺术的最好体现。因此，文学翻译的工作绝不能忽略情感，否则译文将失去灵魂，让人读之无味，正如歌德所说："没有情感，也就不存在真正的艺术。"

（四）具有审美艺术修养

审美艺术是译者工作的灵魂，译者要想拥有审美艺术，需要具备以下两个方面的能力。一方面，要有良好的文学素养，这是翻译作品的基础，因为文学作品的译文需要对其进行赏析，因此译者需要有过硬的文学素养，这样才能胜任这项工作；另一方面，译者需要拥有庞大的知识储备，涉猎广泛，并且能够融会贯通，因为文学作品大多涉及社会各个方面，如政治、经济、科学等，如果译者在完全不明白的情况下进行翻译，不仅会捉襟见肘，甚至会词不达意，很难表达出原作品的艺术之美。

例如，海明威在《老人与海》的创作中即运用到了印象派的一些表现手法，他将光线明暗与色彩变幻整合在一起，由此来刻画极具画面感的景致与风光。余光中在翻译该部小说时以诗性文学对其加以诠释与解读，他展开了丰富的想象与联想，赋予文字以魔幻之魅力，用来重现海明威笔端瑰丽的画卷。

比如，海明威在描写老渔夫出海捕鱼途中所见到的壮美景致时，用到了诸多色彩形容词，他写到"the green of the shore"" the tops of the blue hills that showed white as though they were snow-capped""the sea was very dark""the great deep prisms"，所有的景致都有着迷人的色彩，海岸、山峦、云彩构成了整幅画面的远景，它们以清新的绿色、淡雅的蓝色、纯洁的白色为主色调，而海面、海水和各种浮游生物则形成了画面的中景与近景，在阳光的照射下，它们也具有了斑斓的色泽。海明威敏锐地觉察并捕捉到了这幅自然景观中的光线与色彩变化，他以文字为画笔与颜料，对这幅动人的画卷进行了生动的描摹，使其瑰丽无比、美不胜收。

余光中在翻译时贯彻了中西美学融合理念，他以描述东方美学特点的词汇翻译和再现了源文本中的色彩变幻，"绿色的海岸""蓝山的顶部闪白，犹如戴雪""海水深暗""一大片一大片的珠光虹色"，这些词汇和短语再现了海明威笔下的缤纷景致，勾勒出一幅诗意盎然的画卷。

第二节　美学视域下的文学翻译

一、美学理论与文学翻译

文学翻译不可避免地会涉及译者的文化背景及审美取向，而它们又来源于多种因素的叠加，如地域差异、民俗差异，甚至政治差异等，这也就构成了文化差异。为了能够更进一步探析美学视域下的翻译，有必要再对相关理论进行整理。在进行整理之后，将之归纳为以下三个部分：比较美学下的文学翻译、文艺美学下的文学翻译及接受美学下的文学翻译。

（一）比较美学下的文学翻译

比较美学是较负盛名的美学思潮之一，其核心内容为比较，通过对多种美学作品、美学思想进行比较，进而更深入地推动美学文化发展。在进行文学翻译的过程中，想要实现美学视域下的翻译，那么就有必要与比较美学进行结合，采用比较的方法，从多种角度展开翻译。译者在进行翻译之前，需要对文学作品的历史背景、社会条件进行研究，形成对文学作品背景的了解。在翻译的时候，既要考虑到作品的"表面"，即字面含义，又要考虑到作品的"内核"，即内在含义，然后将二者进行比对，在确保翻译准确性的同时，兼顾其美感。在文学翻译的过程中，译者要从深层次进行挖掘，不断寻找原文中可圈可点的地方，并且要善于运用比较的手法，对不同文化背景之下的作品进行分析，找到其本质规律。比较时，应当注意与自身的文化背景相结合，不断明确双方之间的文化差异，做出符合我国社会背景及人民群众喜闻乐见的文学翻译，从而让原作中的"美"能够以读者期望的方式转移。最后，当翻译工作即将告终之时，译者还应当对翻译工作进行总结，确保全文的翻译基调一致。具体而言，译者应当对原文和译文进行统一的整理，确保译文能够完整地贯彻原文中的"美"，让文学的生命力得到转移，而这也是翻译工作的核心内容。译者作为翻译工作的中心人物，要发挥自己的一切本领，运用比较美学，要保持自我，秉持本心，切忌被原作影响。

(二) 文艺美学下的文学翻译

文艺美学的内容较为多元化，不仅涉及审美的性质、价值，而且还关乎审美的创造与鉴赏，是一门内涵丰富的研究科学。文学翻译由于并不是在语言学中循环的单一活动，而是涉及多门学科，使得文学翻译很容易被文艺美学原则所影响。正因如此，文学翻译活动遵循文艺美学原则值得重视。董晓航认为，文学翻译会受到文学作品的主题、形象及意境的影响，而他提出的这一观点，也为学者对文艺美学下的文学翻译的研究提供了新路径。在结合文艺美学展开文学翻译的背景下，译者应当重新审视文艺美学，从正面和反面两个角度实现对文学翻译工作的深究，并且对研究过程中发现的问题加以重视，实现自身翻译水平的提高，进而实现审美水平的提高。文艺美学下的文学翻译对译者提出了崭新的要求，译者不仅要挖掘文学作品的内在美，还要表达出文学作品所蕴含的深厚情感。在文艺美学之下，翻译并不是静态的过程，而是动态过程。因此，译者应当不断提升自身的审美观，从而便于翻译工作。

(三) 接受美学下的文学翻译

接受美学与上述的比较美学、文艺美学不同，它将侧重点放在了读者的阅读过程中，即在读者的阅读过程中实现作品的功能，体现作品的生命力。接受美学是实践性的研究学科，并且将文学活动又归类为两种，即社会层面的接受与个人层面的接受。译者的作品并不是做到翻译准确、完整，而是需要有读者对其译作进行品读赏析，同时还需要译者在读者反馈后，根据读者的反馈结果对现有的翻译工作进行再次变更与润色，使得译文更加贴合读者的需要，这样能够极大地提高工作效率及翻译的准确性。译者要有这样的认知，即文学翻译是为了能够让经典的文学作品被更多人所知晓，并且希望读者能够在这一过程中有所思考、有所感悟，而这也是接受美学的核心内容。评价文学翻译的标准并不在于其是否满足了某些客观评价要求，而在于读者的需求、认识及反馈。不过要注意的是，接受美学并不意味着要迎合读者，满足读者的任何需求，而是应当有原则、有分寸地满足读者的需求，避免完全被读者"牵着鼻子走"。若是完全迎合读者的审美及口味，那么文学翻译就会失去本身应有的意义和价值，这也是对原作的亵渎。译者要在原作和读者之间把握好适当的平衡，不仅要重视原作想要表达的内容，而且还要重视读者的特定需求。在当下，译文应当尽可能让读者与译者联系起来，而这并非一朝一夕之事，需要漫长的坚持及奋斗。

二、文学翻译的美学原则与标准

文学翻译需要依据不同文学体裁的美学原则进行，包含诗歌、散文、小说、童话故事等写作作品。例如，对于诗歌的翻译，除了需要精准地描述其意象及特征，还需要把诗歌中蕴含的独有的音韵与节奏美通过字词带出来。文学翻译与文字翻译，仅仅一字之差就会使得作品有不同的韵味。由于译者的成长环境、人生经历、思想性格等与作家存在本质的差别，因此译者更应当遵循平等看待双方的语言与文化的原则，同时辩证处理忠于原作与译本灵活变通之间的关系。

（一）小说翻译的美学原则与标准

对小说的翻译包括"故事的时间、人物、地点，事情的起因、经过、结果"等六要素，但不限于翻译其对话中的内涵与细节、人物间神情的情感与变化、时空情节的变换穿梭，以及作者在其中传达的道理。因此，需要译者在读懂小说的背景、人物形象后，在忠于原著的基础上对其进行合理的再创。例如，东野圭吾先生的《嫌疑人 X 的献身》《白夜行》等作品，需要译者在揣顺作者的写作推理逻辑的基础上，对其作品中的细节进行贴切合理、生动有趣的翻译改造，让读者在阅读译作的时候体会到与原作相似的感受。读者对东野圭吾先生的刺激悬疑作品的喜爱，在很大程度上侧面反映了译者翻译水平的优异。小说作为直接面向读者的作品，其美学原则和标准要紧紧围绕着"通俗易懂"几个字，并且在这基础之上，确保翻译的美感既能够忠于原作，又能够贴合整部作品的文风。例如，在对人物的语言进行翻译时，要综合考虑人物的性格特点及当时的社会背景，这样能够更加贴合作品，表达出人物一定的情感。

（二）诗歌翻译的美学原则与标准

大众对于诗歌是否能够翻译一直持着不同的看法。认为能够翻译的人认为翻译是通过不同国家的词语、语句间的转换传达出来的，而不认可能够翻译的人是觉得难以转换传达其特殊的内涵。正如我国的古诗词，由于诗人在遣词造句时追求"简练精美、生动形象"的表达效果，而有了"炼字"。例如，在杜甫《春望》一诗中的"感时花溅泪，恨别鸟惊心"，诗人"溅""惊"二字用字精炼，平添了诗人内心感时恨别的痛苦之情，使得读者在阅读中身临其境。想要把这种独有的感觉翻译出来，对译者而言无疑是极大的挑战，不能简单粗暴地把"惊"翻译为"shock"。诗歌在翻译的同时还要注重原有的意境之美，这种美能够把读者带入一个极具美感的平行时空，这结合了诗歌中虚实结合、情景交融的写作手法，一篇优秀的译诗离不开多角度、多方面展现原诗的意境，一篇优异的译诗需要遵循诗歌独有的美学规律去翻译。同时，诗歌翻译还包含了对"平仄"等的节奏韵律要求，韵律是无形的能够传达出诗歌情感的助手。它如同音乐的旋律般，即便我们听不懂歌词唱的是什么，但其中的音调是欢快还是哀愁，却能被我们感知。由此可见，诗歌翻译不仅仅是把文字这种有形的词句通过另一种语言展现出来，还需要把节奏、意境等无形的画面翻译出来，这便是美学视域下的诗歌翻译，美是诗歌的特性，诗歌是美学的代表。

（三）散文翻译的美学原则与标准

散文在翻译上极具特殊性，它既像诗，又不是诗，同样拥有精炼深刻的特点；它既像小说，又不是小说，同样拥有意味丰富的情节。这取决于散文"形散神聚"的特点，对于译者而言，翻译散文的难点在于不仅要把原作中的形散风格展示出来，还要把作者在文中的真情实感描述出来，让读者在阅读后能明白其表达的深意。散文所包含的类型内容十分丰富，涉及的内容也多种多样，这对于译者而言是一个挑战，但是技艺高超的译者能够将在兼顾翻译出原文的同时，将原文的美感进一步具象化，从而使得该文章能够被更多人读懂。部分散文的年限较为久远，不仅晦涩难懂，而且内容也较为抽象，译者需要在结合当时的背景、历史条件之后，再将之加工为简单易懂，但又能够在一定程度上体现美感的语言。在对散文进行翻译时，还应当选择恰当的词语，并且注意时态、因果关系，确保翻译通顺，符合美学的原则和标准。

第三节 中西方文学翻译的风格与审美

一、文学作品宏观层面风格

在宏观层面上，文学风格具有时代性、民族性、地域性、流派性等特点。就时代性而言，一部文学作品总是产生于特定的历史时期，反映了该时期的社会思想、艺术观念、审美趣味和文化思潮，表现出了鲜明的时代特色。中国文学源远流长，不同时期的文学作品都反映了该时期中国社会的思想文化观念、艺术审美趣味和价值观。在文学翻译中，译者应力求再现原作的时代风格特色，翻译古代作品应再现其古韵古风，翻译现代作品应传达其现代气息。

就民族性而言，不同的民族具有各自的文学传统，在中国文学中，诗歌和散文历史悠久，注重表现意境和神韵，追求优美的艺术风格。在西方文学中，小说和戏剧的发展源远流长，注重人物典型形象的刻画和塑造，强调艺术真实，追求壮美的艺术风格。决定民族风格的核心要素是审美理想，在文化层面上，审美理想是积淀在民族文化传统中的深层文化心理，是该民族所追求的美的标准和境界，是一种指导性的审美理念。

中西民族在其长期的文化历史进程中形成了不同的审美理想和标准。比较而言，中国美学强调"无、虚、隐、藏、意、暗、静、宾、疏、曲、抑"，形成了有与无（有形、有限与无形、无限）、实与虚、形与神、言与象、象与意、言与意、意与境等一系列辩证统一的审美范畴，主张通过有（有形、有限）、实、形、言去表现无（无形、无限）、虚、神、象、意、境。司空图的《二十四诗品》以诗化的语言论述了形与神、言与意、虚与实、动与静、有与无、刚与柔等审美范畴之间的辩证关系。

民族的审美理想具有群体性，它通过作家个性化的审美趣味表现出来。它既是主体"审美实践的产物"，也是主体"文化积淀和所处的特定时代历史背景的产物"。

作家的审美理想决定了其艺术风格，文学作品的风格融合了民族风格与作家个体风格，民族风格是作家个体风格的内在积淀，作家个体风格是民族风格生动具体的表现。在文学翻译中，译者应力求再现原作的民族风格特色，民族风格反映了文学作品的一种民族文化特色，译者应尽量采用归化法，忠实地保留原作的民族风格和文化风貌。

二、文学作家的艺术风格

文学创作是高度个性化的艺术创造活动。作家从自己独特的视野来观察和感受生活，从中选取自己感兴趣的东西作为创作素材，按照自己的审美理想和趣味对其进行艺术提炼和加工，融入自己的情感态度和审美评价，使头脑中的生活印象升华为审美意象，然后用自己独特的语言表达形式将其表现出来。在这一过程中，作家的世界观、人生观、价值观和艺术审美观逐渐成熟，形成稳定的思想艺术个性，它外化为作品的风格。作家个性是作品风格的内在实质，作品风格是作家个性的外在表现。

（一）作家人格与风格的再现

影响作家风格的主要因素包括人格、性格气质、创作心态、审美理想、审美趣味等。风格是作品的核心要素，它是一种艺术格调，反映了作家思想道德、人格修养的境界。诗歌有格调美，它是"人格的反映，即作家的人格和人格理想在作品中的投影气"。语言在文学中具有本体论地位，语言是作者的"力量显示方式与创生方式，理应在诗学解释学中受到特殊的关注"。

浩然之气是中国传统文化中的一种理性精神，"推崇人类自强不息的奋斗精神""追求高尚的人生道德境界"。在杜甫的《登楼》和许渊冲的译文中，原诗为诗人寓居四川成都时所作。在杜诗中，登楼远眺、伤古悲今是常见的主题，最为诗界称道的是《登高》，这首《登楼》也是一首佳作。诗人经历了"安史之乱"的磨难，颠沛流离来到四川寓居，他关心国家的命运，牵挂人民的疾苦，登楼远眺，思绪万千。四川被誉为天府之国，安宁祥和，景色宜人，但诗人忧国忧民，无心欣赏美景。对于"锦江春色来天地，玉垒浮云变古今"这句诗，有书评论说，该联上句"向空间拓宽视野"，下句"就时间驰骋遐思，天高地迥，古往今来，形成一个阔大悠远、囊括宇宙的境界，饱含着对祖国山河的赞美和对民族历史的追怀"，也"透露诗人忧国忧民的无限心事"。诗人感叹唐朝统治者依然昏庸腐败，同时义正词严地警告北方外族部落不要入侵我领土。诗人以蜀国软弱无能的刘后主来暗喻当今昏庸无能的统治者，并表达了对昔日名相诸葛亮的仰慕之情。

（二）作品语言风格的再现

文学创作具有鲜明的个性化特色，首先作家从自己独特的视野来感受生活，从中选取自己感兴趣的若干片段作为创作素材，然后作家按照自己的审美理想和趣味，对头脑中的生活印象进行艺术提炼和加工，使其升华为审美意象，它融入了作家的情感态度和审美评价。在语言表达阶段，作家在作品的遣词造句谋篇上表现出自己的语言风格。译者阐释原作风格，首先要对作家的思想艺术个性进行全面而深入的研究。在此基础上，从语音、词汇、句法、篇章等层面对原作语言进行分析，把握作家的语言风格。

就语音层面而言，文学作品的音美与意美融为一体，起着刻画形象、传达思想感情、烘托气氛的艺术功能。英国诗人雪莱的诗歌节奏鲜明、音节响亮、音韵优美、富有气势。

就词汇层面而言，文学作品的词汇能够刻画意象，表现意境，传达意蕴。译者应从原作整体的语言结构和艺术效果出发，对原作的每个字、词认真分析和揣摩，领悟其思想情感内涵。译者要善于识别原作词汇层的风格标记，力求通过译语将其再现出来。

就句法层面而言，作家不仅在作品的用词上精雕细琢，而且在词与词的搭配与连接上也精心构思。有的作品语言空灵、清丽婉约，其句法追求"简洁性和灵动性"。有的作品质朴自然，刚健清雅，其句法追求"单纯性、简单性"，每个语词都显得铿锵有力，思想具有一种穿透力；有的作品强调沉雄思辨，其句法繁复难解。

三、文学译者的风格

译者作为翻译主体是有思想、有情感的生命个体，不是冷冰冰的翻译机器。他有自己的世界观、人生价值观、审美观、语言观，总是从自己的社会阅历、生活经验出发，按照自己的审美理想和趣味对原作的意象（人物形象）和画面、思想感情内涵、语言风格做出个性化的判断和评价。在译文中，译者不可避免地要留下自己语言风格的印记。因此，译作既要再现原作的风格，也会在一定程度上透射出译者的风格。

文学译作的风格具有时代性和个人性：一方面，产生于特定时代的译作受该时代的意识、诗学观、审美标准等因素的影响，其译风带有该时代的印记，翻译研究者通过对不同时代的译本的审美比较，便可发现随着时代的演进，以及一个国家文学趣味变化和语言发展，也可以观察到同一作家给不同时代的人的不同印象；另一方面，文学翻译是译者主体的艺术再创造，文学译作必然会反映出译者的风格，尤其是翻译名家的风格能给译文读者留下深刻的印象，比如晚清翻译家林纾的译文"文学渊雅，音调铿锵"。

（一）译者的审美趣味

译者作为艺术主体有自己的审美趣味，倾向于选择那些与自己在生活经历、世界观、人生观、价值观、艺术审美观上相近的作家的作品。译者被原作深深吸引，产生浓厚的审美兴趣，就会与作者、原作人物产生强烈的思想和情感共鸣，内心深处就会产生一种无法抑制的冲动，想把自己的感受和体验传达给其他读者。译者对原作"知之、好之、乐之"，才能使译作让译语读者"知之、好之、乐之"。但凡优秀的翻译家都不是那种无所不译的全才，而是专门从事某一作家作品翻译的专才。一个译曼斯菲尔德（Mansfield）的人也应具有细腻的心灵。傅雷把选择原著比作交友，"有的人始终与我格格不入，那就不必勉强；有的人与我一见如故，甚至相见恨晚"。

（二）译者风格与作者风格的关系

在文学翻译中，译者往往会优先选择与自己风格相近的作家和作品，但译者有时身不由己，必须面对与自己风格迥异的作家和作品，因此必须处理好自我风格与作家风格的关系，不能喧宾夺主，过分表现自我风格，而应以再现作家风格为主，使译作尽可能贴近原著风格。

在翻译史上，凡是名家名译都表现了译者鲜明的风格，是"译"和"艺"的融合。译者力求忠实于作者和原作，但他必须充分发挥主体能动性，必然会把自我个性投射进译作。

作家型翻译家在翻译过程中往往有一种表现欲望和创作冲动，他必须适当控制这种欲望和冲动，防止把翻译变成创作，用自我风格替代作家风格。

文学翻译是积极的、富有创造性的艺术活动，译者自我个性的表露不可避免，对其刻意压制是不现实的，也是不可取的。译者如果完全放弃自我风格，就会变成毫无生气的翻译机器，其译作必然苍白无力、索然无味。译者要善于将自我风格与作家风格融合起来，凸显作家风格，将自我风格隐藏于译作的字里行间。译作风格是一种混合体，既反映了原作风格，也在一定程度上透射出了译者风格。

（三）译者对原作风格的再现

在文学翻译中，译者既要忠实再现原作和作者的艺术风格，又不可避免地要表现出自己的艺术风格，但再现原作风格是译者的首要职责。译者要再现原作的艺术风格，必须全面、深入地了解作家的生活经历、创作生涯、世界观、社会观、人生价值观、艺术审美观、语言观，把握其思想艺术个性，剖析原作的语言结构，从语音、词汇、句子、篇章等层面把握作品风格。译者要知人知言，必须深刻认识和了解作者，把握其内心世界，通过移情体验达到精神的契合，认真剖析原作，从语言、意象、意境等层面来准确把握作家风格。

风格翻译的关键在于译者对原作风格的整体把握，译者在翻译过程中应该深刻理解原作的风格特点，善于捕捉那些最能体现原作风格的独特印记，然后根据这些独特的印记选择与其适宜的语言形式加以传达和再现。

作家鲜明独特的艺术个性外化为作品风格，构成作品艺术价值的核心要素。译者要再现原作艺术价值，就必须使译作在风格上与原著一致。再现原作风格的关键是要再现其个性化的话语方式。文学风格的最高境界是作家个性化的人生感悟和生命体验。

四、文学翻译的审美客体

（一）文学作品的意象美

语言文字本身是抽象符号，不像绘画中的线条和色彩、音乐中的旋律和曲调能直接被观众的眼睛和听众的耳朵感知到，但它富有暗示性，能激发读者的想象，在其头脑中唤起生动优美的意象和画面。艺术形象（意象）及其深刻意蕴是文学作品艺术价值的核心。作家对生活印象进行艺术加工，使其升华为审美意象，最后将其外化为语言文字，整个过程可表示为感性印象—审美意象—语言文字。作家运用审美感官（视觉、听觉等）去感受五彩缤纷的大千世界，在头脑中积累起丰富而零散的感性印象，然后运用想象和联想使其"变形"为审美意象，这是一个从量到质的飞跃。审美意象融入了作者的理性思索，因此更集中化、典型化，它把零散的感官印象组织成一个有机整体。作家将审美意象外化为生动形象的语言文字，带给读者强烈的感官（视觉、听觉等）印象，在其头脑中唤起栩栩如生的画面，仿佛身临其境。文学语言虽缺乏其他艺术所具有的形象直观性，但其"精神穿透性和性质的确定性"显示出一种"纵横驰骋、上天下地、忽古忽今、无所拘谨的自由境界"，它是形象的、美的语言，具有美的性质，能够完美地表现"意象"，能由它的触发而把读者带入艺术胜境。语言艺术家运用这样的艺术语言来创造形象，"状难写之景，如在目前；含不尽之意，见于言外"。"随类赋彩"是绘画艺术不可或缺的一条原则，浓妆淡抹总相宜，这是绘画艺术令人赏心悦目、心旷神怡的一个重要原因。文学是以语言为材料的，而文学要反映五彩缤纷的社会生活，塑造丰富多彩的人物性格，不能不借助于绘画艺术的"随类赋彩"。注重语言的色彩，这正是《红楼梦》语言具有绘画美的一个重要特色。

散文的意象美有其特色，裴显生在《写作学新稿》中认为散文有"状物绘景、叙写风情风物"的功能。汉语散文富有意象美，它兼有诗与散文的特点，铺陈描摹，词丽句工。

文学作品意象所展现的画面有复杂与简单、整体与局部之分，蒲震元在《中国艺术意境论》中认为复杂画面是指"画面形象的丰富多样，内容的宏富博瞻"。

（二）文学作品的艺术真实

文学作品表现了一种艺术真实。作家体验生活，了解社会现实，在此基础上发挥审美心理机制，特别是审美情感和想象，对头脑中的生活印象进行艺术加工，虚拟一种艺术现实，最后将其外化为语言文字。艺术真实是生活真实的"幻象"，来源于生活又高于生活，它所表现的画面已不同于实际生活中的画面，艺术真实是"用艺术形象来真实地反映生活中本质的东西，艺术真实总是与生活真实密不可分，艺术真实是生活真实的艺术表现形式，生活真实则是艺术真实的源泉"。文学作品的情感逻辑蕴含于其内在的思想情感脉络中。所谓音节，就是指贯穿于全诗、体现诗人（诗中人物）思想感情发展变化的一种旋律节奏，郭沫若先生在《论诗三札》中认为，诗的精神在其"内在的韵律"或"无形律"。

本质真实、情感真实、形象真实构成文学作品的"理、情、象"，作品通过艺术真实表现了生活真实，就具有了真实性。形象真实是表现本质真实、情感真实的手段，本质真实、情感真实是形象真实的精神内涵。艺术真实的核心是情感真实，这是作品艺术感染力的根本所在。艺术真实是"诗的真实"，融合了"情"与"理"，它包括"情真、景真、事真、意真"，并且具有融情入理、情景交融和情事互映的特点，也必然具有感人的美感效果，能带给读者一种富有哲理之情的审美快感，它是"真和善的统一"，是可以感觉的思想和具有深邃思想的情感。诗的本质呈现于文本或口语中诗意的表现、诗的意象性语言的运作和诗的风格的形成之中，诗是用意象语言呈现出来的原创性的思维，既是"原发的"，又创造了有感染力的想象的事物及其语言表现形式。文学作品强调艺术形象的真实，作家体验生活，在头脑中积累起生活印象，通过艺术加工使其升华为审美意象，然后通过语言表现出来。生活印象表现客体外在的"形"，而审美意象融入了作家的思想情感，表现了客体内在的"神"。译者剖析原作语言，发挥想象和联想，在头脑中将其还原成意象和场景，然后通过译文再现出来。作品艺术形象由意象、思想情感内涵、语言组成，其中意象和思想情感内涵是作品之"神"，带给作品语言生命和灵性，使其成为"有意味的形式"；语言是作品之"形"，它使作品意象和思想情感内涵变得"有声有色"。

第四节　跨文化语境下的文学翻译

一、文学翻译的文学性与文化性

翻译的性质和原理是原作的改写和处理，是跨文化转换，而非语符转换；翻译理论的研究重点是译作功能，而非对原作的描述。评价译作的标准，重点是在译入文化系统中所起的作用，有别于传统的纯文学标准。

文学风格是主体与对象、内容与形式的特定融合，是一个作家创作趋于成熟，其作品达到较高艺术造诣的标志。作家作品风格是文学风格的核心和基础，但也包括时代风格、民族风格、地域风格、流派风格等内涵。文学风格，是文学活动过程中出现的一种具有特征性的文学现象。文学风格主要是指作家和作品的风格，既是作家独特的艺术创造力稳定的标志，又是其语言和文体成熟的体现，通常被誉为作家的徽记或指纹。

文学信息极为复杂，它不仅涉及美学，还涉及文化传统和意识等诸多方面的因素，因此，文化信息的交流是文学翻译的重要方面。传统的翻译观一般把翻译视为语言转换活动，人们关注的重点自然是语言之间的差异问题。然而，语言交际并非简单直接的语言信息交流，因为信息意义的传递与语言系统的文化有着十分密切的关系，翻译中的许多问题主要是由文化差异，而非语言差异引起的，文本的可译度与文化信息的含量直接相关。文学语言的歧义性意味着文学翻译的艰巨性，而歧义性大多与文化传统有深厚的渊源。外来文化的异质性是相对陌生的，但又具有鲜活力，可以促进变化与更新。

二、文学翻译的文学性与科学性

翻译理论家中有人称文学翻译是艺术，有人称它是科学。屠岸说，这两种说法都有道理，翻译是艺术，因此译作应该是艺术品；翻译是科学，所以作品应该具有科学性或学术性。张谷若认为翻译"为科学亦为艺术，为艺术亦为科学"。翻译既是科学，又是艺术，两者相辅相成，合二为一。张先生还就翻译的性质做了三点概括：①译事有法可依，即有规律可循；②高水平的翻译要有法而无法，进入再创造的境界，翻译是科学性与艺术性兼备的；③法可道出，即翻译的规律是可以经过深入研究加以认识，并以言词形诸笔端的。我国翻译学者刘宓庆认为"翻译学具有明显的综合性：它既是科学，又是艺术；它既重实践，又重理论；它既需要感性经验，又需要理性概括和提升。但是我们必须认识到，就翻译学而言，科学性是其第一位的属性，艺术性是第二位的属性。就翻译而言，科学性是它的基本机制，艺术性是它的表现机制，当然两者是密不可分、相辅相成的。但是在认识论上必须做到泾渭分明，在方法论上才能有条不紊。翻译学中的艺术理论固然重要，是不可或缺的，但它只是第二位的，是从属的，它只能解决翻译过程中表现机制的运作规律和动作效果问题，不能解决翻译过程中的意义分析和把握等根本问题"。

人们普遍认为，在科技领域，翻译是科学，要求忠实于原文，达到等值或等效，而在文学艺术领域的翻译则是艺术，不可能绝对地忠实于原文，它不是两种语言符号系统的简单转换，也不可能等值或等效。翻译理论研究也应该从哲理和文艺角度出发，既把注意力集中在笔调、风格、韵味、精神等艺术上，又着重分析，力求客观、精确和科学。

文学是艺术，那么文学翻译不能不是艺术，文学翻译就不能不成为对原作中包含的社会生活映像（一定的艺术意境）进行认识和反映的过程，就不能不成为译者对原作中所反映的社会生活进行再认识和再反映的过程。这就是文学翻译的艺术本质。

文学作为语言艺术，同其他艺术有着很大区别。在其他艺术中，艺术形象是直接诉诸人们的感官，而在文学中，由于所使用的表现工具是语言，艺术形象并不是直接诉诸人们的感官，而是首先诉诸人们的思维。也就是说，用语言塑造的艺术形象不可能给人以直观的可视外形，只有通过想象才能把握。艺术形象的间接性是文学区别于其他艺术的根本特点。我们知道，各民族的语言和不同的文化传统和文学传统相联系着。

文学创作是作家通过独特的内心生命体验来描绘理想中的艺术世界，文学翻译是译者通过自己的内心审美感受来描绘作者笔下的艺术世界。原作是文学翻译模仿的对象，文学翻译活动最后的静态结果是译作。因此，译作应当以原作的艺术生命作为自己的艺术生命，以原作的艺术价值、审美情趣作为自己的艺术价值和审美情趣。要做到这些，就必须以"忠实"作为文学翻译的标准。然而，文学翻译不可能达到绝对忠实，这是毋庸置疑的客观事实。

为什么不能做到百分之百的忠实？我们可以从以下两个层面进行分析。第一，文学具有感情、美和想象三个特质。感情、美和想象三者缠绵融合，使得文学作品的语言具有诗性，意义变得隽永深刻，意象非常丰富，言外有意，意外有韵，象外有致。对作者来说，文学是心灵的倾诉和呼喊；对读者来说，文学是心灵的聆听和回应。文学作品的情感、美感和想象在每一个读者的心灵中，即使发生同样的艺术效力，但让读者各自表达，肯定是春花秋月。因为情感、美感和想象本身都具有弹性，它们能使语言充满张力，创造出可以撞击无数读者的心灵深处，可以包容无数读者的内心世界的广阔艺术空间，这就是文学作品本质特征的表现。第二，翻译是语言转换的活动，但两种语言因两个民族大到文化背景、小到生活方式的不同而存在很大差异。傅雷毕生从事文学翻译实践，因此他对中西语言的实质差异有着较为透彻的认识，他认为造成差异的根本原因是中西两种不同的"美学原则"和"思想方式"，任何译文总是在"过与不及"两个极端中荡来荡去，而中文尤甚。这就是说，"过与不及"是翻译作品最终达到的一个客观结果，它与原作最终达成这种关系既不可否认，也不可避免。

既然文学翻译不可能做到绝对忠实，我们就应该遵循相对"忠实"的原则。这是为什么呢？我们可以通过对文学特质和文学翻译活动的深入探讨来证明这一点。

文学作品的又一显著特征是其形象性，但这种形象并非对现实世界的真实反映，而是经过作家理想的炼炉锻造出来的形象，因而它不但具有情感性和审美性，还具有已经理想化的想象性。文学作品中的形象是建立在理想基础上的想象，因为作家是按自己的理想去打造文艺作品的，文学的创造性就表现在理想性上。文学作品中表现出来的艺术世界是现实中不存在的理想世界。生命的价值并不在于一定要完全实现理想，而在于追求理想和真理的活动与过程中。在这活动中，人们积极调整自己的心态，追求、进取，逼近理想和真理。而且在这过程中，由于发挥了自己最大的潜能，实现了自我的最高价值，因而享受到每前进一步的喜悦，感受到不断超越不完美现实的生命升华。

翻译活动的本质属性没有改变。翻译活动是对原作的再创造，以原作展现的艺术世界作为自己的疆域，所以我们可将翻译活动称为二度创作。当然，二度创作要忠实于原作创作（一度创作）。翻译活动的目的是沟通，沟通就需要译者的忠实传导。另外，在忠实的问题上，作者最有决定权，读者最具发言权，他们对译作的期待是"忠实"。所以，译者应正确认识自己的主体作用，潜心领悟、把握原作，通过契合的表达再现一个绚丽缤纷、美妙奇幻的艺术世界。文学翻译在客观上达不到绝对的忠实，不等于主观上确立忠实标准的不可行。

译者用译入语再现原作中的文学形象时，经历相同的思维阶段，即相同的创作过程。所以，一部文学译作从来都是作者和译者共同写作的结果，译者应是作者的合作者，因为原作只有通过译者的创造性劳动，才能在译入语中实现和延续其文学价值。在译文读者对译文进行阐释和思考时，译者的创作便像文学创作一样具有了意义，其文学功能也因此而得到实现。文学作品的艺术性就存在于其语言之中，没有语言之外的所谓的艺术性。

三、跨文化传播视角下的文学翻译

（一）翻译研究新视野——跨文化传播学

1. 传播的定义与内涵

英语中的"传播"一词 communication 源于拉丁语的 communis，其原义为"分享"和"共有"。19 世纪末起，communication 一词成为日常用语并沿用至今，成为使用最为频繁的词语之一。传播是人类所特有的，也是人类生活中最具普遍性、最重要和最复杂的方面，这是传播内涵的复杂性所在。社会传播可以归结为社会活动或社会行为。本研究使用的传播概念，同时具有以下三个方面的内涵。

第一，传播具有社会性。社会性既是产生传播的原因，又是导致传播的结果。传播与社区（community）、公社（commune）有共同的词根。这一现象并非偶然，没有社区就不会有传播，没有传播，社区也难以为继。这从一个侧面说明了传播的社会性，即人类能够通过传播沟通彼此的思想，调节各自的行为。事实上，通过结成一个有机的整体去从事各种社会活动，也是人类与其他动物群体的主要区别。

第二，传播是不同信息之间的交流、沟通与共享的过程，传播者不是简单地输出信息，接收者也不是被动地接收信息，两者是动态的、互动的，即传播者和接收者之间是相互影响、相互制约、相互作用的。传播过程中一切都可能发生变化，同时也总会有新的东西出现。

第三，传播是一个持续不断的、复杂的、合作建构意义的交流过程，由语言和非语言符号形成意义，进而建造人类生存的意义世界。这里的"意义"是主客观相结合的产物，是客观事物在主观意识中的反映，是认知主体赋予认知对象的含义，也是符号所包含的精神内容。人们使用大量的符号交换信息，不断产生着共享意义，同时运用意义来阐释世界和周围的事物。

2. 文化和传播的关系

爱德华·霍尔（Edward Hall）提出了文化即传播、传播即文化的观点。这种以传播定义文化传承的观点一直影响着跨文化传播的研究发展。

（1）文化是传播的语境和内容。

传播产生于人类生存和发展的需要，是人类的一种主要生存方式。任何传播都发生在一定的社会文化环境之中，没有文化的传播和没有传播的文化都是不存在的。文化与传播之间是互相渗透、互相兼容的，各种文化的存在都不是孤立的，而是相互依存、相互依赖的。纵观历史文化的发展历程，文化不是一潭死水，而是永远流动的，文化从一产生就有一种向外扩张和传播的内在驱动力，一经传播就显示出其本身所具有的生机与活力。因此，传播是文化生存和发展的内在需求，文化则是传播的必然结果。

从传播活动的整体来看，它并不是杂乱无章地在随意进行着，而是在社会各种因素的综合影响下宏观有序地进行着。人们总是生活在一定的社会文化环境中，在探索周围客观世界的实践活动中不断感知周边事物，并做出反应。人们关注什么，思考什么，赋予事物什么意义，这些思维意识等方面都受到文化因素的影响与制约，即文化因素决定了人们的思想意识，影响着人们的思维方式，从而决定着人们的选择和行为模式。同样的内容受不同文化的影响，传播方式和结果会有所不同，而不同的内容在传播过程中又会体现出不同的文化传统和文化特点。

（2）传播促使文化传承和融合。

人从出生开始就接受家庭教育和社会熏陶，一代代从前辈那里接受情感模式、思维习惯、价值观念和行为规范，并经过耳濡目染、潜移默化的内化过程，逐渐根植于人们的思想意识之中。正是由于有了人类的传播活动，得以将社会的文化传统世代相传继承下来，使人类的文化财富经过长期积累而构成文化遗产，才使文化在历史长河中得以积存和沉淀。没有传播，任何文化都将失去生机和活力，并将最终走向终结和消亡。人的社会化是一种个体接受所属社会的文化和规范，并将这种文化"内化"为自己行为的价值准则的过程。在这个过程中，一个人逐渐学习到了社会文化，主要是通过文化传播不断地接受社会教化，接受所属社会的文化规范和文化准则，最终从个体走向群体，从自然人变成社会人。

3. 跨文化传播

人类社会的历史表明，文化传播的时间越久远，文化积淀就越深厚，文化遗产和文化传统就越丰硕。正是因为有了跨文化传播，域内与域外、族内和族外的不同文化圈之间相互接触、相互交流并相互融合，从而形成了各个国家、各个民族的不同个性，使之具有独特的文化内涵和文化传统。

（1）跨文化传播的历史渊源。

作为一种社会现象和交流活动，跨文化传播的历史可谓源远流长，几乎与人类历史一样悠久，可追溯到原始部落时期。各部落之间的文化交流和沟通，促成远古文化多样性的形成和人类社会的发展，使人类能够昌盛繁荣，可以组成更大的社会团体，如民族、国家与国际社会。在中华民族的形成过程中，不同民族不断相互接触和融合，这个过程就充满了丰富的跨文化传播内容。西汉张骞出使西域，唐朝玄奘西行印度取经，鉴真东渡日本传经，明朝郑和七下西洋，清末民初的西学东渐等，都是跨文化传播活动的具体表现，其中都包含了十分复杂的跨文化传播和交流的因素，堪称人类历史中跨文化传播的典型范例。

这种情况在我国如此，在世界其他地方也不例外。在交通和通信工具日新月异、世界经济一体化趋势日益明显的今天，跨文化传播对于我们来说不再是新奇的事情。随着因特网的快速发展和普及，人们可以通过文字、声音、图像等形式与世界各地不同文化背景的人聊天、交流，从而足不出户便可以进行跨文化传播。尤其随着世界各国物质交往日益频繁，外交联系愈加密切，跨文化传播活动已经成为人类社会生活的重要形式。

（2）"跨文化传播"的术语来源和定义。

20世纪50年代，服务于美国国务院外交服务学院的美国文化人类学家爱德华·霍尔在其经典著作《无声的语言》中首次使用了"跨文化传播"一词，其英语表达为 intercultural communication。

有人也称"跨文化传播"为"跨文化交流"和"跨文化交际"，这些术语在汉语使用上的差别原因之一，就是这门新学科由于刚刚建立，学者还未能在译名上取得一致；另一个原因是学者来自不同的学科背景，因此在选择译名时必然会受其学科背景的影响。

4. 翻译的跨文化传播属性

（1）翻译与跨文化传播都离不开语言和符号。

传播离不开媒介和符号，媒介负载符号，符号负载信息。符号与媒介是一切传播活动赖以实现的中介。传播的核心是信息，它是信息的流动过程。在人类传播活动中，既不存在没有信息的传播，也不存在脱离传播的信息。没有传播，符号便没有了意义，文化也就失去了存在的可能。翻译作为跨文化传播的主要方式，其对语言和符号的需求与依赖更甚于其他因素。离开了语言和符号，翻译根本无从进行。

（2）翻译与跨文化传播都具有目的性。

跨文化传播是人类的一种有意识、有目的的自觉活动，传播主体希望能达到一定的目的和效果，可以说，跨文化传播是异质文化间动态地传递信息、观念和感情，以及与此相联系的人类交往沟通的社会性活动。在跨文化传播活动中，传播者对信息进行收集、选择、加工和处理，几乎在每一个环节都在有意识地进行跨文化的创造活动，体现着一定的意图性和目的性。

（3）翻译与跨文化传播都具有互动性。

翻译活动和跨文化传播都是双向的，是译者（传播者）与读者（接受者）之间信息共享和双向交流的过程。在常见的人际传播和交流中，主要有无反馈的单向式交流和有反馈的双向式交流两种。在双向式传播交流中，传讯者与受讯者的作用是对等的，双方是互动关系，使用着相同编码、译码和解码的功能。

正因为文化是动态的，总是处在不断的传播之中，而文化又是多元的、异质的，所以它的传播并不是封闭的、单向的，而是互动的、双向的，甚至是多维的，这就是跨文化传播及作为跨文化传播的翻译所共有的特征。

（二）翻译的跨文化传播功能

人与人之间的交流，文化与文化之间的传播，都离不开语言。语言成就了世界，传播缩小了世界，翻译却沟通了世界。作为一种社会实践活动，翻译既是跨语言的，又是跨文化的，同时还具有传播性。从跨文化传播的意义上讲，翻译是桥梁、纽带、黏合剂，也是催化剂，它可以传递思想、丰富语言、开发智力、开阔视野，从其他语言文化中汲取对本族语文化有益的成分，从而变革文化，发展社会，推进历史演进。只有通过翻译，才能把人类社会的不同文明推向一个更高的层次和发展阶段。

1. 翻译是一座跨文化传播的桥梁

翻译是人类社会迈出的相互沟通理解的第一步。无论是东方社会还是西方世界，一部翻译史就是一部生动的人类社会跨文化传播交流与发展史。自从人类有语言文化、习俗风尚以来，各民族之间为了传递信息、交流文化，没有一桩事不是凭借翻译来达成的。翻译恰如一座桥梁，把两个相异的文化连接起来，在不同文化之间的交流过程中扮演着至关重要、必不可少的角色。在歌德看来，翻译在人类文化交流中起着"至关重要的作用"：不仅起着交流、借鉴的作用，更具有创造的功能。

2. 文化翻译产生翻译文化

文化是社会经验，是社会习得，它只能在社会生活的实际交往中完成；文化又是历史传统，是世代相传、不断延续的结果。

人类社会的发展史是一部各种文化不断相互融合的翻译的历史。跨越文化障碍而进行的文化信息的传递过程，是人类社会所特有的活动，需要借助符号进行思想交流和文化传播。

文化翻译的结果是产生翻译文化。所谓"文化翻译"，简而言之，一方面就像"文学翻译"或"文化创作"等概念一样，仅仅是指一种文化传播行为；另一方面是指对文化进行翻译的活动的动态的过程。所谓"翻译文化"，是"文化翻译"的结果。

3. 翻译传播的社会文化功能

翻译的功能主要体现在社会文化层面。社会的变革和文化的发展往往和蓬勃开展的翻译活动有关。翻译可以引发对特定文化乃至社会制度的"颠覆"，也可以助推不同文明向前演进。古罗马的希腊文学翻译导致了拉丁文学的诞生，五四时期的西学东渐及大规模翻译活动促进了现代白话文的形成和发展，并进而推动中国社会历史突飞猛进，这些无疑都是体现翻译的社会文化功能的最佳佐证。

（1）翻译传播促进了文化整合。

翻译传播具有对异质文化的整合机制。我们说文化是整合的，指的是构成文化的诸要素或特质不是各个成分的随意拼凑，而是在大多数情况下相互适应或磨合共生的。人类文化的交流和传播，是促使文化整合、生成新的文化结构和文化模式的关键性因素。人类发展的历史可以说就是不同文化通过翻译不断整合的历史。这就要求译者必须具备敏感的跨文化意识和文化信息感应能力，使翻译效果得以充分体现。另外，翻译文化在目的语社会环境的传播过程中，也会与目的语社会文化因素接触，通过碰撞、冲突、交融的方式达到整合，最终产生新的文化因素和面貌。

（2）翻译传播促成文化增值。

所谓文化增值，是文化在质和量上的一种"膨胀"或放大，是一种文化的再生产和创新，是一种文化的原有价值或意义在传播过程中生成一种新的价值和意义的现象。

翻译文化传播使源语文化财富在译入语文化中被承接和传播开来，成为译入语社会不断积累的文化遗产，使译入语文化在历史长河中得以堆积和沉淀，这种文化的承继和发展便是文化积淀。翻译文化传播的时间越久远，在译入语社会的积淀就越深厚。译入语文化积淀促进了人类文明的共同进化和发展，比如古代印度辉煌文化在其自己的故土早已沉沦，却通过佛经翻译活动在中国得到保存，并找到了生存、发展和积淀的环境，成为中国文化重要的一部分。

第五章 跨文化背景下中西民俗差异文化翻译

第一节 跨文化语境下译者的主体性

一、译者的主体性

（一）译者主体性的定义与特点

1. 译者主体性的定义

首先来了解下什么是主体性。从哲学的角度来说，主体性就是指人作为主体的规定性。具体地说，主体性是主体在对象性活动中本质力量的外化，能动地改造客体、影响客体、控制客体，使客体为主体服务的特性。主体性是主体的本质特性，这种本质特性通常在主体的对象性活动中表现出来。主体性最根本的内容是人所特有的主观能动性，主要包括目的性、自主性、主动性、创造性等。能动性是主体性最为突出的特征。

关于译者的主体性概念，很多学者也进行了界定：①译者主体性是指作为翻译主体的译者为实现其翻译目的而在翻译活动中表现出来的主观能动性，其基本特征是翻译主体自觉的文化意识、人文品格和文化、审美创造性。②译者主体性就是作为翻译主体的译者在尊重客观外部翻译要素（主要是源语作者、源语文本、译语读者、两种社会语言文化等）和承认其自身主观认知状况制约的前提下，在整个翻译活动中所表现出来的主观能动性，主要体现为创造性。

2. 译者主体性的特点

译者主体性的特点主要体现在四个方面，具体分析如下：①在翻译过程中，译者的个人风格、能力和素养，甚至观点，会通过译者的主体意识或潜意识，或采取凝缩、改装、改写等方式，在译文中表现出来。②翻译是译者主体积极的创造性活动，文本通过译者的翻译和阐释在译入语中生存下来。译者试图打破原文的桎梏，穿越时空的限制。译者的主体性地位正是通过译者的创造性确立了其中心地位，成为最活跃的因素。③译者的意向性是在特定情况下的意图行为。作者通过创作文本传递自己的意向。由于一个文本可能具有一种或多种意向，所以译者通常需要决定传递原作的某一种意向。这种选择也体现了译者的主体意向。在进行选择时，面对原作者和原作，译者的意向性一方面直接指向原作者的意图，而面对译入语读者，译者确实是在进行某种程度的创作。译者的选择性还体现在译者对所译文本的精心选择上。④译者对译文进行操纵的主要方式就是改写。在翻译中忠实于原文语言和文化，这表明了译者主体的顺从；相反，若译者追求的是翻译中的异国情调和文化他者，则显示了主体的抵抗。翻译实践证明，抵抗意味着让译者在场，即发挥译者的主体性。

总之，译者主体性作为一个重要的议题提出，本质上是对以"忠实""对等"的作者主体性表征的质疑。但同时必须清楚地认识到，在强调译者的主体地位时，应避免译者以创造之名，行背叛之实，脱离原文，任意翻译。

（二）译者主体性是译者能动性与受动性的辩证统一

译者主体性受到内外部因素的制约：一方面，翻译是译者主体性和主观能动性发挥作用的结果；另一方面，译者的创造性翻译活动是"创而有度"，而非信马由缰。在翻译活动中，源语作者、源语文本内容和形式、译语读者、源语和译入语社会文化规约、翻译策动主体等要素，构成了不以译者主观意志为转移的客观外部翻译环境。这些要素都在一定程度上制约着译者主体性的发挥。

1. 译者能动性的积极发挥

在翻译过程中，译者发挥主观能动性是指译者能够对源语作者的创作意图和译语读者的认知需求进行识解，并在语言层面进行合理操作来构建译语作品，从而完成翻译任务。翻译绝不是源语信息的简单复制，而是译者对源语作品进行的一种"创造性模仿"。这里可以从以下两个层面进行理解：①所谓"创造性"，是指译者可以充分发挥自己的主观能动性，在字、句、段、篇等层面对译语作品进行合理改造。同时，译者游刃有余地穿梭于两种文化间和两种语言符号体系之间。②"模仿"是指译者不能弃原作者于不顾，摒弃原文，另起炉灶。也就是说，创造性是有限度的，而不是随心所欲的，更不是对秩序的破坏。译者在建构主体性时，首先必须承认受动性，在受动性前提下发挥其能动性。

2. 译者受动性的客观制约

总体来看，源语作者、源语作品本身、译语读者等构成了译者心理空间网络的重要内容，译者在解构与建构过程中受到这些要素的制约，下面进行具体分析。

（1）译者受源语作者心理空间的制约。

这使得译者不能根据自己的意愿对原作进行任意阐释。例如，《黄鹤楼送孟浩然之广陵》这首诗是唐代诗人李白的著名作品。诗的前两句是"故人西辞黄鹤楼，烟花三月下扬州"，写明了送别友人的时间和地点；后两句是"孤帆远影碧空尽，唯见长江天际流"，点明了诗人与友人惜别难离的心情。通过诗歌，李白表明了自己的写作意图，即"颂友谊于楼前、寓离情于盛景"。译者在翻译该诗的过程中，离不开对诗人心理写作意图的结构。具体来说，译者首先要依托自身心理网络中所存储的知识，解构关于诗人李白的相关信息内容；其次要以诗歌和当时社会时代背景为参照系来识解李白的创作意图；最后要把关于诗人和诗歌有关的信息根据一定的权重生成出来。

（2）译者受源语作品空间的制约。

源语作品的语言架构、文体特征、背后所折射出的作者识解世界的方式和社会文化规约等形成了译者心理网络空间中重要的概念内容，这就是源语作品空间。源语作品空间既为译者发挥主观创造性提供了重要的参数，也制约着译者能动性的发挥。下面是许渊冲对《黄鹤楼送孟浩然之广陵》的翻译，可以看出最终的译文和原诗一样，具有很强的韵律感。

Seeing Meng Haoran Off at Yellow Crane Tower

My friend has left the west where the Yellow Crane tower's

For River Town veiled in green willows and red flowers.

His lessening sail is lost in the boundless blue sky

Where I see but the endless River rolling by.

（3）译者受译语读者空间的制约。

从认知需求层面看，译语读者对译作有着最大的关联化期待，通俗一点说，就是读者期望能从译文中获得与源语读者同样或最相似的体验。此外，由于译文读者所处的文化背景与源语文化相去甚远，即存在文化空缺现象，此时译者为满足读者的认知需求，有效弥补文化空间，需要采取归化的翻译策略。这种翻译策略一方面体现了译者在整合操作中的能动性，另一方面说明了译者在创造性翻译活动中必须考虑读者因素，受制于读者及译入语文化规约，这也说明了译者主体性是能动性和受动性的统一。

3. 总结

在翻译实践中，译者只有充分发挥自身的创造性和能动性，同时尊重外部客观因素，才能跨越语言与文化的双重障碍，准确传达原文的信息，再现原文的艺术形象。下面通过一个例子进行说明。

Some fishing boats were becalmed just in front of us. Their shadow slept, or almost slept, upon that water, a gentle quivering alone showing that it was not complete sleep, or if sleep, that it was sleep with dreams.

译文 1：一些渔船停泊在我们的眼前。渔船的影子在水面上睡着了，或者说是几乎睡着了。单单一个轻微的颤动就显示，它没有完全地睡着，或者说，假如睡着了，那么，那也是一边睡着了，一边还在做梦。

译文 2：渔舟三五，横泊眼前，橘影倒映水面，仿佛睡去，偶尔微颤，似又未尝深眠，恍若惊梦。

通过对比上述两个译文可以看出，译文 1 从遣词到造句基本上都是在"临摹"英语原文，汉语欧化痕迹明显。相比之下，译文 2 结构工整、措辞典雅，同时意境深邃、耐人寻味，给人以美的享受，并提供了丰富的想象空间。之所以有这种差异，原因就在于译者主体性的理性发挥。首先，译者巧妙使用四字格，使得译文精练优美。其次，译者充分考虑了中西方不同思维模式与审美差异，并将这种差异体现在译文中。汉民族习惯整体思维，重视主体的直观感悟，习惯以近知远，以实推虚，因此领悟多于理喻，模糊多于明确，含蓄多于直露，从而显示出一种独特的美的气质。译文 2 中的"仿佛""似又""恍若"等措辞正是这种模糊美的绝美体现。可见，在能动性的基础上，译者主体能动性的正确而适度的发挥直接决定着译文质量的上乘。能动性和受动性作为译者翻译实践活动的两个方面，二者相互依存、相互制约、相互促进，共同帮助译者的主体性得到最大限度的发挥。

（三）从主体性到主体间性

翻译界对译者主体性的深入研究，凸显了译者在整个翻译过程中的主体作用。但是，对译者主体性的重视，并不是完全否定原文作者在翻译中的主体作用，而是对翻译活动中多种主体性的认识。我国学者认为，主体性的提法很容易陷入夸大主体自我解释的唯我论和独断论，使翻译的解释从一个极端走向另一个极端。由此，"主体间性"的概念应运而生。

需要说明的是，对主体间性的肯定不是对主体性的否定，相反，它是主体性在主体间的延伸。主体性必然离不开主体间性，离开主体间性的主体性是一种虚无。主体间性是高于主体性的，是在其基础上更深一层次的交往类型。由此可见，应该从主体间性的角度去研究主体性，否则就会犯形而上的错误而误读翻译主体性的内涵。

翻译主体研究不应该以译者为中心，无视其他主体的存在，而应该从主体间性的角度进行系统的理论讨论，从理论上解决作者、译者与读者之间的主体间性关系及各自的主体性表现。译者是翻译活动中最活跃的主体，是"操纵"文本的具体实施者；而影响翻译活动的因素，除了译者作为主体存在，还有作者和读者，至包括出版者、赞助人等在内的复杂群体主体性的作用。作者和读者，以及出版者、赞助人等虽然并不表现为翻译活动的具体主体，但具有主体的性质。作者的主体性取决于翻译作为原作的再创作的本质，读者及出版者、赞助人等的主体性则代表了译入语文化对翻译活动的规范和制约。译者要积极地与作者、读者及出版者、赞助人等进行交往，协调与他们之间的关系。只有在对自我和他人的认同中，译者的主体性才能在真正意义上得到充分发挥。这种不同主体性的互文关系，即主体间性是翻译主体性研究的重心所在。

二、传统译者的基本素质

（一）传统译者的角色

任何一种翻译活动都离不开译者对原文的再认识与再表达。当然，无论将译者界定为何种角色，翻译的目的都是促进不同民族间的文化交流。

1. 阐释者

译者在翻译过程中首先是作为对原作的阐释者存在的。德国哲学家伽达默尔（Gadamer)，"一切翻译就已经是解释"，译者作为阐释者，由于自身知识结构、思维方式或翻译目的的不同，会出现不同版本的译本。例如，下面《红楼梦》中的一句话便出现了两种不同的英译本。

（黛玉）听说宝玉上学去，因笑道："好，这一去，可定是要'蟾宫折桂'去了。"

译文 1：When Baoyu told her that he was off to school, Daiyu smiled and said"Good! So you are going to pluck fragrant osmanthus in the Palace of the Moon! "

译文 2：When Baoyu told her that he was off to school, Daiyu smiled and said"Good! So you are going to pass the examination for the highest degree in order to climb up to exalted positions! "

译文 1 将"蟾宫折桂"译为 pluck fragrant osmanthus in the Palace of the Mood，不仅保留了原文的含义，还使译文形象生动。译文 2 的翻译则没有保留这个典故，但是更能够让读者明了其中的意思。可见，这是由于译者采取了不同的阐释方式而产生了两种不同的译文。

2. 协调者

译者作为协调者，主要体现在以下两个方面：①译者作为协调者，是原文作者和译入语读者之间动态交际过程的中心。在进行具体的翻译实践时，译者必须有意识地协调两种语言中的文化，包括社会政治结构、道德标准等，并且试图寻找解决这些不相融冲突的办法。例如，汉语中的谦辞，如"鄙人""拙文""敝校""寒舍"等在英语中无法直接找到对应项，这时就需要译者发挥协调者的作用，采取音译加注法。②译者作为协调者，还是原作的"特殊读者"。不同于一般的原作或译作的读者，译者是为了传达和再建构原作而阅读。一部好的作品有可能因为译作的优秀而著名。也就是说，译者只有在自己读懂、读透原作时，才能更好地进行翻译活动。

3. 创新者

翻译可以称得上是一种创造性的叛逆。这是因为，翻译涉及两种语言文化的转换，由于文化差异的存在，要想译作完完全全忠实于原作是不可能实现的，这就需要译者充分发挥其主观能动性，成为一名创新者，对其转换过程中产生的各种障碍进行调整。举例如下。

There is no money to be made in Achill, so that twelve months' credit is the easy-going custom.

阿基尔没什么钱可赚，所以一年到头赊欠是家常便饭。

在该例中，译者将 the easy-going custom 译为"家常便饭"，避免了死译，发挥了其创新能力。

（二）传统译者的任务

翻译是一个有任务的社会化行为。有人认为，翻译是个人的行为和任务；也有人认为，翻译是社会化的活动，担负着社会的任务。总体来说，译者的工作任务主要包含以下三点。

1. 实现信息之间的转换

译者的工作任务直接影响其选择何种语言材料（翻译什么）、运用何种语言（如何翻译）。翻译是一种语际之间进行转换的工作。任何语言都有其特定的系统，译者的翻译任务就是能够将一种语言准确、得体地翻译成另外一种语言，实现信息间的转换。

此外，在具体的翻译实践中，译者除了考虑自身外，还需考虑赞助人（或发话人）及读者（或听话人）等。译者要在平衡两者利益的基础上，合理安排自己的翻译任务。

2. 促进文化交流与发展

实际上，翻译是将一种文化中的"无"变成另一种文化中的"有"的一种译介活动，这种译介活动就是广义上的文化交流。

随着历史的变迁，各民族的文化发展也呈现出差异性和不平衡性，有的发展较快，有的则相对较慢。文化相对较先进的民族往往会将自己的优秀文化译介出去，同时将其他民族的优秀文化译介进来；而文化相对落后的民族则更多的是后一种行为，即将其他民族的优秀文化译介进来。在译介活动中，人们反对强行压制、取代或者全盘否定，赞成文化之间的交流与合作，这也是译者从事翻译工作的一个既定任务。

人类文明的发展促使国家之间的交往更加频繁，对翻译提出了更高的要求。因此，除了依靠文化交流外，还需要进行文化融合。随着世界经济一体化进程的不断加快，文化再也不能进行武力的征服或者消灭。任何一个民族的文化要其他民族完全接受是不可能的，闭关锁国也是不可能的，一个民族要想生存，必须要进行文化的交流与融合。将这一点作为翻译的任务，主要是由于两个方面：①为了能够使今后的翻译工作任务性更强。②为了能够解释与翻译相关的其他理论问题。

3. 减轻人类的翻译依赖

从译者的角度探讨翻译最佳的境地和对译者的影响，得出的结论是翻译的最终任务是人类不再需要翻译。

由于人类的交际范围在不断地扩大，这就对翻译的数量和质量提出了更高的要求。中国人都比较推崇"信、达、雅"的标准。三个标准非常清晰地指出了如何进行翻译，但是从事过翻译的人都知道，翻译工作是极其艰难的，尤其很多时候他们并不了解发话人的情况，也很难把握信息的准确性，造成这种困难的原因也是多方面的，如译者的水平、语言本身的不可译性、文化的差异等。所以，只要翻译存在，那么最终任务就是一个美好的愿望。只有两种语言之间不存在不可译性，文化之间没有了差异性，才能保证完全的"信"，或许也就不再需要翻译了。

这里提出翻译的最终任务还考虑到了其他几个层面的原因：①人们学习语言主要是为了进行交际，但是不同的语言很明显使交际变得更加困难与复杂，人们在语言学习上也花费了更多的精力。因此，很多宝贵的文化财富因为语言的问题导致其丧失了应有的效益。

如果人们将这些时间和精力用在对其他知识的学习上，那么就会对人类文明的进步发挥出更大的效果。②从目前统计的数据可以发现，现在语言的种类越来越少。③之前已经提到，翻译能够促进文化的交流与发展。

可见，无论是受人类发展的影响，还是受翻译本身要求的制约，译者的任务之一都是减轻人们对翻译的依赖。

（三）传统译者的责任与义务

对译者责任和义务的讨论一直是中国翻译界学者讨论的重点，如果说"道义"是对民族、国家和社会的要求，那么对原文、原作者及译文读者的责任和义务便是当今社会所强调的译者的责任和义务。

20 世纪 30 年代，林语堂提出，译者的第一责任就是对原文或原作者的责任，也就是说如何忠实于原文，不辜负作者的才思与用意，另外要对本国读者负责任。林语堂认为，译者既要对原文和原作者负责，又要对本国读者负责，要把翻译看作一种艺术。这也可以说是译者的一种道义。郭沫若认为，要唤醒译书家的责任心，译书者不能以译书以糊口、以钓名、以牟利。

20 世纪 50 年代，傅雷提出译时"要以艺术修养为根本：无敏感之心灵，无热烈之同情，无适当之鉴赏能力，无相当之社会经验，无充分之常识（杂学），势难彻底理解原作，即或理解，亦未必能深切领悟"。这实际上是对译者的修养和责任的概括，说明译者在翻译中既要忠实地传达原文的信息和风格，又要将原作的思想、感情等化为己有，从而能够更好地为本国读者（译语读者）负责。

巴金指出："我希望任何一本书的译者在从事翻译工作的时候，要想到他是为着谁在做这工作。倘使他是为着读者译这本书的，他就应当对读者负责，他至少应当让读者看得懂，而且也应当让读者看了觉得好。"

三、跨文化语境下译者的文化身份

（一）译者文化身份的内涵

在翻译这一跨文化交际活动中，译者作为翻译的主体，其文化身份的定位是至关重要的，它决定了译者采用何种翻译策略，以及生成什么样的译本等。由于文化和翻译本身的复杂性，跨文化语境下译者的文化身份的界定也是非常复杂的，只有从多角度来探讨和分析，才能有一个较全面的了解。对于译者文化身份的含义，很多学者都给出了自己的看法。

1. 译者的国家身份

译者总是从国家的政治立场和意识出发来处理翻译中出现的各种文化现象的。此时，翻译往往不再遵守对等或等值原则。例如，对"香港回归"一词的翻译，我国译者没有简单地按其字面意义译为 Hong Kong Takeback，而是将其阐释为 to resume the exercise of sovereignty over Hong Kong，从而表明了自己鲜明的国家身份和对国家立场的维护。

2. 译者的民族身份

译者在翻译过程中，总会遇到不同文化之间产生碰撞的问题。此时，译者的民族身份就会逐渐显露出来。在当今跨文化时代，我国要想弘扬本土文化，必须利用英汉翻译的对外性，通过文化阐述对外宣传本土文化的内涵和底蕴。为此，译者必须好好打磨基本功，掌握本土文化的精髓，并努力通过适当的语言介绍给国外。总之，译者绝对不能只满足于对语言本身的掌握，还必须站在民族身份的高度，深入理解本土文化，并采取适当的方法进行阐述，从而完成弘扬民族文化的使命。

3. 译者的地域身份

不同地域的人由于地理环境、气候、风俗习惯等存在差异，其语言也在发展过程中打上了明显的地域性标记，从而产生地域变体。可见，地域对语言的影响是非常重大的，在语音、语法、词汇等层面都有所体现。对于译者来说，在翻译时应当尽力再现原文的地域特色。例如，"炕"是我国北方农村家庭特有的设备，如果直接译为 bed，虽不能说错，但缺少些文化内涵与原文地域色彩，而译为 kang—a headtable brich in rural areas of Northern China，则可以让读者很好地体味到中国北方的寒冷，同时能看出当地人征服自然的智慧。可见，译者有必要重视自己的地域身份，努力在跨文化语境下弘扬本土文化。

（二）译者文化身份的定位

1. 译者应置于阐释者状态

传统的翻译学理论很少对源语文本与译者的关系问题展开探讨，即使有提及，也仅限于译者对源语文本语言、文字的解读上。因此，我们有必要从阐释学的角度重新审视源语文本与译者的关系，便于之后更好地对翻译的第一阶段——解读阶段有一个深层次的认识。

伽达默尔在《真理与方法》一书中，为了证明阐释者与源语文本的关系，曾经有这样一段说法："所有的翻译者都是阐释者，外语的翻译情况表达了一种更为严重的阐释学困难，既需要面对陌生性，还需要克服这种陌生性。所谓陌生性，其实就是阐释学必须处理的'对象'。译者的再创造任务同一切文本提出的一般阐释学任务在本质上并没有什么区别，只是在程度上存在差异。"

从这点可以看出，在跨文化翻译的理解过程中，译者首先要将自己置于阐释者的状态，面对源语文本的语言与文化的陌生性，使自己参与到这个陌生的意义域之中。

面对这种跨语言、跨文化的陌生性，译者如何进入源语文本文化的意义域中呢？如果译者的大脑一片空白，要想理解是不可能的，他们必须了解自身文化与译语文化的异同点，带着自身的前理解背景因素跨越到源语文本的异域文化因素中，求同存异地实现与源语文本作者的"视域融合"。

但是，这种"融合"是相对意义上的"融合"，要想完全消除误译或者误读是不可能的，而这里所说的"融合"只是在译者自身的理解能力范围内，达到与源语文本意义域的一种动态历史对应。

2. 译者应实现与源语作者的视域融合

翻译本身必然是跨文化的，因此译者不可避免地要面对两种文化的碰撞。在跨文化翻译过程中，译者首先需要对源语文本文化的差异性进行解读。如前所述，在跨文化翻译中，语言与文化的透明互译并不存在，译者视域需要在与源语作者的视域进行不断碰撞的基础上实现融合，因此译者在进行跨文化翻译解读过程中需要注意几个问题。

第一，真正的跨文化理解是不能驻留在语言本身的。从阐释学意义上说，理解一门语言本身并不是对语言的真正理解，其中也不涉及任何解释过程。我们之所以说理解一门语言，是因为我们生活在这一语言之中。哲学阐释学问题并不是对语言正确掌握的问题，而是对于在语言媒介中所发生的事情能够正当了解的问题。这样掌握语言是一个前提条件，而文化是这一前提中的蕴含意义。我们可以将跨文化翻译视为一种谈话，一方面是译者与源语文本的探索，另一方面是译者同自己的谈话。只有在这种交谈模式中，译者才能将自己的文化积累与源语文本的文化意义相关联。

第二，当代诠释学所说的理解与传统诠释学并不相同，即当代的诠释学并没有要求抛弃诠释者自己的视域，将自己置身于源语作者的视域中。从跨文化翻译的角度来说，译者对源语文本的解读是在生存论意义上的跨文化展开的。译者理解的基础并不是将自己置于源语作者的思想中，或者是让自己参与到源语作者的内心活动中，而是要将所要理解的意义置于源语文本反映出来的语境中。当然，这并不是说翻译者可以任意对源语文本所指的意义进行扭曲，而是应该保持这种意义，并让这种意义在新的语言世界中以一种新的方式发生作用。

第三，在跨文化翻译中，译者应该从阐释学的角度将跨文化翻译的每一次解读视为一种意义的生成过程。从历史意义上说，这一过程无穷无尽。虽然源语文本文字记录的意义从根本上可以被辨认，也可以用译入语进行复述，但是这里的复述并不是严格意义上的复述，其并不被归结到最早讲出或写下的某种东西的原始意蕴中。跨文化阅读的理解并不是对某些以往的东西进行简单的重复，而是对一种当前意义的参与，其融入的是跨文化译者的视域。

3. 译者应熟知跨文化翻译步骤与标准

跨文化翻译活动主要分为四步：信赖—入侵—吸收—补偿。

（1）信赖。

首先，译者要存在一个视野，其可以涵盖与源语文本相关的所有信息，如原作作者的信息、原作写作时期的信息等。这肯定和体现了以往的认知行为。当译者遇到某一文本时，无论译者是否主动，文本都进入了译者预设好的视野之中。如果译者能够听懂或者相信文本所说的，那么说明译者对文本产生了信赖，也说明译者从文本中感受到了兴趣，希望从中获取自己想要的东西。之后，译者就开始着手于翻译活动。可见，信赖从某种意义上说是对原作的信任，但是这种信任是最初的，当译者渐渐认识文本之后，就可能会面对来自源语文本的抵抗，这就给翻译造成了极大的困难。这种来自源语文本的抵抗导致了跨文化翻译的阐释过程的第二步——入侵。

（2）入侵。

入侵这一词语本身具有"暴力"的含义，但是在海德格尔（Heidegger）看来，当译者将存在意义转化成理解意义时，不可避免地会遇到暴力入侵。因为不同文化背景下的差异会给译者设置多重关卡，译者只有冲破跨语言、跨文化的关卡，才能翻译出自己想要的东西。

（3）吸收。

入侵的目的是获得，从源语文本中抢到的东西，经过消化，贴上译者的标签，进而译者才能得心应手地使用。这就是吸收的过程。

（4）补偿。

当经历了信赖、入侵、吸收之后，译者不可能对源语作品进行原原本本的复制，可能是因为对源语作品抢夺得太少，或者是因为在吸收和组装过程中发生了变形，因此为了维持平衡，就必然需要补偿。这样，译者除了对源语的潜力进行再现外，还得到了源语作品未表现出来的价值。

译者对源语文本的理解具有历史性，解读源语文本也存在合法偏见，跨文化理解与翻译被视为开放性的动态过程。但是，翻译并不能仅仅停留在理解层面，最终产生译作才是目的。就目前来说，理想范本是不存在的，因为针对原作产生的译本会不断得到提升。

综上所述，译者要站在沟通源语文化和译入语文化的立场上，努力做促进多元文化平等对话的使者。

（三）避免翻译腔

翻译的标准在于忠实、通顺。如果译者在翻译时被原作的表达、结构所束缚，仅机械地将原文的表层结构传达给读者，那么译文仅实现了对原作的形式上的忠实，而并未实现风格、内容上的忠实。这样的翻译与译语的表达规范不相符，译语读者也很难理解其中所要传达的思想。这就是"翻译腔"的表现。翻译腔是造成译文质量低下的一个重要原因，是影响译者翻译的重要障碍。由于英汉民族价值观、思维方式的差异，英汉翻译中的翻译腔问题随处可见。

1. 翻译腔的种种表现

在英汉翻译中，翻译腔问题比比皆是，也具有多种表现形式。下面仅基于语法、短语与句子、词汇、文化这四大层面进行分析。

（1）语法层面的表现。

英语中往往会频繁地使用各种连接手段，是一种显性的连接，而汉语中并不常使用连接手段，而是对时间顺序、逻辑顺序等过分看重，是一种隐性的连接。因此，如果将英语中的衔接词进行机械的翻译，就必然会导致译文读起来不自然。举例如下。

There are many trees to introduce about the place I travelled.

译文 1：关于我旅行的地方，有很多种类的树要介绍。

译文 2：我去了一些地方旅行，介绍起来，树种可多着哩。

上例中，译文 1 将 there are 与 about 机械地翻译成"有"和"关于"，读起来拗口，不符合汉语的表达习惯。而译文 2 直接进行拆分，按照汉语的语序表达，并将英语原句的语气表达出来，更通俗易懂。

（2）短语与句子层面的表现。

英语中有很多固定短语、句型，如 so…that…、so…so…等，这些固定短语或句型往往被机械地翻译成"太……以至于""太……以至于不能"。而这样机械的翻译会让中国人读起来不通顺，是一种拙劣的转换。举例如下。

There are several reasons why Kissinger no longer appears to be the magician the world press had made him out to be, an illusion which he failed to discourage because, as he would admit himself, he has a tendency toward megalomania.

译文 1：有这样几个原因可以说明为何基辛格不再像全世界烘托的那样是一个魔术师，他不愿意将这样的幻觉打破，因为他自己认为他是狂妄自大的。

译文 2：全世界曾经将基辛格视作魔术师，他也并没有阻止这种错误认知，因为这正如他所希望的那样，他是一个狂妄自大的人。然而，现在他不是这样的人物了，这主要有几个原因。

对比译文 1 与译文 2 可以发现，译文 1 是按照句子的顺序翻译的，读起来会让汉语读者费解，而译文 2 将语序改变，符合汉语读者的习惯，理解起来也非常容易。

（3）词汇层面的表现。

从词汇层面来说，翻译腔主要表现为词义的错误选择、风格的错误、褒贬的混淆等。

例如，英语单词往往都具有屈折形式，这是语法关系的体现，但是有些屈折形式可能会改变词语意义。译者如果将 retiring 这个词视为现在分词，代表将来，那么就可能会将 a retiring man 翻译成"一个即将退休的人"。这样的翻译是错误的，retiring 实际充当的是定语成分，应该翻译成"一个沉默寡言的人"。

又如，英语中，同一单词可能有不同的风格义，有可能是口语说法，有可能是书面语说法，有可能是旧有说法，有可能是现代说法。在翻译时，译者不能进行混淆，如 natural gas 可以译作"天然气"，但"天然气"在汉语中属于工业化术语，应该翻译成"煤气"更恰当。

（4）文化层面的表现。

如果源语中涉及文化，译者在翻译时就必须多加注意，应该对中国读者与外国读者的可接受性加以考量。如果中国读者能够像英语读者那样接受并理解英语文化，那么译者就可以采用直译技巧。有时，中国文化与西方文化具有不同但对等的意象，那么译者可以运用其对等性进行翻译。例如，west wind 本义为"西风"，但鉴于英国与中国的地理位置不同，west wind 对于英国来说是暖风，而"西风"对于中国来说是冷风，因此意义存在偏差。相比之下，翻译成"东风"更为恰当，因此 west wind 就与"东风"是对等意象。

2. 翻译腔的具体成因

在具体的翻译实践中，译者之所以出现翻译腔，其原因有很多。总结来说，造成翻译腔的原因有三种：未考虑文化背景、对原文理解不透彻、译文表达不到位。

（1）未考虑文化背景。

语言与文化密切相关。中国读者与外国读者的生活环境不同，文化背景也不同，对同一事物必然会产生不同的感觉或理解。因此，在翻译实践中，必然要将文化差异考虑进去，并适当地进行调整与处理，否则就会产生翻译腔。

To these guest workers…it was nothing short of an "Asphalt Jungle".

对这些客籍工人来讲……这简直是一片"沥青森林"。

上例中，看到"沥青森林"这几个字，大家一定非常困惑，Asphalt Jungle 本是一部美国影片的名字，现代指代的是大城市或者大的区域。因此，应该将其改译如下。

对这些客籍工人来讲……这简直是一座"大城市"。

（2）对原文理解不透彻。

理解就是要对原文了解、清楚，把握原文所隐含的实质及所传达的信息。译者如果对原文不理解，仅仅硬性翻译，那么必然会为了忠实而逐字翻译。这样翻译出来的译文无疑会非常晦涩，具有十足的翻译腔。

例如：

The essence of pearl mixed with essence of men, a curious dark residue was precipitated.

珍珠与人的要素混合在一起，一种奇怪的黑渣子便沉淀下来。

在该例中，译文是明显的翻译腔，读起来非常生硬，可能译者对 The essence of pearl 并不理解，只是字面翻译，直接将 essence 翻译成"要素"。实际上，essence 并不是"要素"的意思，而代表的是"价值"，用于人身上，代表的是"人的本性"。因此，应该将其改译如下。

珍珠的价值与人的灵魂混合在一起，往往会出现一种奇怪的黑色沉渣。

（3）译文表达不到位。

译者进行翻译的前提在于对原文的正确理解，而译文的表达是否到位影响着译文的质量。译者在表达时，如果对源语与译语的结构特点了解不清楚，忽视译语的表达习惯，那么他们即使明白原文讲什么，也会受原文的影响，直接将原文的表达进行移植，这也是一种翻译腔。举例如下。

Writers cannot bear the fact that poet John Keats died at 26, and only half playfully judge their own lives as failures when they pass that year.

作家们对这一事实无法忍受，26 岁时，约翰·济慈就死了，于是他们几乎半开玩笑地评论自己是失败者，这时，他们才刚刚过了这一年。

在上例中，译文并没有注意到英语的形合特征，将句子的主次关系也弄混淆，是翻译腔的表现。因此，应该从汉语的表达习惯出发，进行改译，调整语序，分清主次，让表达更加流畅，具体改译如下。

诗人约翰·济慈 26 岁时便去世了，作家们对此表示非常惋惜。而当他们过了 26 岁之后，便都戏谑地感叹自己一生无所作为。

第二节　中西称谓文化差异与翻译

一、中西称谓文化差异分析

(一) 中西亲属称谓文化差异

中西亲属称谓文化差异主要体现在家族观念、长幼尊卑、称谓系统、尊称方式及血亲姻亲上。

1. 家族观念差异

中国人受古代思想的影响明显，具有非常强烈的家族意识。这在汉语亲属称谓语中也有体现，即使是对同辈亲属的称呼，也因为是父系还是母系而存在差异。例如，父亲的哥哥和弟弟是"伯"或"叔"，而母亲的哥哥和弟弟为"舅"；父亲的姐妹是"姑"，母亲的姐妹为"姨"。

英语的家族观念要明显弱于汉语的家族观念。英语国家崇尚个性主义、自由主义，他们的家族观念相对较弱，这在亲属称谓语中可以体现出来。例如，uncle（大爷、大叔、伯父、伯伯、姨丈、舅父、姑父）这个词很难表现出长幼顺序，属于模糊的表达，可见他们对家族观念不怎么重视。

2. 长幼尊卑差异

汉语称谓的辈分十分明显，并且其称谓语会随着辈分的变化而发生改变。现代汉语称谓主要包含父、母、夫、妻、子、女、兄、弟、姐、妹、嫂、媳、祖、孙、伯、叔、姑、舅、姨、侄、甥、岳、婿，而这些都是按照辈分来区分的。此外，在汉语称呼中，长辈对晚辈可以直呼名字，但是晚辈却不可以直呼长辈的名字。

在英语称谓语文化中，英语的长幼尊卑要明显弱于汉语称谓语。英语的亲属称谓语十分简单，一般只有在表示祖孙三代时才与汉语亲属称谓语是相互对应的。从整体上看，英语亲属称谓的长幼较为模糊。

3. 称谓系统差异

英汉称谓系统的差异性主要体现在汉语称谓系统是叙述式的，英语称谓系统是分类式的。

汉语称谓系统比较详细，是叙述式的系统模式。这是以"九族五服制"这一传统为基础的，其既包含有血缘关系的系统，也包含没有血缘关系的系统，也就是对父系与母系、直系与旁系进行了严格的区分。

与汉语称谓系统相比，英语称谓系统较简单，主要包含以下五种：①父母辈系统，包括父母及他们的（堂）兄弟姐妹。②兄弟姐妹辈系统，包括自己及自己的亲、堂、表兄弟姐妹。③子女辈系统，包括自己的儿女及他们的堂（表）兄弟姐妹。④祖父母系统，包括自己的祖父母及他们的（堂、表）兄姐妹。⑤孙儿孙女辈系统，包括自己的孙子女及他们的堂（表）兄弟姐妹。

4. 尊称方式差异

从尊称方式上来看，英语称谓语的尊称意识要明显弱于汉语称谓语。

中国人将尊敬长辈作为一种传统的美德，因此在称谓语中表现出明显的敬意，如"李叔叔""杨伯伯""张阿姨"等。

西方人崇尚平等自由，他们认为亲属与家庭都应该是平等的，相互之间如朋友般随意。因此，英语中的称谓语常与姓氏连在一起。

例如：

Aunt Lily 莉莉婶婶

Uncle Steven 斯蒂文舅舅

5. 血亲姻亲差异

在血亲姻亲关系上，英汉称谓语有着不同的反映程度，汉语称谓语对于血亲姻亲反映得较为明显，英语称谓语对于血亲姻亲反映得不太明显。

汉语称谓语在血亲姻亲上表现得很明显，其构成了家庭这一基本的社会单位。在结婚前，夫妻双方都有自己的血缘系统，在结婚后又产生了新的姻缘系统。但是，两者有明显的不同。

例如：

哥哥（血缘亲属称谓）

弟妹（姻缘亲属称谓）

在英语称谓语中，其血亲姻亲关系体现得并不明显，从 cousin、aunt、uncle 这些称谓中可以明显体现出来。

（二）中西社交称谓文化差异

受宗法制影响，中国的社交称谓繁杂，具有强烈的等级性特征；而西方社会则以自由民主制为主，西方的社交称谓比较简单，等级性相对较弱。

1. 中西普通称谓差异

普通称谓是不分职业、年龄、身份，在社会交往中使用频率较高但数量不多的通称。

（1）中国文化中的普通称谓。

汉语普通称谓语主要有以下几种。

先生、女士：分别用于称呼陌生男性、陌生女性，通常要在前面加上姓氏。

叔叔、阿姨：对父母辈男性、女性的称谓语。

大爷、大妈：从亲属称谓语中转化而来的称谓语，这一范畴非常泛化。

（2）英语文化中的普通称谓。

英语普通称谓常用的主要有 Mr.、Mrs.、Miss、Ms. 和 Madam。Mr. 用于对男性的称谓，还用在姓氏前或姓氏和名字前。Mrs.、Miss、Ms. 或 Madam 用于对女性的称谓。Mrs. 用在已婚女子的丈夫的姓氏之前，或者姓氏和名字之前。Miss 用于未婚女子，用于姓氏或者姓氏和名字之前。Ms. 多用于婚姻状况不明的女子。Madam 则常用于陌生女子。

需要注意的是，若知道对方的职业、职务、职称等，为了表示尊敬，则不能使用普通称谓，而应使用头衔称谓。这对于英汉两种语言都是适用的。

2. 中西头衔称谓差异

（1）中国文化中的头衔称谓。

汉语用头衔称谓对方，以示尊重。汉语中的头衔称谓种类繁多，比较复杂。举例如下。

职衔，如教授、警察、医生等。

官衔，如总理、市长、书记等。

军衔，如将军、上校、参谋长等。

这些头衔称谓可以单独使用，也可以与其姓氏连在一起使用。

（2）英语文化中的头衔称谓。

英语头衔称谓适用范围较小，仅限于教授、医生、博士，以及一些皇室、政界、军界人士，以表达对这些人的尊敬。头衔称谓可以单独使用，也可以与姓氏连起来使用，如 Professor、Doctor White 等。

3. 中西拟亲属称谓

（1）中国文化中的拟亲属称谓。

"拟亲属称谓语是亲属称谓语的标题，是其泛化的结果。"其使用主要是对对方的尊敬和仰慕。

汉语拟亲属称谓语主要包含以下三种。

第一，直接使用亲属称谓语的形式。遇到年纪比自己的父母大或者相当的人常用一些表示亲属称谓的核心词来称呼，如"爷爷""奶奶""叔叔""阿姨"等。

第二，使用"小/老/大等+亲属称谓语"的形式，或者"姓氏+亲属称谓语"的形式，如"小妹妹""老伯伯""大哥""大姐"等。

第三，使用"职业+亲属称谓语"的形式，如"兵哥哥"等。

（2）英语文化中的拟亲属称谓。

与汉语的拟亲属称谓相比，英语在这一方面的称谓使用十分陌生，很少采用拟亲属称谓。

4. 敬称

在社交活动中，处于交际礼仪需要，常用敬称，表示对对方的敬意。

（1）中国文化中的敬称。

在社会交往中，中国人喜欢用恭敬口吻称呼人和事，用谦恭口吻称呼自己和与自己有关的事物，如"令妻""尊兄""令子""贤弟"等。

（2）英语文化中的敬称。

在英语文化中，称呼社会职务人员时，人们常使用一些敬称，如 Professor John、Doctor White 等。

二、中西称谓文化的翻译方法

根据上述分析可知，中西亲属称谓、社交称谓文化有很多差异，翻译时需要首先了解这些差异，选择合适的方法。

（一）亲属称谓文化的翻译方法

中西亲属称谓翻译主要可以采取对等法、加注法、变通法。

1. 对等法

通过对中西亲属文化进行对比可知，在不同语言的称谓文化中，存在着语义等同或类似，甚至交际价值相同的亲属称谓语。对这类亲属称谓语进行翻译，可以使用对等法。

例如：

Mom 妈

Dad 爸

son 儿子

grandson 孙儿

2. 加注法

对于一些源语中独有的称谓表达，如果直译，很可能会让人产生误解，为了便于理解，可以在直译的基础上添加注释。

例如：

外甥 nephew（sister's son）

侄子 nephew（brother's son）

3. 变通法

汉语中的一些称谓，如亲家、婆家、连襟等，在英语中找不到与之完全对应的称谓表达，对这些汉语称谓语进行翻译时，可灵活处理，使用变通法来翻译。

（二）社交称谓文化的翻译方法

中西社交称谓文化翻译通常可以采取对等法、改写法、等效法。

1. 对等法

在英汉两种语言中，有些社交称谓在各自的语言中是一一对等的，翻译时可以采用对等法，直接使用这些对等词语。

例如：

Ms. Duvall. 杜法儿女士

Madam Gorski 葛丝基夫人

胡先生 Mr. Hu

赵教授 Professor Zhao

2. 改写法

英汉社交称谓存在很大的差异，有时两者并不完全对应，翻译时可以对原社交称谓语做灵活的改写，使译文表达更流畅，也可使读者理解原文的真实含义。

例如：

刘东方的妹妹是汪处厚的拜门学生，也不时到师母家来谈谈。

Liu Tungfang's sister, a former students of Wang Chuhou, also dropped in sometimes to see her, calling her "Teacher's wife".

汉语 "师母" 在英语中并没有与之对应的词语，这时可根据上下文的内容，可知 "师母" 是老师的妻子。翻译时，译为 Teacher's wife，将原文含义准确地传递出来，再现了师母与学生之间的关系。

3. 等效法

如果使用对等法或改写法均不能准确地翻译社交称谓语，可结合具体语境，对交际双方关系进行仔细分析，在此基础上，采用等效法来翻译。举例如下。

What's your name, boy? The police asked…

你怎么称呼，伙计？警察问道……

根据语境 "The police asked…" 可知英语句子中的 boy 出自警察之口，并带有一种威严的口气，因而翻译时将其译成 "伙计"。

第三节 中西节日文化差异与翻译

一、中西节日文化差异分析

关于中西节日文化差异，这里重点从中西节日活动与中西重要节日两个方面展开讨论。

（一）中西节日活动

1. 中国节日活动

饮食可以说是中国节日活动最突出的特点，几乎每个节日都与饮食有关。例如，元宵节吃汤圆，端午节吃粽子，中秋节吃月饼，等等。

中国节日活动中的饮食习惯独具特色，具体体现为以下几点。

（1）全家共享。

在中国，人们庆祝节日一般是以家庭为单位，以饮食为中心而进行的。汉语中有"每逢佳节倍思亲"的说法，中国人认为，节日应回家与家人团圆。中国的春节、元宵节、中秋节都表达出了合家团圆的美好愿景。此外，节日中的食物大多是圆形的，如汤圆、元宵、月饼等，是团圆的象征。

总之，在节日期间，一般是以家族的形式进行集体的娱乐性活动，体现了中国以家为中心的群体组织特点。

（2）饮食名称具有丰富的内涵。

在中国传统文化中，节日饮食通常会被赋予独特的文化内涵。人们通过食物传递祝福和祈愿，表达人对自然、天地万物的感恩之情。例如，在冬至，中国人有吃馄饨的习俗，冬至正值阴阳交替、阳气发生之时，寓意祖先开混沌、创天地，冬至吃馄饨体现了中国人对祖先的感激与缅怀之情。

（3）与时令相对应。

中国节日中的饮食非常讲究与自然时序相对应，希望能健康长寿。例如，端午节源于夏至，在这一时期，农作物生长旺盛，病虫、杂草易滋生。在此期间，人们要管理好自己的田地，祈求祖先保佑农作物丰收。在端午节这天，人们以粮食黍米祭祀祖先，后来逐渐演变成今天的端午节。

2. 西方节日活动

西方节日中也会涉及饮食，但不如中国节日那样重视。西方节日中的食物或名称也基本没有太多的文化内涵。例如，美国人感恩节吃南瓜馅饼也只因南瓜是常见的一种植物。此外，西方节日饮食种类相对较少。

西方节日庆祝更强调分享，注重节日中人与人之间的交流与互动。例如，在圣诞节，人们互赠礼物和贺卡，在交往中获得乐趣，增进友谊。此外，节日期间的一些活动，如南瓜赛跑、玉米游戏、蔓越橘竞赛等，体现了西方人注重分享的理念。

（二）中西重要节日

中西民族在历史发展的过程中形成了各种节日。

1. 春节与圣诞节

（1）春节。

在中国的节日中，春节是最隆重的节日。春节是辞旧迎新的日子，也是比较繁忙的日子。传统意义上，春节从腊月初八开始一直持续到正月十五，其中除夕与正月初一是节日的高潮。

在中国，刚进入腊月，人们一般就开始为春节的到来做着各种准备。腊月二十三，人们打扫房屋，称为"除尘"，由于"尘"与"陈"谐音，打扫尘土则意味着"除尘布新"，寓意清理所有的晦气、霉运。该习俗体现了人们辞旧迎新的美好愿望与祈求。

春节期间，远离家乡的人要回家与家人团圆，除夕夜一起吃团圆饭。吃饭时，人们说一些吉利的话语，如"发财""顺利""安康""幸福""年年有余"等，忌讳说"少""破""死"等不吉利的话。

中国春节除了亲朋好友团圆，还有祭拜历代过世祖辈的习俗。在除夕夜或正月初一的清早，人们会到坟地里烧香、烧纸等，寓意请上辈人回家团聚。

春节期间，还有丰富多彩的节庆活动，如舞狮子、演社火、耍龙灯、赏灯会、逛花市等。

总之，从除夕夜到正月十五，中国人沉浸在浓浓的节日氛围中。

（2）圣诞节。

对于英美等西方国家来说，圣诞节是最隆重的节日。

在英国，自 12 月 25 日圣诞节后，人们会继续欢宴 12 日，这一阶段被称为 Yuletide（圣诞季节）。在节日期间，人们不必工作，可以好好地放松。

在美国，人们一般从 Christmas Eve（平安夜）开始为圣诞节的节日活动做准备，一直持续到 1 月 6 日的 Epiphany（主显节）。这段时间被称为 Christmas Tide（圣诞节节期）。

在西方，人们将圣诞节与新年连在一起庆祝，且庆祝方式隆重，属于全民性的节日。

在圣诞节期间，圣诞树是重要的装饰品。西方人认为，红、绿、白是圣诞的吉祥色，所以用这三种颜色的彩灯、气球、纸花来装饰绿色的圣诞树，点燃红色的圣诞蜡烛。在圣诞节期间，小朋友最期盼圣诞老人可以送给他们一份惊喜的礼物。

圣诞节是西方人家人团聚的节日，全家人围坐在圣诞树下，享受美食，唱圣诞歌，祈求来年幸福、健康。

2. 七夕节与情人节

（1）七夕节。

关于中国的七夕节，民间流传着一个非常浪漫的神话传说。相传，牛郎是一个聪明忠厚的小伙子，父母早逝，他常受到哥嫂的虐待。牛郎有一头老牛，这头老牛不是普通的牛，它原本是天上的灰牛大仙，只因触犯天条，被贬到凡间。当时，老牛摔坏了腿，动弹不得。善良的牛郎对老牛细心照料，白天为老牛治伤，晚上在老牛身边睡觉，这样过了一个月，老牛的伤终于好了。

牛郎的哥嫂不断虐待他，并把他赶出家门，牛郎只得与老牛相依为命。有一天，天上的织女和其他几个仙女一起下凡玩耍，并在河里洗澡。老牛给牛郎出谋划策，偷偷拿走了织女的衣裳，仙女们急忙上岸穿好衣裳飞走了，唯独剩下织女。就这样，牛郎和织女结缘，二人互生情意，结为夫妻。牛郎织女男耕女织，相亲相爱，并育有一儿一女。后来，老牛在即将死去时，叮嘱牛郎要把它的皮留下来，到急难时披上以求帮助，夫妻俩忍痛剥下牛皮。

好景不长，织女和牛郎成亲的事被玉帝和王母娘娘知道了，他们勃然大怒。因此，王母娘娘亲自下凡间抓回织女。牛郎回家不见织女，伤心欲绝，他想起老牛临死前对他说的话，于是急忙披上牛皮，担上一对儿女去追。眼看就要追上了，王母娘娘拔下头上的金簪一挥，就出现了一道波涛汹涌的银河，牛郎再也过不去了。从此，牛郎织女只能隔河相望，对目而泣。喜鹊被他们忠贞不渝的爱情所感动，于是每逢七月初七，人间千万只喜鹊就飞上天去，搭成鹊桥，让牛郎织女搭鹊桥相会。对此，玉皇大帝和王母娘娘也很无奈，只能答应他们每年七月初七在鹊桥相会。

后来，每到农历的七月初七，牛郎和织女就在鹊桥相会。传说七夕夜当天，夜深人静之时，人们能在葡萄架下听到牛郎织女在天上的脉脉情话。很多男女被这个故事所感动，一些姑娘会在七月初七来到花前月下，仰望星空，寻找银河两边的牛郎织女，祈祷自己也能有美满如意的婚姻。由此，七夕节就形成了。

（2）情人节。

情人节英语名为 Valentine's Day，又被称为"圣瓦伦丁节"。

关于情人节，也流传着一些很动人的故事。

相传，3 世纪末，古罗马青年传教士瓦伦丁（Valentine）冒险传教，后来被捕入狱。他的英勇行为感动了老狱吏和他的一个双目失明的女儿，从而获得他们的悉心照顾。行刑前，Valentine 写信给老狱吏的女儿表白爱意。Valentine 被处死后，老狱吏的女儿在他墓前种植了一棵开红花的杏树表达思念之情，而这天正是 2 月 14 日。后来，这一天就被定为"情人节"。在情人节这一天，有些人羞于直接表白，就会赠送礼物给情人或心仪的人，送的礼物有贺卡、花、巧克力等。现在，很多年轻人也会专门挑选情人节这一天登记结婚。

关于情人节，还流传着另一个传说。大约在公元 3 世纪的罗马，暴君克劳狄乌斯（Claudius）当政。彼时的罗马内忧外患，战争频繁，因此民不聊生，怨声载道。但是克劳狄乌斯仍然崇尚战争，为了补足兵员，他甚至下令让所有适龄男子都参军效国。就这样，丈夫离开妻子，少年离开恋人，整个罗马被笼罩在绵长的相思中。克劳狄乌斯看到这种情况后大为恼火，他下令禁止国人举行结婚典礼，甚至要求已经结婚的毁掉婚约。

当时，罗马居住着一位德高望重的修士，他就是圣·瓦伦丁。他不忍看到一对对伴侣就这样生离死别，于是秘密为前来请求帮助的情侣主持结婚典礼。很快，这个消息便在整个罗马传开，越来越多的情侣都秘密赶来请求圣·瓦伦丁的帮助，他也从不拒绝。

不幸的是，这件事很快就被暴君克劳狄乌斯知晓了，他将修士圣·瓦伦丁关进大牢，最终将其折磨致死。圣·瓦伦丁死的那一天正巧是公元 270 年的 2 月 14 日。

后来，人们为了纪念勇敢的圣·瓦伦丁，便将 2 月 14 日作为情人节。

二、中西节日文化的翻译方法

（一）节日名称的翻译方法

1. 中国节日名称的英译

（1）直译法。

直译是根据字面含义来翻译的一种方法，是有利于保持原文内容与形式的翻译方式。很多中国节日均可使用直译法来翻译。

例如：

中秋节 the Mid-Autumn Festival

冬至 Winter Solstice Day

春节 the Spring Festival/Chinese new year

（2）根据节日习俗特色来译。

中国节日不同，庆祝的方式也不同，庆祝方式往往独具特色，有些节日名称的翻译可依据习俗特色来译。

例如：

端午节 The Dragon-Boat Festival

端午节是为纪念中国伟大爱国诗人屈原而设的，在这一天，人们有吃粽子、赛龙舟的习俗，翻译时可以根据这一习俗特色来译，译为 The Dragon-Boat Festival。

中秋节 the Moon Festival

之所以译为 the Moon Festival，是因为在中秋节，全家人聚集在一起，赏月，吃月饼，寓意团圆。

（3）根据农历时间换算来译。

中国作为农业大国，各种农业生产活动对很多中国节日都产生了一定的影响。在中国，很多节日是根据农历时间换算而来的，对这类节日进行翻译时，应根据农历时间做相应的转换。

例如：

七夕节 the Double Seventh Festival

2. 西方节日名称的汉译

在翻译西方节日的名称时，意译法是最常用的方法。意译法有利于最大限度地呈现节日所蕴含的文化内涵。

例如：

Carnival 狂欢节

Easter Day 复活节

Christmas Festival 圣诞节

April Fool's Day 愚人节

（二）节日文化词的翻译方法

1. 中国节日文化词的英译

对中国节日文化词进行翻译，一般可采用直译法与意译法。

（1）直译法。

对于难以理解的中国节日文化词，翻译通常可以使用直译法，以更好地保留原文的形式和内容，呈现地道的源语文化。

例如：

灯会 Lantern Festival

耍龙灯 Dragon Lantern Dancing

春联 Spring Festival Couplets

（2）意译法。

有些中国节日文化词蕴藏着特殊的文化含义，若直接进行翻译，读者可能难以理解，这时可用意译法，以更好地再现节日的文化内涵。

例如：

粽子 sticky rice dumplings

守岁 waking up on New Year

门神财神 pictures of the god of doors and wealth

2. 西方节日文化词的汉译

西方节日文化词翻译一般使用以意译为主、直译为辅的方法来处理。

下面列举一些西方节日文化词翻译的例子。

pumpkin pie 南瓜派

Santa's hat 圣诞帽

Christmas stocking 圣诞袜

Easter eggs 复活节彩蛋

第四节　中西饮食文化差异与翻译

一、中西饮食文化差异分析

中西饮食文化存在较大差异，这里主要从饮食结构、烹调方式、餐具使用、就餐方式及菜肴名称方面进行分析。

（一）饮食结构

1. 中国的饮食结构

中国一直以来都是农业大国，所以饮食结构主要是五谷与蔬菜。

五谷，即稻、黍、稷、麦、菽，这是中国的传统主食。中国南方与北方在主食上也存在很大的差异，南方主食是米饭，而北方主食是馒头与面条。

中国人传统意义上的辅食是蔬菜，外加少量肉食。肉食主要来源于与农业生产有关的六畜（马、牛、羊、狗、猪、鸡）。

从整体上看，中国人的饮食结构可以称为"菜食"。随着经济的不断发展，生活条件逐渐提高，肉食才开始进入我国的普遍饮食。

除了素食，中国人的饮食还以熟食为主，这主要与中国发达的烹调技术有关。

2. 西方的饮食结构

西方多数是沿海国家，贫瘠的土壤及淡水资源的缺乏非常不利于农业的发展，但是为畜牧业的发展提供了有利的条件。此外，西方民族主要是游牧、航海民族。受这些因素的影响，西方饮食结构主要是肉类食品和奶制食品。

西方人大多在高纬度地区生活，他们对高热量和高脂肪食物的需求较大，而食肉的饮食则很好地满足了这一需求。

（二）烹调方式

1. 中国的烹调方式

中国文明开化较早，烹调技术比较发达，讲究食材的冷与热、生与熟，以及同种食材的不同产地，在烹制过程中，也会严格控制时间、火候等要素。目前，中国对食材的加工方法已经相当成熟。具体来说，刀功技法主要包括切丁、切片、切丝、切柳、切碎、去壳、去皮、去骨、刮鳞、削、雕等。中国的烹调方式具体主要有炖、炸、煎、烧、煮、煨、焖、煲、炒、爆、烤、烘、白灼、蒸等。

2. 西方的烹调方式

西方人对食物的营养价值非常看重，烹调食物也非常注意保持营养。

与中国丰富多样的烹调方式相比，西餐的烹调方式较单一，主要为烤、炸和煎。很多西餐均可以通过这几种烹调方式来烹制。

由于西方人烹制食物讲究营养均衡，因此各种食材常混合起来进行制作，如将面食与肉类、蔬菜甚至水果混合起来。西餐食物保留了营养，但是有时美观性欠佳。

（三）餐具使用

1. 中国餐具的使用

筷子是中国人最主要的餐具，汤匙也经常使用。其他的餐具则有杯、盘、碗、碟等。中国人提倡以"和"为贵，所以使用筷子不能做出不雅动作。

2. 西方餐具的使用

不同于中国的筷子，在西方，人们主要用金属质的刀叉作为餐具。在用餐时，每人一副刀叉，使用时通常会依据摆放顺序从外向内依次使用。

由中西方的餐具使用可知，筷子的使用与中国人合餐的方式有关，刀叉的使用对西方分餐制的发展有一定的影响。

（四）就餐方式

1. 中国的就餐方式

中国人吃饭一般使用圆桌，属于合餐制。在形式上，圆桌能营造一种团结、礼貌的氛围。桌子上的美味佳肴即品尝的对象，同时充当了一桌人进行感情交流的媒介。人们敬酒、让菜、劝菜，体现了相互尊重、礼让的美德，同时与中国人"大团圆"的普遍心态是一致的。

2. 西方的就餐方式

在西方，自助形式是主要的就餐方式。自助将所有事物一一陈列，每个人依据个人口味与需要进行选择。就餐期间，可以随意走动，这有利于人们互相交流，体现了西方人对个性与自我的尊重。

西方人举行宴会的目的主要是交际，所以宴会上的食品与酒其实只是一种陪衬。在宴会上，与邻座客人进行交谈，实现交谊目的。

（五）食物习语

习语作为语言的一种重要表现形式在反映民族文化方面起着不可忽视的作用。

1. 英语食物习语

西方人的主要食物和其气候、自然资源、文化背景等都有着密切联系。欧洲的主要谷类作物为小麦、大麦和燕麦，这三种农作物是欧洲人主食的主要来源。因此，英语中关于面包、酒、牛奶等的习语很多。

（1）关于面包的习语。

例如：

earn one's bread 赚自己的面包；

take(the)bread out of someone's mouth 把面包从别人嘴里拿出来，引申为"抢别人的饭碗"。

（2）关于牛奶的习语。

例如：

a land flowing with milk and honey 该习语中的 milk 与 honey 的意思相似，都象征着富饶、美好；

milk for baby（孩子的牛奶），引申为适合儿童的读物或者较为简单浅显的东西等。

（3）关于馅饼的习语。

pie（馅饼）是西方人喜爱的甜点，因此英语中关于 pie 的习语的数量也很多。

例如：

have a(one's)finger in every pie 在每个馅饼里都插一手。某人在"做每个馅饼时都插手弄几下"，因此便有了该习语。这里的 in every pie 的完整形式应该为 in making every pie，现意思为"样样事情都参与，每件事情都要管"。该习语还有一个变体：have a(one's)finger in the pie.

as easy as pie 像吃馅饼那样舒服。该习语起源于吃馅饼时的"舒适和享受"（ease and enjoyment）。在其比喻意义中，easy 的意思转变成"容易"。

（4）关于茶的习语。

茶也是西方的一种传统型饮料。英国人喝茶喜欢加牛奶或糖，不过现在的人们为了减少热量的摄入，也习惯于喝清茶。在英国，人们非常喜欢喝下午茶，下午茶的时间通常安排在每天下午4点至5点。喝茶的同时，人们喜欢搭配一些茶点，如烤饼、松饼等。英语中有很多关于 tea 的习语。

例如：

high tea 高茶

这是一种在黄昏时吃的正式茶点，类似于简单的晚餐，盛行于英格兰北部和苏格兰。高茶通常包括两道热菜（或三明治）和一壶茶。

low tea 低茶

该习语与英国人的 high tea 相对应，指"简单的午后便餐"，盛行于美国，在 low tea 中一般只吃一些简单的茶点。

2. 汉语食物习语

（1）关于主食的习语。

①俗语。

看菜吃饭

茶余饭后

生米煮成熟饭。

②成语。

饥不择食

丰衣足食

画饼充饥

鱼米之乡

僧多粥少

③谚语。

硬面饺子，软面饼。

五谷加红枣，胜似灵芝草。

精粮合口味，粗粮润肠胃。

④歇后语。

饺子破了皮——露馅了

大年初一吃饺子——没外人

（2）关于肉类的习语。

①俗语。

鱼水情

鱼尾纹

鱼肚白

连年有鱼

②成语。

脍炙人口

牛鼎烹鸡

食不厌精

③谚语。

天上龙肉，地下驴肉。

冬忌生鱼，夏忌狗肉。

（3）关于水果的习语。

①成语。

歪瓜裂枣

囫囵吞枣

春华秋实

梨花带雨

②歇后语。

西瓜落地——滚瓜烂熟

冬天吃山楂——寒酸

（4）关于调料的习语。

①成语。

风言醋语

争风吃醋

添油加醋

②谚语。

辣椒尖又辣，增食助消化。

大蒜是个宝，常吃身体好。

③歇后语。

四两豆腐半斤盐——贤惠（咸味）

糖罐里倒醋——酸不酸，甜不甜

盐碱地的庄稼——死不死，活不活

清水煮豆腐——淡而无味

糖罐里的生姜——外甜里辣

二、中西饮食文化的翻译方法

（一）菜肴名称的翻译方法

1. 中国菜肴名称的翻译方法

中国菜肴的命名方式多姿多彩，有的浪漫，有的写实，有的菜名已成为令人赏心悦目的艺术品。因此，翻译菜名时应根据具体情况灵活运用翻译方法。

（1）直译法。

对于以写实方法来命名的菜肴，翻译时可采取直译法。

①烹调法+主料。

例如：

炸春卷 deep-fried egg rolls

炸鳜鱼 fried mandarin fish

②烹调法+主料名+with+配料。

例如：

糖醋排骨 spareribs with sweet and sour sauce

草菇蒸鸡 steamed chicken with mushrooms

③烹调法+主料名+with/in+配料名。

例如：

炖栗子鸡 stewed chicken with chestnuts

笋尖焖肉 simmered meat with bamboo shoots

④烹调法+加工法+主料名+with/in+调料名。

例如：

鱼丸烧海参 stewed sea cucumbers with fish balls

雪菜炒冬笋 fried cabbage with fresh bamboo shoots

（2）意译法。

翻译以写意法来命名的菜肴时，主要采取意译法，以传递其所包含的内涵。

例如：

全家福 stewed assorted meats

游龙戏凤 stir-fried prawns&chicken

（3）直译+意译法。

对于采取写实与写意相结合的方法命名的菜肴，翻译时一般可综合使用直译法与意译法，将菜肴名称所包含的寓意传递出来。

例如：

生蒸鸳鸯鸡 steamed frogs

炒双冬 fried saute mushrooms and bamboo shoots

（4）直译（+解释）法。

中国不少菜名都具有相应的历史韵味与民俗风情，或与某一历史人物有关，或与地名有关，或取自某一传说等。翻译时，一般以直译为主，必要时应予以解释，以将其文化内涵传递出来。

例如：

宫保鸡丁 fried diced chicken in Sichuan style

大救驾 Shouxian County's kernel pastry （Dajiujia—a snack that once came to the rescue of an emperor）

2. 西方菜肴名称的翻译方法

西方菜肴名称一般可直接体现其原料，所以可直接采用直译法来进行翻译。

例如：

vegetable 蔬菜

stuffed eggplant 酿茄子

pork trotters 德式咸猪手

tomato juice 番茄汁

smoked ham 熏火腿

（二）中国特色饮食的翻译方法

中国不同地区有独特的饮食习惯，这里以新疆、四川的特色饮食为例来介绍相应的翻译方法。

1. 新疆特色饮食的翻译

新疆位于中国西部边陲,生活着 40 多个民族,容纳了中原文化、阿拉伯文化、希腊罗马文化、印度文化。在这样的背景下,新疆饮食文化丰富多彩。

对新疆特色饮食进行翻译,一般可以采取以下方法。

(1)意译法。

新疆饮食在用料、做法、食用场合等均具有特殊的要求。在翻译其特色饮食时,可采用意译法,以使读者更好地理解其含义。

例如:

回族粉汤 jelly soup(It is the favorite food to the Hui. When Roza and Corba fall, jelly soup is served at every Hui household to treat friends and relatives. Before getting married, the Hui girls are expected to make to learn to cook it. To make jelly soup, one is expected to make jelly lump first and then cut it into cubes to mix with mutton soup, vegetables and spices.)

(2)借用法。

新疆的一些民族的饮食与阿拉伯人非常相似。阿拉伯语是世界六大语言之一,影响面广。对于那些为西方游客所熟知的饮食词汇,翻译时可直接借用阿拉伯语的名称。

例如:

抓饭 pilaf

烤肉 shish kebab

(3)音译意译结合法。

对于一些难以在英语中找到完全对应语的新疆特色饮食,翻译时可以采用音译意译结合法。

例如:

新疆大盘鸡 dapanji(large-place fried chicken and potato)

2. 四川特色饮食的翻译

四川饮食风味各异、品种繁多、制作精细、选料讲究,能体现四川各少数民族的价值观念、人文情怀及风俗习惯。

四川特色饮食翻译一般可以使用以下方法来翻译。

(1)直译法。

用直译法翻译四川特色饮食,可以使译语读者更好地理解菜品原料、烹饪方法、外形和色彩。以下情况可采用直接法来译。

第一,原料+器皿。

例如:

竹筒腊肉 steamed preserved pork in bamboo tube

第二，产地+原料。

例如：

羌香老腊 Qiang flavor preserved pork

第三，烹饪方式+原料。

例如：

炒饵块 stir-fried rice pancake

烤乳猪 roast suckling pig

面蒸蒸 steamed corn rice

第四，主料+配料。

例如：

辣椒骨 chili bone

酸汤鱼 fish in sour soup

荞麦饼 Buckwheat pancake

（2）意译法。

对于那些难以体现烹饪技法与主要材料的四川特色饮食，翻译时可采用意译法，充分展现菜品的实质信息。

例如：

金裹银 rice covered corn pudding

银裹金 corn covered rice pudding

（3）对等法。

如果一些四川特色饮食在原料、制作工艺等方面与西方饮食是相似的，对这类饮食进行翻译，可采用对等法，也就是借用西方饮食名称，同时予以说明。

例如：

洋芋糍粑 Chinese mashed potatoes

酸菜玉米搅团 mashed corn soup with sour prickled vegetable

（4）音译加注法。

有时，对四川特色饮食进行翻译，可以先音译，并增加注解，增强读者的直观感受，同时传递出饮食的用料、做法等信息。

例如：

馓子 Sanzi(fried clough twist)

糌粑 Tsamba(a snack made of highland barley flour)

（5）意译加注法。

一些四川民族小吃的名称过于简练，仅采取意译法可能会使信息传译不完整。这时，可在意译的基础上增添适当的信息，使西方读者看得明白。

例如：

布依族血豆腐 blood tofu(baked tofu with lard, Buyi style)

第五节　中西人名文化差异与翻译

一、中西人名文化差异分析

（一）人名观念差异

中西人名在观念上体现出以下几个方面的差异。

1. 追求观念

总体来看，中西人名中都反映了人们对美好事物的向往和追求。不过，仔细探究，仍能发现中西人名在追求观念方面体现出的细微差异。具体来说，对西方人而言，人们往往会使用含有智慧、勇敢、力量等含义的词给孩子取名。而中国父母在给孩子命名时往往期盼孩子健康、快乐、强壮，因此经常使用"强""健"等字。

2. 个人观念和家族观念

西方民族崇尚个人自由，体现在名字上，他们往往把"赋名"（这体现着个体价值）放在最前面，而把表达姻亲关系的形式放在最后。相比之下，华夏民族更加重视姓氏，因为它是一个家族的代表和血亲的象征。在中国人眼中，姓氏是一个家族的代表，而名只是个人的代表。

（二）人名结构差异

中西方人名结构的差异主要体现在以下两个层面。

1. 语言形态

从语言形态上看，英语词汇的音节数目灵活、多变，元音、辅音的组合方式各异。换句话说，英语人名可能是一个音节，也可能是多个音节。

例如：

Ann 安（一个音节）

David 大卫（两个音节）

Serena 瑟琳娜（三个音节）

而汉语的一个汉字就是一个音节，其姓和名大多由一个音节或者两个音节组成。姓和名加起来通常是两三个音节，最多是四个音节。此外，汉语人名比较整齐、规范，一般没有较大变化。

2. 不同概念

一般情况下，英语人名在名与姓氏之间会有一个"中间名"。由于汉语人名有时也有中间字，因此有些人认为英语中的中间名和汉语的是一样的，这其实是一种错误的看法。英语人名的中间名拥有独立的功能，且中间名并不只有一个，但都是为了彰显与亲人、朋友的良好关系。不过，很多时候中间名往往被省略掉，只是在正式签署文件或者办理正式事务时会加上。

相比之下，汉语单姓复名中的两个字或者三个字是一个整体，是不可以分开的，也不能被省略。例如，"赵二喜"中的"二喜"是一个整体，不能省略掉"二"字。如果省略掉，那么这人就成了"赵喜"，也就与"赵二喜"不是同一个人了。

（三）姓氏来源差异

1. 西方姓氏来源

英语姓氏来源非常丰富，归结起来，主要包含以下几类。

（1）源于父系祖先、母系祖先或父名、母名。

例如：

Johnson 约翰逊(son of John)

Robinson 罗宾逊(son of Robin)

（2）源于职业。

在西方，职业是姓氏的一个重要来源，先人从事什么职业，后人往往就以什么职业为姓。

例如：

John Hunter 约翰·亨特（猎人）

John Cook 约翰·库克（厨师）

（3）源于居住地或地理位置。

例如，某人的祖先在森林中生存，因此后辈就往往以 Wood（伍德）为姓。

又如：

Lake 雷克（湖）

Tree 特里（树）

Lane 莱恩（小巷）

Street 斯特里特（街道）

（4）源于动植物。

在英语中，很多动植物被用作姓氏，其中又以动物居多。

例如：

Bird 伯德（鸟）

Fish 费什（鱼）

Wolf 沃尔夫（狼）

Drake 德雷克（公鸭）

（5）源于社会地位、头衔或官职。

这类姓氏多在历史上的贵族家庭中得以体现，目的是炫耀自己家族的显赫地位。

例如：

Ross 罗斯（王子）

Spencer 斯宾塞（管家）

（6）源于某种特点或绰号。

这类姓氏源于祖先的相貌特点，或者他人给这些相貌特点定义的绰号。

例如：

Peter Strong 彼得·斯特朗（身材强壮之人）

Short 肖特（矮小、短小之人）

Little 利特尔（个子矮小之人）

Hard 哈德（吃苦耐劳之人）

Wise 怀斯（聪明之人）

Sterling 斯特灵（有权威之人）

（7）源于颜色。

颜色在英语姓氏中的出现频率很高。

例如：

Golden 戈尔登（金色）

Brown 布朗（褐色）

2. 汉语姓氏来源

（1）源于母系氏族。

我国远古时代是母系氏族社会，以母亲作为姓氏，之后被逐渐延续下来，如姬、姚等就与"女"相关。

（2）源于故国国名。

中国古代有封侯赐地的风俗，当时产生了很多诸侯国，这些诸侯国的名字就作为姓氏沿用下来，如陈、赵、宋等。

（3）源于官职。

我国从夏朝开始，后代逐渐以祖先的官职为姓。例如，祖先官拜司空，后代便以"司空"为姓。

（4）源于居住地。

例如，春秋鲁庄公之子襄仲居住在东门，因此他的后代多以"东门"为姓氏。

（5）源于技艺。

例如：如果该家族以制作木具为名，后代常以"匠"为姓；如果该家族以杀鸡宰猪为名，后代常以"屠"为姓。

（四）取名方式差异

1. 西方取名方式

（1）取自古希腊、古罗马神话。

例如：

Irene 艾琳（和平女神）

John 约翰（神的恩典）

Jane 简（神之爱）

Achilles 阿喀琉斯（神话中的英雄）

Helen 海伦（光明的使者）

Diana 戴安娜（女性守护神）

（2）取自季节、年份、时辰等。

例如：

Summer 萨默（夏天）

August 奥古斯特（八月）

（3）取自大自然中山川河流、花卉林木、鸟兽虫鱼等。

例如：

Shirley 雪莉（本义为"草地的、牧场的"）

Brook 布鲁克（本义为"溪流"）

（4）取自金属名。

例如：

Iron 艾恩（铁）

Silver 希尔弗（银）

Gold 戈尔德（金）

Lead 利德（铅）

（5）取自货币。

例如：

Pound 庞德（英镑）

Mark 马克（马克）

（6）取自人们对某种品德的期望。

例如：

Abraham 亚伯拉罕（人民之父）

Clark 克拉克（聪明）

Alan 阿伦（英俊）

2. 汉语取名方式

与英语取名方式相比，汉语人名中的取名方式也十分丰富，具体来说主要有以下五种。

（1）取自出生地。

例如，鲁迅先生的孩子由于在上海出生，因此取名为"海婴"。

（2）取于生辰八字、五行之说。

以生辰八字、五行之说取名是中国特有的一种取名方式。例如，如果孩子缺少某一行，取名时往往以该行取名，如"铃""烟""得水""闰土"等。

（3）取自历史事件。

这类取名主要是为了纪念社会历史的变迁及某些重大的事件。例如，中华人民共和国成立之初，很多人给孩子取名为"建国""胜利"等；为了纪念抗美援朝，很多孩子取名为"援朝"，这些名字往往反映出父母当时的抱负和志向。

（4）取自动植物。

中国人素来喜欢借景抒情，常常选取一些美好的动植物取名。最著名的应该是在《红楼梦》里，很多名字都是根据动植物取的，如"鸳鸯""莺儿""宝蟾""喜鸾""贾兰""贾蔷"等。

（5）取自长辈的愿望。

长辈往往会以自己对后辈的希望作为取名的方式。例如，父母希望子承父业，就会给子女取名"李承嗣""陈继业"等；希望子女忠君爱国，就会给他们取名"陈建邦""葛爱军"等。

二、中西人名文化的翻译

（一）汉语人名的翻译方法

1. 音译

在对汉语人名进行音译时，姓与名的第一个字母要大写，复姓或者双名的要连在一起，不需要空格或者连字符。此外，姓与名之间应空一格。

例如：

白居易 Bai Juyi

薛宝钗 Xue Baochai

方鸿渐 Fang Hongjian

柳梦璃 Liu Mengli

田汝成 Tian Rucheng

张韶涵 Zhang Shaohan

朱艳年 Zhu Yannian

石雪玉 Shi Xueyu

2. 音译加注

虽然音译是汉语人名翻译的最主要方法，但这一方法也存在一些缺陷，很多时候很难将汉语人名中的联想与寓意体现出来。此时，可以采用音译加注解的方法，以帮助读者理解。

例如：

不管人事怎么变迁，尹雪艳永远是尹雪艳。

But however the affairs of men fluctuated, Yin Hsuen-yen remained forever Yin Hsueh-yen, the"Snow Beauty"of Shanghai fame.

在该例中，如果直接把尹雪艳翻译成 Yin Xueyan，并且不做任何解释的话，很多外国读者就很难产生联想，也不明白其具体的意义。因此，在对该名字进行音译之后，添加 the "Snow Beauty" of Shanghai fame 这一解释，可以将尹雪艳这一人名所附带的实际含义准确地传达出来。

3. 释义

释义与音译及音译加注不同，它是直接对原文中的人名进行解释，这有利于译入语读者更好地理解汉语人名的内在含义。

例如：

"孩儿小字翠莲。"

My daughter is called Jade Lotus.

上文中的"翠莲"译者在翻译时没有直译成 Cuilian，而是用 Jade Lotus 来替代，这样就能更明显地体现出人物特征。

（二）西方人名的翻译方法

1. 音译

对西方人名进行汉译时，通常采取音译法，即模仿英语的发音进行翻译，它可以很好地保留英文人名的原始性特征。但是，在具体的翻译实践中，译者在采用此法时需要注意以下几个问题：①译名应反映出性别特征。例如，Edward 应译为"爱德华"，Emily 应译为"艾米丽"。②译名要符合标准发音，这里主要涉及两个方面：首先要符合人名所在国的发音标准，其次要符合汉语普通话的发音标准。③应遵循"只能省音，不能加音"的原则。例如：Rowland 应译为"罗兰"，而不是"罗兰德"。

2. 音译加注解

在英语中，一些人名是当时历史时期的反映，具有明显的文化特色。为了方便读者理解，译者在音译过程中应适当添加注释。

例如：

Even before they were acquainted, he had admired Osborn in secret. Now he was his valet, his dog, his man Friday.

他没有认识奥斯本之前就已经暗处佩服他。如今便成了他的听差、他的狗、他的忠仆"星期五"。

该例中，如果直接翻译成"星期五"，很多人就很难理解，但是如果在括号中进行注解，那么很容易就让人明白。

3. 约定俗成译

一些西方人名的译名在长期的文化交流中已经被广大读者所接受，如果擅自重译这些人名，势必会引起理解上的混乱。因此，对于这类译名，应当沿用其固定译名。

例如，著名侦探小说《福尔摩斯探案》中的人物 Holmes，虽然译成"霍姆斯"效果似乎更佳，但由于"福尔摩斯"这个译名被很多出版物使用，并深入人心，因此应该直接采用。

又如：

Jacobus Rho 罗雅谷

Edison 爱迪生

4. 意译

有些英语人名背后的意义要比字面意义更加宽泛，因此在翻译时可采用意译法，即使用能够具体表达该人的行为来传达。

例如：

I am no Hamlet.

直译：我不是哈姆雷特。

Hamlet 本是莎士比亚戏剧中的人物，性格忧郁是该人物的特点。因此，对于上述原文应翻译如下：我绝不犹豫。

第六节 中西地名文化差异与翻译

一、中西地名文化差异分析

(一) 地名来源差异

1. 中国地名来源

中国地名的来源多种多样，概括起来主要包括以下几种。

（1）源于地形、地貌特点。

中国有些地名与地物本身的特征有关。举例如下。

黄河（因其水中含有大量泥沙）

五指山（因其形状像五指）

（2）源于方位、位置。

在我国，一些地方的名字是以东、南、西、北四个方向来命名的。举例如下。

山东、山西（太行山的东西）

湖南、湖北（洞庭湖的南北）

（3）源于河流、湖泊。

河流、湖泊也是我国为地方命名的重要依据。例如，"四川"因省内有长江、嘉陵江、岷江、沱江流过，故而得名。

（4）源于姓氏、名字。

中国人很多地名以姓氏取名，如石家庄、王家屯、肖家村等。还有一些地方是以人名命名的，表达对历史人物的纪念，如中山市（为了纪念孙中山）。

（5）源于美好愿望。

中国有很多的地名都是根据人们的美好愿望命名的。例如：昌平区、吉祥村、福建省等体现了人们对富强昌盛的愿望；万寿山、万寿城、福寿寺等反映了人们对幸福长寿的美好追求。

（6）源于移民故乡。

在中国古代，由于种种原因出现过多次大规模人口迁移活动，这些背井离乡的人们常用故乡的地名命名新的居住地，表示对故乡的怀念之情。例如，明朝时期为充实京城而从山西迁入了很多人口，于是北京顺义西北有东乡绛州营、西绛州营、夏县营等地名。

（7）源于动物、植物。

我国有一些地名与动物或植物有关。

其一，来自动物的地名。举例如下。

凤凰山

瘦狗岭

奔牛镇

马鬃山

黄鹤楼

其二，来自植物的地名。举例如下。

桂林

榆林庄

三柳镇

樟树湾

桃花村

（8）其他来源。

除了上述几大来源，中国地名还有一些其他来源，介绍如下。

源于神话传说，如"喜马拉雅"。

源于社会用语，如"秀才村""怀仁山"等。

源于外来词的地名，如"哈尔滨""齐齐哈尔"等。

源于矿藏与物产，如"盐城""无锡""铜陵"等。

2. 西方地名来源

西方地名的来源主要有下列几种情况。

（1）源于方位和位置。

西方有很多地方都是以地理方位和位置来命名的。例如，Yugoslavia（南斯拉夫）指的是南方说斯拉夫语言的国家。

（2）源于地形。

西方有些地方以其独特的地形和地貌为依据进行命名。例如，Holland（荷兰）表示"地势低洼"，这与荷兰地势低洼的地理状况有关。

（3）源于河流、湖泊。

来自河流、湖泊的地名在西方国家非常普遍。

例如：

Ohio 俄亥俄州

Michigan 密歇根州

Ontario 安大略省

（4）源于动物。

西方有一些地名与动物有关。

例如：

Azores Islands 亚速尔群岛（因海鹰众多而得名）

Kangaroo Island 坎加鲁岛（因岛上袋鼠成群而得名）

（5）其他来源。

除了上述来源之外，英语地名中还有其他来源。例如，西方有些地名是人们创造的奇怪词语：

Malad City 马拉德城

Tensleep 滕斯利普

Deadhorse 戴德霍斯

（二）地名特点差异

1. 写意性与写实性

地名存在着一定的写意性和写实性特征。具体来说，写意性的关联性比较小，因为它注重意象的传达；写实性则是指对事物进行忠实的模仿。中国的地名更偏向于写意，如"龙凤村"并不是指当地真的有龙有凤，而是寄托着人们的美好愿望。相较而言，西方的地名并没有太多的引申义，它们更注重写实。

2. 理据性与任意性

理据性和任意性是符号学术语，二者相互对立。前者是指符号与对象之间非任意武断的联系，后者则认为每个符号的形式与内容之间都没有必然的联系。地名作为一种语言符号，虽然带有一定的理据性，但从整体来看，中国地名更倾向于理据性，而西方地名更倾向于任意性。

在中国，对地名进行命名是一件很严肃的事情，需由专门的部门认真考虑各种因素后方可进行命名。相比之下，西方国家地名的命名就比较随意。例如，美国的诺姆角（C name）这一命名确实显得有些随意。据说早期这个地方并没有名字，于是考察人员就在一块岩石上写上了"? name"，极有可能想表达"没有名字"的意思，也许写得比较潦草，后人看成了"C name"，因此该地就被命名为"C name"。

二、中西地名文化的翻译

地名并非一个普通的名称，往往与国防、军事、外交、政治等有着密切的联系。因此，在进行地名翻译时应遵循谨慎、规范、严格的原则，并灵活运用以下翻译方法。

（一）中国地名的翻译方法

1. 意译

在翻译一些具有浓郁地域特征或美好寓意的地名时，可采取意译法，以便更好地传译地名的文化内涵。

例如：

香山 Fragrant Hill

珠江 Pearl River

妙峰山 Fantasy Peak

万寿寺 Longevity Temple

颐和园 Summer Palace

值得注意的是，在地名翻译中使用意译法时应注意严谨性，特别是翻译一些描述性的地名时，千万不能胡乱翻译。

例如：

"西风港"Xifeng Bay（不能译作"West Wind Bay"）

"富县"Fuxian County（不能译作"Rich County"）

2. 习惯译名

中国有些地名的译名已经为人们所接受，形成了固定的译名，翻译时应直接采用习惯译名。

例如：

香港 Hong Kong

澳门 Macao

厦门 Amoy

西藏 Tibet

3. 增译

增译法也是文本材料中翻译中国地名的一种常用方法。中国有些地名来自当地特殊的历史背景、地理条件等，可采用增译法进行翻译，也就是在译名的基础上增加一些解释性文字，以更好地传递其文化内涵。

在文本材料中，增译法翻译地名一般有以下两种情况。

（1）在地名后增加非限定性定语从句，注解该地的特点。

例如：

山西省盛产煤矿。

Shanxi Province, which is rich in coal.

（2）用同位结构增译地名的雅称，可使用同位结构前置或用括号括起来。

例如：

日光城拉萨市 the Sun City, Lhasa

4. 音意+重复意译

如果地名中的通名和专名都是单音节词，那么在翻译过程中可先用音译法翻译通名，然后再通过意译法进行翻译。

例如：

沙市 Shashi City

蓟县 Jinxian County

黄山 Huangshan Mountain

巢湖 Chao Lake

5. 音意结合译

如果地名的专名和通名均为单音节词，在文本材料中翻译这类地名时可根据汉语的读音规则，对专名的组成部分进行音译，通名部分进行意译。

例如：

洞庭湖 Dongting Lake

清河县 Qinghe County

青海湖 Qinghai Lake

金门县 Jinmen County

北京市 Beijing Municipality

黑龙江 Heilong River

六盘水市 Liupanshui City

四川盆地 Sichuan Basin

琼州海峡 Qiongzhou Straits

（二）西方地名的翻译方法

在文本类材料中，西方地名的翻译主要可以采取以下方法。

1. 音译

在进行英语地名的翻译时，音译法是最重要的一种方法。为使译名准确规范，音译时可以《英汉译音表》《外国地名译名手册》（中国地名委员会编，商务印书馆出版）等作为参照。需要特别说明的是，英语地名中的专名部分通常可以音译。

例如：

England 英格兰

France 法兰西

2. 意译

意译法也是英语地名翻译的有效手段。具体来说，地名的意译主要包含以下几种情况。

（1）含有人名的地名中，若人名前有衔称，需要意译。

例如：

King George County(Va.)乔治王县（弗吉尼亚）

（2）含有数字的地名需要意译。

例如：

Valley of Ten Thousand Smokes(Alaska)万烟谷（阿拉斯加）

Four Peaks(Ariz.)四峰山（亚利桑那）

（3）地名中修饰专名的新旧、方向、大小的形容词需要意译。

例如：

Long Island City(n. y.)长岛城（纽约）

Little Salt Lake(Utah)小盐湖（犹他）

（4）英语地名中的通名通常需要意译。

例如：

City Island(n. y.)锡蒂岛（纽约）

Fall City(Wash.)福尔城（华盛顿）

3. 习惯译名

对于文本材料中以人名、民族名命名的英语地名，翻译时一般可用习惯译名。

例如：

burma 缅甸

Bombay 孟买

Oxford 牛津

White Harbor 白港

Philadelphia 费城

总之，地名翻译是一项较复杂的工作，在翻译文本材料中的地名时应坚持美学、约定俗成等原则，还应重视与地名有关的文化内涵，灵活运用翻译方法，准确地翻译地名。

第六章　跨文化背景下中西其他文化翻译

第一节　植物、动物词汇跨文化翻译

一、英汉植物词汇跨文化翻译

英语和汉语的文化差异赋予了客观世界中的植物以不同的文化内涵，并且使得在日常的交际中出现了很多同植物相关的词汇表达。与此同时，对植物文化内涵的掌握和了解也有助于更好地理解英汉文化差异，从而更有利于跨文化交流。下面对植物的文化内涵进行对比，然后对其具体的翻译方法进行研究。

（一）英汉植物的文化内涵

1. 花卉类植物的文化内涵

（1）rose 和"玫瑰"。

英语中的 rose 和汉语中的"玫瑰"是两种语言中联想意义几乎相同的词，两者都表示"爱情和浪漫"。特别是在西方国家，rose 是很常见的花，英国历史上将红玫瑰作为王朝的象征。此外，人们认为 rose 是健康的象征，这在语言中也有所体现。

例如：

gather life's rose 寻欢作乐

come up rose 事情发展顺利

a bed of rose 称心如意的境地、安乐窝

put the rose into ones check 某人的脸色看起来很健康

There is no rose without a thorn. 没有十全十美的事。

在西方很多诗歌中也有关于 rose 的诗句，人们将自己心爱的人比作 rose，如"My love is a red red rose."（我的爱人是一朵红红的玫瑰花）。

在汉语文化中，"玫瑰"也象征爱情和美丽。汉语中，将漂亮但是不容易接近的女人称为"带刺的玫瑰"。曹雪芹在《红楼梦》中也曾用玫瑰花来比喻探春的美丽和性格。

（2）lily 和"莲"。

在英语文化中，人们通常用 as white as lily 来表达"像百合花一样纯洁"之意，用

white lily 来指"纯洁的少女"。这同汉语文化中的"莲"这一植物文化意象形成了鲜明的对应。

在周敦颐的《爱莲说》中，通过"出淤泥而不染，濯清涟而不妖"来表达对"纯洁、高尚"品格的崇尚。可见，英语文化中的 lily 和汉语文化中的"莲"在文化联想意义上相对应。

（3）bamboo 和"竹"。

受地理环境等诸多客观因素的影响，英国并不产竹子，因此其对于竹子的使用很少，对于竹子的其他相关联想意义也很少。相应地，与 bamboo 相关的文化词汇也相对较少。

在汉语文化中，有很多成语都来自竹子。在纸张没有发明之前，人们在竹简上记录文字，而形容一个人学识渊博常用的"学富五车"，就是指当时所学过的用竹简所记录的文字可用五辆车装载。"罄竹难书"也与竹子有关，该成语是指一个人罪恶很多，即使使用所有的竹子也不能将其罪恶写完。

此外，现代汉语中也有很多关于竹子的词语，如"竹篮打水一场空""竹筒倒豆子""势如破竹""青梅竹马"等。

（4）oak 和"松树"。

在英语文化中，oak 具有坚韧的品质，并产生 as strong as an oak 这一习语表达。在汉语中，有"大雪压青松，青松挺且直，要知松高洁，待到雪化时"的诗句。可见，松树在汉民族文化中展现着人们坚韧不拔的美好品质。从这一点上看，英语文化中的 oak 和汉语文化中的松树有着非常相似的联想意义。

（5）plum 和"梅"。

梅花（plum）在中西方文化中的内涵也有很大差异。

在英语文化中，与"梅"相对应的词语 plum 既指"梅树"或"李树"，又指"梅花"或者"李子"。在西方信仰中，梅树表示"忠诚"；在英国俚语、美国俚语中，plum 表示"奖品、奖赏"。现在，plum 则成为美国国会常用的委婉语。

例如：

A congressman or senator may give a loyal aide or campaigner a plum.

国会议员会给重视的助手和竞选者这个有好处、有声望的政治职位，作为对其所做贡献的回报。

梅花原产于中国，可以追溯到殷商之时。因它开于寒冬时节、百花之先，所以在中国文化中象征着坚毅、高洁的品格，为我国古代的历代文人所钟爱，很多诗词歌赋都以咏梅为主题。此外，梅花还象征着友情，成为传递友情的工具，享有"驿使"的美称，而"梅驿"成了驿所的雅称，"梅花约"则是指与好友的约会。例如，在司马光的《梅花三首》"驿使何时发，凭君寄一枝"中的梅花便成为传达友情的信物。总之，梅花在中国文化中有着崇高的地位，是高洁、傲骨的象征，象征着中华民族典型的民族精神。

（6）willow 和"柳"。

在英语文化中，willow 的含义远没有汉语这么丰富，英语中的"柳"常用于表示"死亡"和"失恋"等。例如，wear the willow 的意思是"服丧、戴孝"，用于悼念死去的爱人等。"柳"还可以用于驱邪，西方复活节前的星期日常用杨柳来祈福，以驱赶邪恶。

在汉语文化中，柳树自古以来就受我国文人墨客的喜爱，在中国的古诗句中，很多诗人使用柳来表达自己的内心情感。柳在中国文化中表达的是依依惜别的情感，柳的读音与"留"接近，因此人们常用柳来表示"挽留"的含义。在古汉语诗歌中，柳的使用很频繁。

（7）red bean 和"红豆"。

在英汉两种文化中，red bean 和"红豆"有着截然不同的文化内涵。

红豆在西方文化中象征着见利忘义，为了微小的眼前利益而违背原则、出卖他人。例如，sell one's birthright for some red bean stew 表示"为了眼前的利益出卖原则，见利忘义"。

在汉语文化中，红豆又称作"相思豆"，从这一名称可知其代表着思念和爱情。这是由于红豆呈心形，且有着鲜艳如血的红色和坚硬的外壳，所以多象征着忠贞不渝的爱情。我国很多古诗中都借红豆以寄相思。例如，唐代温庭筠《酒泉子》："罗带惹香，犹系别时红豆。泪痕新，金缕旧，断离肠。一双娇燕语雕梁，还是去年时节。绿杨浓，芳草歇，柳花狂。"

（8）peony 和"牡丹"。

英语中的 peony 一词源于神医皮恩（Paeon, the god of healing），确切地说，peony 是以皮恩的名字命名的。这源于皮恩曾经用牡丹的根治好了天神宙斯（Zeus）之子赫拉克勒斯（Hercules）。因此，在西方文化中，牡丹通常被看作具有魔力的花；而在欧洲，牡丹花与不带刺的玫瑰一样，都象征着圣母玛利亚。

在汉语文化中，牡丹也是一种内涵非常丰富的植物，具体来说，主要有以下内涵。其一，牡丹象征着国家的繁荣和昌盛。在古代社会，牡丹就有国家繁荣昌盛的代表意义，这在很多诗句中都有体现。例如，唐代诗人刘禹锡写道："唯有牡丹真国色，花开时节动京城。"之后，牡丹便成为幸福吉祥、国家繁荣昌盛的象征。其二，牡丹象征着人们对富裕生活的期盼。人们赋予了牡丹以富贵的品格，一提到牡丹，人们就非常容易想起"富贵"二字。因此，人们常用牡丹表达对富裕生活的期盼与追求。其三，牡丹是纯洁和爱情的象征。例如，在我国西北广为流传的民歌《花儿》指的就是牡丹，也是对唱双方中男方对女方的称呼。其四，牡丹象征着不畏权贵的高风亮节。虽然牡丹被誉为"富贵之花"，但是其并不娇嫩脆弱，因此被赋予不畏权贵和恶势力的含义。

（9）laurel tree 和"月桂树"。

在英语和汉语两种文化中，都喜欢将月桂树（laurel tree）视为"出类拔萃""胜利"

"辉煌成就""成功"的象征。

在英美国家，人们喜欢用 laurel 编成花环，因而 laurel wreath（桂冠）用来对比赛获胜者进行嘉奖。同时，人们还经常将那些取得杰出成就的诗人称为 Poet Laureate（桂冠诗人）。此外，还有很多和 laurel 相关的表达。

例如：

look to one's laurels 意识到可能丧失优越的或优势的地位而要确保其他地位或声誉

rest on one's laurels 吃老本，安于现状，不思进取

gain/win/reap one's laurels （考试）比赛夺冠

在汉语文化中，古代社会人们经常用"蟾宫折桂"来形容举人在科举当中一举成功，考取状元。

（10）peach blossom 和"桃花"。

桃子（peach）白里透红，色泽鲜艳。在英汉两种语言中，桃子（peach）都蕴含着丰富的文化内涵。在英语中，桃子（peach）有以下三重含义：其一，皮肤白里透红、迷人的妙龄少女；其二，出色、优秀的事物；其三，特别出众、令人钦佩的人。

这些含义有时还常常被使用。举例如下。

You are a peach.

你是个令人钦佩的人。

She really was a peach.

她过去的确是个年轻漂亮的美人。

The restaurant was a peach.

这家餐馆经营有方而闻名遐迩。

在汉语文化中，桃子也有着不同的喻义。具体体现在以下几个方面。

其一，用桃树或者桃花来比喻漂亮女子。

例如，"桃腮杏眼"可将其英译为 peach-like cheeks and almond-shaped eye—the beauty of a woman。

其二，桃花源用来比喻一种理想化的境界。这主要是因为在《桃花源记》中，陶渊明提出了一个理想社会，和英国人莫尔(More)的"乌托邦"世界非常类似。因此，在我国有关世外桃源的表述可译为 the land of peach blossom—a fictitious land of peach，away from the turmoil of the world。

其三，因桃子"硕果累累"的特性，桃子还用来象征教师培养学生的业绩，比喻教师所教的学生。因此，有诸如"桃李满天下"这种说法。

其四，桃符是古代挂在大门上的两块画门神或题门神名字的桃木板，人们认为有利于压邪。这在王安石的诗中就有体现。

千门万户曈曈日，总把新桃换旧符。

To every home the sun imparts its brighter rays,

Old peach charms, renewed, against evil shall insure.

（11）daisy 和 "雏菊"。

雏菊又称作 "长命菊" "延命菊"。在罗马神话里，雏菊是森林精灵贝尔帝丝（Bellis）的化身花。贝尔帝丝精力充沛、活泼调皮。有一次，贝尔帝丝和恋人正玩得高兴，却被果树园的神发现了，于是她就在被追赶中变成了雏菊。因此，fresh as a daisy 是指 "精神焕发"。

例如：

He woke up fresh as a daisy after his long sleep.

他睡了一觉醒来感到精神焕发。

另外，英语文化中，葬礼上常常使用雏菊，因此 push up the daisies、under the daisies、to turn up one's toes up to the daisies 是指 "被埋葬" 或 "死亡"。

例如：

He pushed up the daisies in his thirties.

他三十几岁就去世了。

在汉语文化中，雏菊没有特别的文化意义。

2. 果蔬类植物的文化内涵

（1）cucumber 和 "黄瓜"。

黄瓜能够给人以清凉之感，这类果蔬入口凉爽。由于黄瓜的这一特性，在英语文化中，便产生了 as cool as cucumber（凉若黄瓜）这一表达，这一表达具体指的是在遇到困难或者置于危险面前应保持 "十分镇静，泰然自若"。

（2）potato 和 "土豆"。

potato（土豆或马铃薯）是十分受中西方国家人士喜爱的蔬菜，在英语文化中，存在着很多用其表示隐喻含义的习语，如 a couch potato 具体指的是 "整天沉溺于电视节目、无暇顾及学业的人"，a small potato 具体指的是 "不起眼的人物"，a hot potato 指的是 "棘手的问题"。

在日常生活用语中，potato 通常用来比喻 "人、人物" 或 "美元"。

例如：

Stick their potatoes in every office.

把他们的人安插进每一个办公室。

You can get this wonderful coat for 497 potatoes.

花 497 美元，你就可以得到这件漂亮的大衣。

在汉语文化中，土豆几乎没有非常特别的文化意义。

在英汉两种文化中，还存在着其他一些果蔬植物词汇，其仅在英语文化中或者仅在汉语文化中具有丰富的文化内涵，在另一种语言文化中却没有相对应的联想。

（二）英汉植物词汇的翻译

在英汉两种语言中，植物文化的内涵往往也不尽相同。通常而言，在对植物文化进行翻译时可采取以下几种方法。

1. 直译法

直译法能够有效地保持源语的原汁原味，使原文的风格感情得到最充分的发挥。当英语中的植物词汇与汉语具有相同的联想意义时，可以直接采用直译法进行翻译。

例如：

木已成舟 the wood is already made into a boat

peachy cheeks 桃腮

An apple a day keeps the doctor away.

一日一苹果，医生远离我。

Oak may bend but will not break.

橡树会弯不会断。

如今我们家赫赫扬扬，已将百载，一日倘或乐极悲生，若应了那句"树倒猢狲散"的俗语，岂不虚称了一世的诗书旧族了。

Our house has prospered for nearly a hundred years. If one day it happens that at the height of good fortune the"tree falls and the monkeys scatter"as the old saying has it, then what will become of our cultured old family.

该例句中，将"树倒猢狲散"翻译为 tree falls and the monkeys scatter，采用直译法将原句中想要表达的内涵意义充分表达了出来。

莺儿忙道："那是我们编的，你老别指桑骂槐。"

"We made that," cut in Yinger. Don't scold the locust while pointing at the mulberry.

在本例中，将"指桑骂槐"翻译为 scold the locust while pointing at the mulberry，在翻译时直接将句子中的桑和槐进行了直译。

2. 意译法

在英汉两种语言中，存在着很多关于植物的典故和故事，但是这些植物在东西方具有不同的比喻意义。在这样的情况下，译者可采用意译法进行翻译，也就是在不拘泥于原文表达形式的基础上，将句子的内容合理译出。

例如：

the apple of one's eyes 掌上明珠

harass the cherries 骚扰新兵

Every bean has its black.

凡人各有短处。

He is practically off his onion about her.

他对她简直是神魂颠倒。

3. 引申译法

英汉语言中有很多植物词汇蕴含于历史典故之中，要想合理、准确地翻译，就必须对该历史典故有深入的了解，在翻译时不能只拘泥于词汇的字面意义，应着力表达词汇的内在深层含义。

例如：

The only way out is fig-leaf diplomacy. So long as the Baltic countries nominally acknowledge their Soviet membership, Gorbachev may give them more latitude in running their own affairs, although grudgingly.

唯一的出路是维持体面外交。只要波罗的海沿岸各国名义上承认是苏联的一员，戈尔巴乔夫就可能给它们以更多的自主权。

4. 直译加注法

在英汉两种语言中，有很多植物词蕴含着丰富的文化知识，如果直接翻译会给译入语读者的理解带来困扰，为了便于读者理解和接受，可以在直译的基础上对句子中具有内涵意义的内容进行解释说明，在译文后加上注释。

例如：

A rolling stone gathers no moss.

滚石不生苔。（改行不聚财。）

While it may seem to be painting the lily, I should like to add something to your beautiful drawing.

我想给你漂亮的画上稍加几笔，尽管这也许是为百合花上色，费力不讨好。

carry everything before it, just like splitting a bamboo with irresistible force; (said of a victorious army) push forward with an overwhelming momentum.

势如破竹。

"势如破竹"用来比喻作战或工作节节胜利，毫无阻碍。但是，对"竹"这一文化意象不理解的人们而言，简单直译可能会令人费解。采取加注释解释的方法更方便译入语读者的理解。

二、英汉动物词汇跨文化翻译

（一）英汉动物的文化内涵

1. monkey 与 "猴"

在西方文化中，猴子因其自身活泼伶俐的天性而被看作一种聪明且喜欢恶作剧的动物。通常，人们用猴子比喻贪玩或喜欢恶作剧的小孩。

例如：

monkey with 瞎摆弄，鼓捣

monkey business 胡闹

monkey around 闲荡，胡闹

put sb's monkey up 使人生气，激怒某人

make a monkey of someone 耍弄、愚弄某人

在汉语文化中，猴与侯谐音，在许多图画中，猴的形象表示封侯的意思。例如，一只猴子骑在马背上，就被认为是"马上封侯"的意思。也恰恰因为如此，人们视猴子为一种吉祥的动物。此外，一提及猴子，中国人通常会想到《西游记》里的齐天大圣孙悟空，美猴王孙悟空作为中国当之无愧的神话和英雄代表，体现了一种国人的勇气。在《西游记》中，人们喜爱这只会七十二变的猴子，更欣赏它那种"苦练七十二变，笑对八十一难"的拼搏精神。此外，在中国武术中还有一种猴拳，因模仿猴子的各种动作而得名。总之，在汉语文化中，猴子是一种非常受喜爱的动物。

2. dragon 与"龙"

在英美等西方国家的文化中，人们对于龙的联想与汉语中截然不同。西方人认为龙极富破坏性，他们认为龙是一种口吐火焰、祸害人民的怪物。西方的龙的形象与蜥蜴的形状很像，是在蜥蜴的外形基础上想象发展而来的，只是在蜥蜴的身上加了一对翅膀。

在西方文化中，dragon 一词带有贬义色彩。dragon 一词在英语中的使用远远没有汉语中那么频繁，这也从一定程度上反映了其在英语中的地位。在西方，dragon 通常都是以恶魔的形象出现的。在英语中表示一个人外表凶狠，可以说"He is very mean, just like a dragon."。

对汉民族文化而言，"龙"是汉民族的文化，人们将"龙"奉为圣物，以"龙"为自己的祖先。"龙"其实是一种在现实中不存在的动物，龙是我国古代传说中的神异动物，身体很长，身上有鳞，且有角，能行云布雨。在古代，龙是帝王的象征，与皇帝等有关的事物都与龙有关，如龙子龙孙、龙袍、龙椅等。

当今社会，海外人士仍以"龙的传人"而感到骄傲和自豪，龙已经成了汉民族的象征。"龙"在汉语中象征着"地位、权势、才华、吉祥"等。例如，很多家长都"望子成龙"。望子成龙是家长对自己孩子的一种期望，希望孩子以后能够有出息，有才华。

综上所述，可以按照意义的不同将汉语中关于龙的词语分为以下几大类。

其一，用来表示帝王的龙。例如，"龙颜大怒、龙体欠安"等，一般与皇帝有关的很多事物的称呼都与龙有关。

其二，用来表示神话传说中的龙。例如，"叶公好龙、二龙戏珠、画龙点睛、龙飞凤舞"等。

其三，用来象征吉祥的寓意。例如，"龙凤呈祥"这一概念主要表示的是人们的一种

愿望或者期望，人们祈求多福吉祥。

3. phoenix 与"凤凰"

西方文化中的凤凰作为传说中的一种鸟，这一动物意象总是同复活、重生等意义存在着相关性。相传，凤凰是一种供奉于太阳神的神鸟，有着红色和金色羽毛，能在阿拉伯沙漠生存五六百年。凤凰在生命周期结束时，会为自己筑一个里面铺满香料的巢，唱完挽歌后就在巢中烧成灰烬，然后在灰烬中又会出现一只新的凤凰。因此，凤凰在西方文学作品中被认为是一种"不死鸟"，象征着"死亡""复活"和"永生"。

例如：

Out of the ashes of the Suffragette Movement, phoenix like, a new feminist militancy was being born.

在妇女参政运动之后，犹如传说中的凤凰一样，产生了妇权运动的新的战斗精神。

在中国神话中，凤凰是主掌风雨的神鸟，也是鸟中之王，素有"百鸟朝凤"之说。史记中就有"凤凰不与燕雀为群"的说法。凤凰还是吉祥和美德的象征，人们相信凤凰的出现预示着天下太平。此外，凤凰还用来喻指杰出的人和事物。例如，"山窝里飞出了金凤凰"是指在偏僻的乡村出现了有特殊才干的人，"凤毛麟角"是指珍贵而不可多得的人或事物。随着岁月的变迁，凤凰被简化为了雌性的凤，象征富贵和吉祥，并逐渐成了皇后的代名词。今天，凤已经演变成为普通女性的专用字词。

需要注意的是，在中国文化中，凤和龙是不可分割的，它们共同构成了我国独特的龙凤文化。很多成语都同时包含"龙""凤"二字，如"龙凤呈祥""龙驹凤雏""龙飞凤舞"等。

4. horse 与"马"

在英语文化中，无论在战争时期还是和平时期，马用来运货载人，其功不可没。但是到了 19 世纪，瓦特发明了蒸汽机之后，马的"苦力"相对减少。起初，蒸汽机就被称作 iron horse，功率为 horse power，指的是"一匹马的拉力"。这种称呼沿用至今。同时，在英语文化中，与 horse 相关的习语数量仅次于 dog。在早期，英国人用马来耕地，还开展很多赛马活动。英语中有很多与 horse 相关的表达。

例如：

buy a white horse 浪费钱财

work like a horse 勤奋工作

be on the high horse 盛气凌人

ask a horse the question 赛马时，力求竞赛的马竭尽全力

相对于英语而言，在汉语文化中，早期农业社会的人们用"牛"耕地，用马拉车。牛有很多文化意象和英语 horse 很相似，如"像老黄牛一样吃苦耐劳"等。

在汉语文化中，"马"是人们生产、生活的重要帮手，并且为人类的物质文明、精神

文明做出了巨大的贡献。因此，"马"的文化内涵丰富、庞杂，无论褒贬，都是它在农业社会状态下社会功能的具体体现。例如，"人奔家乡马奔草""万马奔腾""裘马声色""马首是瞻""戎马径偬""洗兵牧马""马看牙板，树看年轮""马后炮""一马当先""驽马恋栈豆"等。

5. owl 与 "猫头鹰"

在西方文化中，猫头鹰这种动物通常被看作一丝不苟、聪明智慧等的象征。这可能是因为猫头鹰经常瞪着一双圆圆的眼睛，一动不动地站在树枝上，好像在十分严肃地思考问题。英语中很多与 owl 有关的表达都体现了这一点。

例如：

as wise as an owl 像猫头鹰一样智慧

grave as an owl 板起脸孔

take the owl 发火儿，生气

Patrick peered owlishly at us through his glasses.

帕特里克透过他的眼镜严肃而机敏地审视着我们。

由于猫头鹰夜晚活动的习性，其在西方还常被喻指夜晚的一些行为、事件等。

例如：

an owl show 通宵电影

an owl train 夜行列车

night owl 熬夜的人

由于在希腊雅典有大量的猫头鹰，因此猫头鹰还是雅典的标志。

需要指出的是，猫头鹰在西方也偶尔被用来象征呆或笨，如 as blind/stupid as an owl（笨透了）。

在中国文化中，猫头鹰由于面目丑陋、夜行昼伏的特性而不为人们所喜爱。再加上它那凄厉的叫声，更是让人们感到毛骨悚然、不寒而栗。因此，中国人通常将猫头鹰与不祥和死亡相联系。

6. lion 与 "狮子"

在英语文化中，狮子外貌威严、躯体庞大，是勇气（courage）、高贵（dignity）、王室（royalty）等的象征。狮子在英美民族中享有很高的声誉，人们认为狮子是"百兽之王"。狮子往往被赋予一些"强壮、勇敢、凶猛"等积极亢奋的文化语义。关于狮子的表述也有很多。

例如：

literary lion 文学名人

the British lion 大英帝国

the lion's share 最好的部分

as regal as a lion 如狮子般庄严

Every soldier fought like a lion in the battle.

在战场上每位士兵都像狮子一样勇猛地战斗。

同英语国家相比，汉语中与狮子相关的文化联想相对比较少，可以说，"狮子"是"舶来品"，它使我国增添了一种动物新品种，并融入我国人民的文化生活中。汉语中将"狮子"视为一种祥瑞动物，并认为"狮子"不仅可用来抵御一切妖魔鬼怪的侵害，还能满足人们祈求平安吉祥的心理要求。对"狮子"的崇拜体现了一种尊贵不可超越、威严不可侵犯、勇于进取的国民精神。具体体现在以下几个方面。

其一，在汉语文化中，"狮子"备受崇拜，并且狮子还同古代文化存在着密切关联。在《大智度论》中，有"佛为人中狮子"的说法，并将佛祖的座席称作"狮子座"，将佛祖讲经称作"狮子吼"。

其二，在汉语文化中，"狮子"还象征"驱邪镇凶"。"狮子"多为神话中的动物，而非现实中的动物。在建筑中，狮子是"护法神兽"，能为民间"驱邪镇凶"。同时，石狮子还象征着中华民族的想象力和创造力。

其三，狮子象征着伟大祖国和中华民族的觉醒，有人将中华民族称为"东方睡狮"，再到"东方醒狮""中华雄狮"，可见关于狮子的文化意象由移植到归化再到创新，也无形中彰显了我国逐渐提升的综合国力。

可见，狮子的文化内涵、文化意韵已渗入了中华民族的血脉，成为我们传统文化中无法剥离的一分子。

7. tiger 与 "虎"

在西方国家，很少有机会能看到老虎，主要是因为老虎的生存之地在亚洲，尤其是在我国边远的西南地区。因此，对西方人而言，老虎除了是凶残的动物之外，关于老虎的联想意义很少，仅有两个比较有名的词，即纸老虎（paper tiger）和飞虎队（Flying Tiger）。

汉语则不然，虎也是十二生肖中的动物之一，并且在汉语文化中，老虎为群兽之王，是凶猛、勇敢的象征。例如，汉语文化中有很多和老虎相关的成语，如"如虎添翼、虎踞龙盘、生龙活虎、龙腾虎跃"等。同时，在我国古代的传说中，老虎象征着"长寿""勇猛""尊贵"，与老虎相关的文化形象很常见，如小孩的"虎头儿鞋"，有时还将老虎画在盾牌或绣在衣服上。可以说，汉语中有着历史悠久的"虎文化"，虎是我国文化的重要组成部分。

8. cat 与 "猫"

在英语文化中，cat 的使用频率要远远高于猫在汉语中的使用频率。尽管如此，英语中的 cat 一词以贬义出现的形式较多。

例如：

a cat in the pan 叛徒

whip the cat 一毛不拔

a fat cat 大款

have not a cat in hell's chance 毫无机会

a barber's cat 面带病容或饥饿的人

let the cat out of the bag 泄露秘密，露了马脚

a cat may look at a king 小人物也该有些权利

在汉语文化中，猫的含义比较简单，主要表示懒、馋，在汉语中也经常使用懒猫、馋猫等表示亲昵。

9. dog 与 "狗"

无论是在英语文件还是汉语文化中，狗的形象都很常见，但是英语和汉语中对于狗的形象的联想却大不相同。

在英语国家文化中，狗的地位远远高于中国，西方人很早便将狗作为宠物看待。这种情况与西方国家的经济现状是分不开的，西方国家的工业化发展较早，社会经济水平相对较高，这使得人们在工作闲暇之余有更多的时间和精力去接触动物并与它们相处。在西方国家，人们将狗视为自己的孩子、伙伴等。在很多外国家庭中，狗是孩子的玩伴，是老人的一种心理依靠等。西方人认为狗是 man's best friend（人之良友）。西方关于狗的词语有很多。

例如：

lucky dog 幸运儿

a dumb dog 沉默不言的人

love me love my dog 爱屋及乌

top dog 重要人物

an old dog 年事已高的人或者经验丰富的人

Every dog has his day.

凡人皆有得意日。

An old dog barks not in vain.

老狗不乱吠。（有经验的人不会乱发表意见）

但是，英语中并不都是关于 dog 的褒义词，有时也会用其表达贬义。

在中国古代，由于生活水平的限制，人们主要依靠狩猎生活，此时的狗可以作为狩猎的工具，再后来人们开始用狗来看家护院。发展到现今社会，狗的用处也变得越来越多。但在这些用途中，狗的实用价值大大高于宠物价值。狗的忠诚性由来已久，但是在汉语中关于狗的联想意义却带有一些贬义色彩。随着社会的发展，在中国，人们也开始将狗作为宠物饲养，狗的地位也逐渐得到提高。

10. cattle、bull 与"牛"

在英语文化中，也有关于"牛"的说法，但大多是贬义，如 kittle cattle（难对付的人）、a bull in a china shop（瓷器店里的公牛，比喻鲁莽闯祸的人）等。

中国自古以来就是农耕民族，牛在古代是主要的农业动力，因此牛在中国具有很高的地位。牛在中国人心目中是强壮、勤劳、倔强的化身，人们也经常用牛来形容人的品质。我国很多名家作品中都使用牛的形象来比喻人。例如，鲁迅在其作品中就有"俯首甘为孺子牛"的句子，可见牛在中国人心目中的地位之高。同时，还有"力壮如牛""食量大如牛"等说法。

（二）英汉动物词汇的翻译

1. 直译法

在对动物文化词汇进行翻译时，直译法也被运用得非常频繁。直译法之所以能够得到很好的运用，在很大程度上是出于人类所具有的大体相同的生理条件，以及人类的思维所存在的共性，因此文化之间也存在很多共性。相应地，人们对于一些动物的联想就有相同或相似的感受。对动物文化进行直译处理可以有效丰富译入语语言，同时有利于中西文化间的交流。

例如：

as bold/brave as a lion 勇猛如狮

as strong as a lion 强壮如狮

as mild as a lamb 驯顺如羔羊

as sly as a fox 像狐狸一样狡猾

the frog in the well 井底之蛙

as faithful as a dog 像狗一样忠诚

as mischievous as a monkey 像猴子一样顽皮

as greedy as a wolf 像狼一样贪婪

the great fish eat small fish 大鱼吃小鱼

feel just like fish in water 如鱼得水

as innocent as a lamb 像小绵羊般天真无邪

披着羊皮的狼 a wolf in sheep's clothing

敏捷如兔 as fast as a hare

A bird is known by its note, and a man by his talk.

听音知鸟，闻言知人。

You stupid ass! How could you do such a thing like that!

你这头蠢驴！怎么会干出这种事！

2. 意译法

当译者由于文化差异的存在而无法直译，无法保留源语的字面意义时，译者可将原意舍弃，放弃形式上的对等，转而追求译文与原文的意译对等、语用功能相近，这些都是运用意译法进行的翻译。由于采用意译法可不拘泥于原文的形象或表达形式，因此能更好地符合译入语的语言习惯。

例如：

as talkative as a magpie

叽叽喳喳像麻雀

It's never too late to mend.

亡羊补牢。

a lion in the way 拦路虎

ear the lion 虎口拔牙

as majestic as a lion 虎彪彪

虎头蛇尾 in like a lion, out like a lamb

狐假虎威 donkey in a lion's hide

深入虎穴 beard the lion in his den

老虎的屁股摸不得。

One should not twist the lion's tail.

3. 套译法

英语和汉语都有相当丰富的发展历史，在各自发展的过程中都留下了深深的民族烙印，其中不乏用不同的动物喻体方式来表达同一思想内容的现象。因此，在翻译过程中可以采用套译法，对同一意义使用不同的动物喻体来表达。使用套译可以更好地反映译入语语言的表达习惯和文化背景。

例如：

as hoarse as a crow 公鸭嗓子

as happy as a cow 快乐得像只鸟

to like a duck to water 如鱼得水

neither fish nor fowl 非驴非马

Cast pearls before swine.

对牛弹琴。

It had been raining all day and I came home like a drowned rat.

终日下雨，我到家时浑身湿得像一只落汤鸡。

第二节　习俗、典故跨文化翻译

一、英汉习语跨文化翻译

习语是语言的结晶，具有丰厚的文化底蕴。对英汉习语进行翻译，应该在了解英汉习语文化内涵的基础上恰当处理习语中的文化要素。

（一）英汉习语的跨文化对比

习语蕴含着思维方式、地理、历史、风俗习惯、信仰、民族心理等诸多文化因素，所以它有着丰富的文化内涵。但是，由于英汉文化分别属于不同的体系，所以英汉习语在意义和表现形式上会存在一定的差异，主要表现在以下几个方面。

1. 英汉习语跨文化语义差异

对英汉习语进行跨文化对比，首先需要从根源出发，挖掘出二者的联系，然后对差异进行总结。

习语多是由广大人民根据自己所熟悉的语言符号创造出来的语言，由于不同民族对同一个语言符号会产生不同的联想，所以其内涵自然也就不同。除了受文化因素的影响外，习语还受生存环境的影响，带有明显的地域特征。英汉地域文化上的差异，使生活在不同环境中的人们在实践活动中有着不同的切身体验，所以他们在认知客观世界及创造习语的过程中都会受其所处地域的文化的制约。英汉习语的跨文化语义差异是其他具体差异产生的基础。

习语的产生、演变和发展都是在特定的历史背景和文化环境中进行的，与社会现实密不可分，所以其内容纷繁复杂、包罗万象。从起源上看，语言与文化是同时出现的；从发展上看，语言与文化始终是相互制约、互为条件、互相依存的。可以说，习语是语言历史的产物，是文化的历史积淀，是某一特定文化的载体，与某一民族的文化历史渊源关系密切。

也就是说，社会中的各种现象，如社会、历史、心理、民俗等均可通过习语反映出来。因此，习语可以称为社会文化的"活化石"。也正因如此，对习语的研究除了要考虑其字面意义，还应探究其深层的文化意义。

透过习语的语言层面可以观察到一个民族的文化特征，了解它的历史文化和风俗民情；透过习语的文化层面又能解释其独特的意义，更快地理解其中的文化内涵，正确把握英汉习语的文化差异，从而能更好地使用它们。作为一种固定的表达方式，习语语言在不同的语境中有不同的含义。因此，在对英汉习语进行跨文化对比的过程中，需要将其放在具体的交际语境中，在跨文化交际实践的视野下进行对比分析。

2. 英汉习语跨文化背景差异

跨文化背景是英汉习语差异的重要影响因素，下面从英语习语与汉语习语两方面分别进行分析。

（1）西方文化背景与英语习语。

英语中的习语多来自历史事件、神话、寓言、传说，以及信仰、民间风俗、文学作品、动植物、人名、地名等，其语言结构主要以词、词组或句子等形式出现，结构简单，内容丰富，意义深远。古代用英语撰写的文学作品，如《莎士比亚全集》和《伊索寓言》等就运用了大量的习语。

例如：

a wolf in sheep's clothing 披着羊皮的狼；笑面虎

a dog in the manger 占着茅坑不拉屎；在其位不谋其职

What's done is done.

既往不咎。

西方的传统文化，如文学、历史等也对英语习语产生了重要影响，它们为英语习语提供了大量素材，所以自然会将这些素材本身的文化注入习语中，使习语笼罩在传统文化的特定氛围中，这些习语反过来又会保证相关传统文化的继续流传。

（2）中国文化背景与汉语习语。

汉语受古代文化思想的影响较大，所以很多汉语习语都来自《四书》《五经》。下面主要列举一些出自《四书》中的习语。

人无远虑，必有近忧。

If a man takes no thoughts about what is distant, he will find sorrow near at hand.

三人行，必有我师焉。

When I walk along with two others, they may serve me as my teachers.

己所不欲，勿施于人。

What you do not want done to yourself, do not do to others.

3. 英汉习语跨文化地域差异

中国位于亚洲东部，太平洋西岸，属于温带大陆性气候。而英国是一个岛国，地处大西洋，以温带海洋气候为主。由于中国与英国地理位置和环境的差异，两国的文化也存在较大差异，进而产生了不同的习语。

中国古代人多居住在内陆，以土为生，对大海有着无限的向往。中国的冬天受西伯利亚高气压的影响，主要刮西风，春天刮东风。英国则不然，岛国的独立和保守制约着其文化的渗透，英语产生于岛国的古英语系、来自斯堪的那维亚半岛的盎格鲁-撒克逊的语系、日耳曼语系和拉丁语系，语言的缓慢变化使其所形成的习语也较为固定。由于岛国和受来自大西洋暖湿气候的影响，英语习语多包含了大海和西风的某些特征。因此，受地理位置和气候的影响，英汉语言中就出现了很多相关的习语。举例如下。

例1：He spent money like water.

他挥金如土。

例2：东风压倒西风。（注释：暖和的东风指革命力量，寒冷的西风指反革命力量）

译文1：

The East Wind prevails over the West Wind. （直译）

译文2：

The revolutionary force prevails against the counter-revolutionary force. （意译）

4. 英汉习语跨文化认知差异

对事物的认知直接影响着语言的形成，因此跨文化认知的差异对英汉习语也有着重要的影响。

（1）对事物认知的差异。

受中西方文化差异的影响，人们对事物的认知存在较大差异，英汉习语的产生也就存在着较大的差异。以动物为例，受地域、气候等因素的限制，一些动物与人一样也在努力找寻自己生存的环境，与人类互相依赖，而人类的感情是最为丰富的，所以经常会给动物也赋予各种情感，使动物形成了不同的象征意义。

（2）对颜色认知的差异性。

由于中英两国在历史文化背景、地理位置和风俗习惯等方面的差异较大，所以人们对颜色的认知也出现了差异，由此产生的习语也就反映了各自的差异，下面以绿色为例进行说明。

绿色有着天然的悦目色彩，在中国文化中，它具有褒贬不同的文化内涵。

第一，代表春天，象征着新生和希望，还象征着生命、青春等。例如，宋代诗人王安石歌颂春天的著名诗句"春风又绿江南岸"，唐代诗人柳宗元的"欸乃一声山水绿"都是对绿色的颂扬。

第二，代表不忠。当妻子有了外遇，丈夫就会被讥讽为"戴绿帽子"。

第三，其他含义。例如："绿色农业"表示少用农药、有机化肥的农业种植；"绿色食品"表示天然或农药含量极低的食品；"绿色通道"是指便捷的办事途径；"绿色旅游"是指贴近自然的山水游。

在英语中，green 也有不同的内涵。

第一，表示幼稚、新手、没有经验、不成熟、缺乏训练等，如 green hand（新手）、to be green as grass（幼稚，无经验）、green from school（刚出校门的年轻人）等。

第二，表示新鲜，如 green corn（嫩玉米）、a green wound（新伤口）等。

第三，表示妒忌，如 green with envy（眼红）、green-eyed（害了红眼病妒忌）。

第四，象征青春、活力，如 a green age（老当益壮）、in the green（血气方刚）、in the

green tree/wood（在青春旺盛的时代，处于佳境）、in the green wood（青春期）等。

（3）对数字认知的差异性。

在英汉习语中，对数字的认知也有着重大的差异。下面以数字"6"为例进行说明。

尽管"6"在汉语中没有什么特别的意义，但在汉语文化中，人们通常将其同"顺利"联系在一起。"6"在中国人心中多是美好的联想。人们不仅喜欢带"6"的车牌号码、电话号码等，还会将喜事（如开业庆典、婚礼）等安排在带"6"的日子。与"6"有关的习语有"六六大顺""六朝金粉""六出奇计""三茶六饭"等。

英语文化中，"6"不但没有美好吉祥的含义，反而具有贬义的内涵。与"6"有关的英语习语有 at sixes and sevens（乱七八糟）、knock somebody six or hit somebody for six（将某人彻底打败）等。

5. 英汉习语跨文化语用失误

由于英汉习语之间存在差异，因此在跨文化交际过程中，如果译者不了解相关知识，就会产生一定的语用失误，甚至影响跨文化交际的进行。对英汉习语跨文化语用失误的了解有助于交际和翻译的进行。

交际双方能否对已有的语言知识规则进行得当的提取，决定着其是否会误用目的语的表达法。英语中用来表示不同情境下的道歉、感谢的习语，在翻译成汉语时几乎完全对应，这就很容易使交际者误用目的语的表达法。

例如，英语中的 excuse me 和 sorry 在汉语中都有"对不起""请原谅"的意思，但很多人都认为它们属同一用途，便会不假思索地说出"Sorry, could you tell me the way to the station?"这样的话。事实上，excuse me 一词多用在打断别人或打扰别人，希望引起对方注意时；而 sorry 常用来表示自己犯了某种过失，还可以表示"遗憾"。可见，交际者要想避免这种失误，必须在具体语境中使用符合本族人语用习惯的习语。

英语中的多数习语都属于隐喻习语，其真实含义与字面含义不对等，这就给跨文化交际中的话语理解带来了障碍。

例如：

"Mike will finish writing the book in no time."误解为"迈克将没有时间写完那本书"。其真实含义：迈克很快就写完了那本书。其中的 in no time 的意思是"马上、立刻、很快"。

"The encyclopedia has been published in parts."误解为"这套百科全书已部分出版"。其真实含义：这套百科全书已分册出版。其中的 in parts 意为"分开，分几部分"。

"His investing plan in our corporation is in the air."误解为"他在我们公司投资的计划仍在航空邮寄途中"。其真实含义：他在我们公司投资的计划仍未决定。句中的 in the air 是指"未决定"。

6. 英汉习语跨文化社交失误

习语社交语用失误主要有以下两种情况，对英汉习语社交失误的了解有助于跨文化翻译与交际的顺利进行。

（1）不假思索地套用母语社交方式。

套用母语的社交方式，即说话者忽略母语与目的语之间在社交行为举止上的差异，套用母语的社交方式而产生的误解。

例如，中国人有着客随主便的社交习惯，当外国朋友宴请中国友人时，会很乐意让客人选择和决定自己喜爱的食物，尽量让客人高兴、满意，而中国人企图表明客随主便的回答往往背离了英语的应答方式，如"It's up to you. I don't care."，最终导致社交语用失误。

（2）对目的语的社交环境产生误解。

对目的语的社交环境产生误解主要是指在社交过程中，说话者忽略了谈话对象的身份或社会地位而产生的语用失误。

例如，老年人在交流过程中，频繁使用校园俚语 jive and juke，这种说话方式既令人感到滑稽可笑，又难以理解，从而影响交际的顺利展开。

（二）英汉习语的翻译

英汉习语在进行跨文化翻译的过程中，需要译者在了解上述差异的基础上，灵活选择翻译方法，这样才能译出高质量的译文。大体上说，英汉习语的跨文化翻译可以采用以下几种方法。

1. 直译法

直译法主要应用于英汉习语中具有相同或相似含义的表达中。这些习语在译语中存在着字面意义或形象意义相同或相似的表达对象，并且内涵意义相同。

例如：

hot line 热线

golden age 黄金时代

a bolt from the blue 晴天霹雳

round-table conference 圆桌会议

a thorn in the flesh 眼中钉，肉中刺

kill two birds with one stone 一石二鸟

Distance water cannot put out a near fire.

远水救不了近火。

Misfortunes never come singly.

福无双至，祸不单行。

Rolling stones gathers no moss.

滚石不生苔。

纸老虎 paper tiger

无可救药 beyond cure

2. 直译加注法

习语带有浓厚的文化色彩，也富有民族、地方色彩。在跨文化翻译过程中，针对一些可以直译，但直译表达并不能完整表达习语内涵意义的情况，译者可以考虑采用直译加注法。需要注意的是，这种翻译方法会在一定程度上影响阅读的流畅性，因此需要译者多加考虑。

例如：

All are not maidens that wear bare hair.

不戴帽子的未必都是少女。

注：西方风俗中，成年妇女一般都戴帽子，而少女则一般不戴。

该习语告诫人们看事物不能只看外表。

又如：

他是老九的弟弟——老十（实）。

He's the younger brother of number 9, number 10.

注："Number 10 老十（laoshi）"in Chinese is homophonic with another Chinese word "老实（laoshi）"which means honest.

该译文在直译的基础上，通过加注可以充分表达"老实"的含义，易于读者更好地理解原文的意义。

3. 意译法

受中西方文化差异的影响，一些习语若采用直译法翻译，将无法保留源语的字面意义和形象意义，此时就可以考虑使用意译，如将源语中的形象更换成另一个目的语读者所熟悉的形象，从而传达出原文的语用目的，译出隐含的意义。

例如：

When in Rome, do as the Romans do.

入乡随俗。

Two heads are better than one.

一人不及两人智。/三个臭皮匠，胜过诸葛亮。

羊肠小道 narrow winding trail

风调雨顺 good weather for the crops

耳旁风 go in one ear and go out the other

赔了夫人又折兵 suffer a double loss instead of making a gain

塞翁失马，焉知非福。

Misfortune may prove a blessing in disguise.

4. 直意结合法

直意结合法是指将原文中通过直译可以明确传达其意义的部分直译出来，而不便直译的部分则意译出来。直意结合法既可以准确传达原意，又符合译语的表达习惯，易于读者的理解。在跨文化交际过程中，这种翻译方式十分灵活，因此使用较为普遍。

例如：

风餐露宿 brave the wind and dew

守株待兔 to wait for windfalls

5. 套译法

套译法就是用目的语中的同义习语去套译源语中的习语，尽管套译中的形象不同，但其喻义形似，使译文能与原文做到意义上的对等。

例如：

While there is life, there is hope.

留得青山在，不怕没柴烧。

No morning sun lasts a whole day.

人无千日好，花无百日红。

Old friends and old wine are best.

姜是老的辣，酒是陈的香。（陈酒味醇，老友情深。）

Give him an inch and he'll take an ell.

得寸进尺。

Talk of the devil and he is sure to appear.

说曹操，曹操到。

套译法的使用需要译者对英汉习语十分熟知，并能够游刃有余地在两种语言之间进行切换。由于习语的文化特性，套译法对译者要求较高，需要谨慎使用，从而防止跨文化交际失误的出现。

二、英汉典故跨文化翻译

（一）英汉典故的跨文化对比

英汉语言中的典故既有一定的相似之处，也存在着很大的差异性。下面首先从英汉典故的渊源、结构形式、设喻方式进行对比，然后在此基础上总结英汉相似或相通的典故，并对英汉典故折射出的文化差异进行分析。

1. 英汉典故的渊源对比

典故是在多种文化要素的作用下形成的，由于英汉文化的差异性，英汉典故的渊源也不尽相同。下面分别总结一下英汉典故的渊源。

（1）英语典故的渊源。

英语典故的产生主要通过神话传说、寓言故事、历史事件、文学作品、体育运动、风俗习惯、社会生活几种途径。举例如下。

apple of discord（不和的苹果，指争端、祸根）源于希腊神话。希腊英雄珀琉斯（Peleus）与海神西蒂斯（Thetis）举行婚礼时忘记了邀请不和女神厄里斯（Eris），这位女神十分不满，于是在宾客中扔下一只金苹果，上面刻着"献给最美者"（For the Fairest）字样，使参加婚礼的三位女神天后赫拉（Hera）、智慧女神雅典娜（Athena）和爱与美之神阿弗洛狄忒（Aphrodite）产生了争执，最后竟引发了一场历时10年的特洛伊战争。因此，apple of discord 后来就常用来喻指"祸根"或"不和的根源"。

kill the goose that lays the golden eggs 出自《伊索寓言》。故事是这样的：一个人养了一只母鸡。一天，这只母鸡下了一个金蛋，而且从此以后每天都下一个金蛋。他把金蛋拿到市场上卖，赚了很多钱，但他并不满足，想得到更多的钱。他以为母鸡的肚子里有一大块金子，于是他便把母鸡杀了。没想到，母鸡肚子里并没有金子。就这样，他不但没得到更多的金子，连母鸡也没有了。于是，这个典故用来表示为了满足眼前的需要而牺牲了将来的利益。

meet one's Waterloo（遭遇滑铁卢；惨遭失败）出自历史故事，这一典故源于滑铁卢（Waterloo）之战。拿破仑称帝后野心勃勃，四处征战，侵略了很多欧洲国家，如奥地利、普鲁士、英国、俄国等。他的军队甚至远征埃及，气焰嚣张，不可一世。但是，19世纪初，由威灵顿公爵率领的英、德、荷等国联军，在滑铁卢与拿破仑发生遭遇战，法军大败，拿破仑也从此一蹶不振，被放逐到一个荒岛结束一生。于是，meet one's Waterloo 也就成了"惨遭失败"的同义词。

（2）汉语典故的渊源。

汉语典故的渊源主要来自神话传说、寓言故事、动植物名称、人名、地名、历史故事、文学作品等。

例如，"点铁成金"来源于古代神仙故事，说的是仙人可以用法术将铁（也有的说是"石"）变成金子，如《列仙传》就谈到许逊能点石成金。到后来，"点石成金"除了本意外，还引申出了比喻义，比喻把不好的诗文改好，如宋代黄庭坚的《答洪驹父书》："古之能为文章者，真能陶冶万物，虽取古人之陈言入于翰墨，如灵丹一粒，点铁成金也。"还有许多类似的来自典故的成语，如"精卫填海""夸父逐日""愚公移山"等。

再如，据《吕氏春秋·察今》记载，楚国有一个人乘船过江时，腰间的宝剑不小心滑落江中。他在船舷上宝剑落水的地方刻了一个记号，等船靠岸后，他便从刻记号的地方下水寻找，结果自然是无功而返。后来，"刻舟求剑"用来喻指思想僵化，不会根据情况的变化进行调整。这就是出自寓言故事的典故。

出自动物的典故有"龙飞凤舞""一龙九种，种种有别""万马齐喑""画龙点睛""藏龙卧虎""谈虎色变"等。

出自植物的典故有"瓜田李下""指桑骂槐""望梅止渴""柳暗花明""草木皆兵"等。

出自人名的典故成语有"说曹操，曹操到""情人眼里出西施""司马昭之心，路人皆知"等。

出自地名的有"不到长城非好汉""东山再起""逐鹿中原"等。

"毛遂自荐"是出自历史故事的典故，喻指自告奋勇，自己推荐自己担任某项工作。典故出自史书《史记·平原君虞卿列传》：战国时期，秦军围攻赵国都城邯郸，平原君奉命去楚国求救，其门下食客毛遂自动请求与平原君一同前去。到了楚国以后，平原君跟楚王谈了一上午都没有结果，毛遂于是挺身而出向楚王陈述利害，楚王才派兵去救赵国。

汉语中也有很多典故是出自文学作品中的事件或人物，如"亡羊补牢"出自《战国策·楚策四》："见兔而顾犬，未为晚也；亡羊而补牢，未为迟也。"喻指在遭受损失之后想办法补救，免得以后再受损失。再如，"倾国倾城"出自《汉书·外戚传》："一顾倾人城，再顾倾人国。"该典故喻指女子容貌美艳非凡。

2．英汉典故的结构形式对比

英汉典故在结构形式上带有各自的特点，下面分别对其进行对比分析。

（1）英语典故的结构。

英语典故往往具有灵活、自由的结构特点，字数的伸缩范围极大，具体来说有以下三种。

第一，由一个词构成。举例如下。

ark 避难所

Shylock 夏洛克

scapegoat 替罪羊

第二，由若干词构成。举例如下。

the last supper 最后的晚餐

Adam's apple 男人的喉结

bone of the bone and flesh of the flesh 骨中骨，肉中肉

第三，由句子构成。举例如下。

What one loses on the swings one gets back on the roundabouts.

失之东隅，收之桑榆。

Some men are born great, some achieve greatness, and some have greatness thrust upon them.

有的人是生来的富贵，有的人是挣来的富贵，有的人是送上来的富贵。

Hair by hair you will pull out the horse's tail.

矢志不渝，定能成功。

（2）汉语典故的结构。

相较于英语，汉语中的典故多为两个字、三个字或四个字的结构形式，在语言形式上用词简练、结构紧凑，大多为词组性短语。当然，也有少部分字数较多的对偶性短句，如

"踏破铁鞋无觅处，得来全不费工夫""螳螂捕蝉，黄雀在后"等，但实属凤毛麟角。

当典故演变成成语时，多采用四字结构，偶尔有二字或三字组成的情况，但相对来说不多见，如"不到长城非好汉""说曹操，曹操到"等。

在典故的使用上，汉语正好和英语相反。由于汉语的绝大多数典故是名词性词组，它们在句子中往往只是充当一定的句子成分，单独成句的情况很少见。

3. 英汉典故的设喻方式对比

一般来说，典故的喻体就是典故的表层结构，即典故的字面含义或原始含义；在这表层结构或字面含义下面，暗含着典故的隐喻及其真实喻义。我们已经知道，英汉典故在来源方面是一致的，所以各自典故的设喻方式也基本类似。概括来讲，英汉典故的设喻方式主要有以下几种。

（1）以事件设喻。

以事件设喻是指将特定的事件或故事作为喻体，用于表达一种特定的寓意或喻指。

汉语中也有很多以事件设喻的典故。例如，"负荆请罪"这一典故讲的是战国时期，廉颇为自己的居功自傲、慢待蔺相如而向其负荆请罪，从而使将相复合。后用该典故表示认错赔礼。

（2）以人物设喻。

以人物设喻是指将特定事件或故事所涉及的人物作为喻体来表达一种特定的寓意。

例如，英语中有 a Herculean task（赫拉克勒斯的任务），这一典故取自古希腊神话，赫拉克勒斯是主神宙斯之子，力大无比，故被称为大力神，所以该典故用来喻指艰难的、常人难以完成的任务。再如，Shylock（夏洛克）是莎士比亚喜剧《威尼斯商人》中一个心地残忍的守财奴，经常被用来指那些既吝啬小气又心狠手辣的人。

汉语中也有许多以人物设喻的典故。例如，"孟母三迁"原本说的是孟子的母亲在孟子幼年时十分重视居所邻居的选择，目的是给他选择良好的教育环境来教育他，并因此曾三次迁居，后来被用来喻指选择良好的居住和教育环境对于儿童教育的重要性。其他的以人物设喻的汉语典故还有"成也萧何，败也萧何""姜太公钓鱼""王祥卧冰"等。

（3）以地名设喻。

以地名设喻指的是将特定事件或故事所涉及的地名作为喻体，用于表达一种特定的寓意或喻指。

例如，英语中的 meet one's Waterloo（遭遇滑铁卢）、汉语中的"东山再起"等。

（4）以动植物设喻。

以动植物设喻是指将特定的事件或故事所涉及的动植物作为喻体，用以表达一种特定的寓意。

需要提及的一点是，中西方的思维模式存在很大差异：在人与世界的关系上，中国人较为看重周边环境、客观事物，处事好从他人出发、从环境着手；而西方人却更为注重人类自身，处事乐于从个人出发、从自己着手。这些思维模式的不同对典故有一定的影响，即汉语典故常用"以事设喻"，英语典故则以"以人设喻"居多。

4. 英汉相似或共通的典故

通过对英汉典故的文化对比，可以发现英汉典故的许多不同之处。但是，这并不能说明英汉两种语言在典故文化方面完全不同。事实上，英语和汉语中有一些典故的喻体、喻指都相似，甚至完全相同。

（1）共同吸纳的典故。

在英语和汉语中，有些典故都是从同一个出处吸收过来的，如英语中的 cry wolf 与汉语中的"狼来了"。cry wolf 与"狼来了"都出自《伊索寓言》，讲的是一个小羊倌放羊时，为了打发时间就谎称"狼来了"，看到大家纷纷来救他却没有见到狼，他觉得很好笑。大家看到小羊倌撒谎，都不相信他的话了。后来，小羊倌真的遇到了狼，任凭小羊倌怎么呼救，大家都无动于衷，结果小羊倌真的被狼吃掉了。在英语与汉语中，这个典故都喻指说谎的人会遭到报应。

（2）巧合的典故。

英语中的 burn one's boats 与汉语中的"破釜沉舟"这两则典故虽然史实背景不同，但是情节十分相似。英语 burn one's boats 取自这样一个史实：公元前 49 年，罗马执政庞贝（Pompey）与元老共谋进攻凯撒（Caesar）。当时，凯撒的领地与意大利交界处有一条小河。凯撒率军渡过河，准备与敌军决一死战。他烧毁了渡河用的所有船只，以断绝本军后路，逼士卒奋勇向前，最后一举战胜敌人。汉语中的破釜沉舟也取自一个非常相似的史实：战国时期，项羽率兵与秦军打仗，过河后命令部下将渡船凿沉，把饭锅砸破，然后携带三日的干粮，以表示为取得战争胜利必死的决心，喻指背水一战、志在必得。这两则典故的寓意也相同，都指的是采取不留后路的行动，表示勇往直前的信念和决心。

5. 英汉典故折射出的文化差异

语言是文化的载体，不同文化的差异自然会反映在语言中。典故是语言的一种特有形式，其形成和发展都受到文化的深刻影响。下面就来探讨一下典故中折射出的中西方文化差异。

（1）地理位置差异。

英国是一个岛国，并且其航海业在世界一度领先，这一特点在英语典故中得到了很好的体现。举例如下。

be all at sea 茫然无措

deep six 埋入海底六尺，即抛弃

sit at the stern 掌权、掌握政事

spin a yarn 编造海外奇谈，即讲故事

Davy John's locker 海底坟墓，即葬身鱼腹

中国是一个内陆国，无论是在人们的实际生活中，还是在人们的心中，土地和农业都占有十分重要的地位。因此，汉语中有很多关于土地和农业的典故，如"揠苗助长""雨后春笋""藕断丝连"。

（2）历史文化差异。

任何文化都是不同民族在自身的发展历程中累积起来的精神成果，不同民族在不同的历史时期存在疆域的变迁、适度的革新、事件的发生、文学艺术的发展等，因此形成了许多具有民族历史属性的文化词。而且，在文化发展的过程中，人们对事物的名称、观念也会随着历史的发展而发生变化。因此，英汉典故因历史文化的不同也存在较大的文化差异。

这里所说的历史文化是文化的历史发展与文化的历史沉积在各自语言中的表现。英汉语言中都有很多反映历史文化的典故，比如汉语里的习语"程咬金""应声虫""河东狮吼""穿小鞋""戴高帽子""抓辫子""身在曹营心在汉"等。而英语中的 eat crow、beat the air、the Judgment Day、January chicks、green revolution、black Friday、talk turkey、white elephant 等典故都具有一定的历史文化内涵，被打上历史文化的烙印。

（二）英汉典故的翻译

1. 英语典故的翻译方法

英语典故在进行跨文化翻译时可以采用以下几种方法。

（1）直译加解释法。

有些英语典故并不适合直译，如果生硬地直译过来，很难使我国读者完全理解其中的寓意。如果直接改成意译，又很难做到保持原有的风格和形象。这时，可以采用直译加解释法来对其进行翻译，这样不仅可以保持其原有的风格和形象，还可以让读者了解其潜在的意义。

例如：

A good dog deserves a good bone.

好狗应得好骨头。（有功者受奖）

There is no rose without a thorn.

没有不带刺的玫瑰。（世上没有十全的幸福；有乐必有苦）

One swallow does not make a(the)summer.

一燕不成夏。（开始并不意味着结局，不要过于客观，要见微知著）

（2）直译联想法。

在英汉两种语言中，有许多典故的含义或比喻意义基本相同，但其表达方法却存在很大的差异，这是由英汉两个民族的文化差异造成的。对于这种情况，可以使用直译联想法进行处理。所谓直译联想法，是通过直译原文使读者联想到与之相关或者熟悉的典故。

例如：

It's a long lane that has no turning.

路必有弯；世上没有直路。（联想：事必有变；瓦片也有翻身日）

Bad workmen often blame their tools.

拙匠常怪工具差。（联想：不会撑船怪河弯）

（3）意译改造法。

在英汉语言中，有些典故的意义大致是一样的，但是二者的差别在于其风格和形象上，所以在翻译时，只需略加改造即可达意，同时还可以避免改变原文典故的结构和习惯。

例如：

No smoke without fire.

这句英语典故的意思是：在没有风的情况下，不会使烟雾缭绕。在汉语中并没有与其完全等值的成语或者谚语，但是"无风不起浪"的意思与这句基本相同，因此我们可以稍作改变，即"无火不起烟"。

（4）对联增字法。

在汉语中，常常会用对联的形式来构造谚语，一般情况下，上联描述的是形象，而下联陈述的是其意义，如"路遥知马力，日久见人心"等。在英语中，很多谚语如果按照汉语这种对联的形式，很难将其意义准确地表达出来，因此可以采用对联加字的形式进行处理，这样的效果一般比较好。

例如：

Good news comes apace.

在这句话中，直译来说：好事来得非常快。但是，这样理解的话很容易让人以为这是一个褒义词，因此在翻译的时候只有翻译成"好事不出门，坏事传千里"才能更准确地表达出其贬义含义。

（5）等值互借法。

对于英汉语言中一些在意义、风格和形象上都比较相似或近似的典故，可以采取等值互借法。例如，walls have ears，就可以借助汉语谚语将它译成"隔墙有耳"，这样既能忠实于原义、原有风格及形象，又符合汉语的结构习惯。还有很多这样的例子可以用此法翻译。

例如：

Great minds think alike.

英雄所见略同。

Where there is a will, there is a way.

有志者事竟成。

2. 汉语典故的翻译方法

汉语典故在进行跨文化翻译时可以采用以下几种方法。

（1）保留形象加注法。

所谓保留形象加注，就是指在翻译一些汉语典故时，在保留原文人物、事件等原有形象的基础上，为了使读者容易理解，用注释加以进一步说明的方法。

例如：

又见香菱这等一个才貌俱全的爱妾在室，越发添了"宋太祖灭南唐"之意，"卧榻之侧岂容他人酣睡"之心。

Moreover, the presence of such a charming and talented concubine as Xiangling had filled her with the same resolve as the First Emperor of Song when he decided to wipe out the Prince of Southern Tang, demanding, "How can I let another sleep alongside my bed?".

（2）保留形象直译法。

所谓保留形象直译法，就是指在翻译汉语典故时，在保留原文人物、事件等原有形象的基础上，直接按照字面意思进行翻译的方法。

例如：

"三个臭皮匠，合成一个诸葛亮"，这就是说，群众有伟大的创造力。

"Three cobblers with their wits combined equal Zhuge Liang the master mind." In other words, the masses have great creative power.

"三个臭皮匠，合成一个诸葛亮"是一个包含人物的典故，如果直译成"Three cobblers make one Zhuge Liang"，那么对于对诸葛亮不了解的英语读者来说就很难理解。如果采用意译，将其译成 two heads are better than one 则会丢掉原文的形象和色彩。但是，如果这个英译句子在直译的框架中添加 with their wits combined 和 the master mind 两个解释性词语，这就使得整个译文既对原文信息完成了再现，也使句子表达得通畅流利。

（3）保留形象释义法。

所谓保留形象释义法，就是翻译汉语典故时保留原文中的人物、事件等的原有形象，为了方便译入语读者的理解，对这些原有形象进行进一步解释的方法。

例如：

"我们新近吃过女人的亏，都是惊弓之鸟，看见女人影子就怕了。可是你这一念温柔，已经心里下了情种。让我去报告孙小姐，说：'方先生在疼你呢！'"

"Having recently been jilted by women, we are like birds afraid of the bow; we're frightened even by a woman's shadow. But those tender feelings of yours have already planted the seed of love in your heart. Let's go and tell her, 'Mr. Fang is concerned about you!'"

对于文中人物对女人的害怕，运用了"惊弓之鸟"这一成语，本来就是指人，但是在翻译的时候保留了"鸟"这一形象，直接翻译成了 birds afraid of the bow，这是对原有形象的进一步解释，使读者理解得更为透彻。

（4）舍弃形象意译法。

所谓舍弃形象意译法，就是把原文中的人物等形象完全舍弃掉，纯粹采用意译法进行翻译的方法。

例如：

贾政也撑不住笑了。因说道："哪怕再念三十本《诗经》，也都是掩耳盗铃，哄人耳目。"

Even Jia Zheng himself could not help smiling. "Even if he studied another thirty volumes, it would just be fooling people. "He retorted.

对于原文中的"掩耳盗铃"，下面并没有直接翻译成"Plug one's ears while stealing a bell. "，而是采用意译的方法进行翻译，即 fooling people，使得原文更加连贯，内容更加贴合，更容易让西方人理解。

第三节　广告、影视跨文化翻译

一、广告翻译

（一）广告文体翻译的原则和方法

广告的主要作用是说服读者购买广告中所宣传的产品或服务。广告翻译在目标读者中起到的作用直接决定了它成功与否。广告翻译应遵循"说服与购买功能相似"的原则。翻译应起到与原文相同的宣传效果、信息传递功能和情感传递功能。由于语言与目标读者和原读者的社会文化背景不同，为了在广告翻译中实现类似的功能，需要译者发挥其主观能动性和艺术创造性，在翻译中要灵活变通。译文不必斤斤计较和原文的文字对应，可以根据译文的社会和文化环境及译文行文的需要进行必要的变通和调整。广告翻译的"功能相似"并不要求字字对等的"忠实"翻译，而是较为灵活的对等，即广告翻译的受众是否像原广告的受众一样乐于掏钱买商家所宣传的广告产品。下面以 The Times（《泰晤士报》）的广告词的两个译文为例来加以说明。

例如：

We take no pride in prejudice.

译文 1：对于你的偏见，我们没有傲慢。

译文 2：对于失之偏颇的报道，我们并不引以为豪。

英文广告词巧妙地援引了英国作家简·奥斯（Jane Austen）汀的 Pride and Prejudice（《傲慢与偏见》）这部在英语国家家喻户晓的文学名著标题，体现了《泰晤士报》秉承公平、公正的办报原则，起到了很好的广告效果。但当其译作中文时，文化差异使原广告效果很难传达出来。译文 1 试图体现这则广告语的引用，把《傲慢与偏见》这本书的两个关键词强加到译文中。但对于这样的措辞，大多数中国读者都会有一种"师出无名"的困惑，看了之后不知所云。译文 2 虽然勉强表达出了公平、公正的意思，但给人的感觉却是《泰晤士报》并不总是报道真实的新闻，而且失之偏颇的报道本来就不应该引以为豪。其实，在既难以保留原文的意思，又难以达到广告宣传目的的情况下，译者可以放弃原文，采取另译的方法。比如，译作"正义的力量，舆论的导向"，效果就要好一些，既表达了公平、公正的原则，又表现了《泰晤士报》对舆论引导的重要作用，同时句尾的押韵又使译文读起来铿锵有力。

上述广告词所采用的翻译方法就是广告翻译中普遍采用的"意译法"。意译法与直译法最大的区别是放弃了逐字逐句翻译的方式，不考虑原文的语法结构和逻辑，译者根据原文所传达的语义信息进行重新创作的一种翻译方式。意译法的核心在于忠于信息本身而不是忠于原文文本表述，这种方法很好地契合了广告的宣传效果和受众的接受语境需求。广告翻译，严格来说不是翻译，而是演绎，是一种因为实际需要而故意灌进原本没有的意义的一种表达方法，与文学翻译一类严守作者本意，力求信实神似的方法有本质的区别。

我们演绎外国广告，用的正是"删、存、补、掉"。不合的删去，合的保存；不足的补足，次序调整得令原来的东西溃不成军。下面这则广告翻译很好地说明了这一点，中文版本和英文版本的实质内容基本一致，但英文版本根据译入语的语言文化习惯进行"创造性演绎"的地方随处可见。

全北京向上看：

a. 如果世贸天阶没有天幕，那么在 CBD 内，能与之相提并论的高端商业就只剩国贸了。

如果没有世贸天阶（THE PLACE），那么在北京，原创的跨界商业不知要等多久才会出现。

如果不算北京，那么在全球，有天幕并每年靠其吸引数百万游客的地方就只剩拉斯维加斯了。

b. 试想，将 80 多层高的楼放倒后的长度乘以 10 层楼的高度，约 7500 平方米的屏幕放平后，再架到 8 层楼的高度，然后在这样的屏幕上播放长宽比为 8:1 的影片。

当这样一个东西出现在北京 CBD 时，会是怎样的一番情景？

UPDATE your VISION

Without light, there is darkness, Without sight, there is no vision.

So seek the LIGHT and the VISION

The SKYSCREEN@ THE PLACE

A revolutionary technological advance, a destination Within the Central Business District (c. b. d) of Beijing for international fusion lifestyle shopping and dining beneath the SKYSCREEN, the largest LCD screen that you are likely to see, measuring 7, 500 square metres.

Walk along the boulevard at THE PLACE, under the cover of the sky screen. At 250 meters long and meters wide you will feel immersed in an atmosphere and ambience never before experienced in Beijing.

Sit and rest a while amongst the cafes, bars and restaurants and view a prime time presentation.

Where sound and vision come to life with Beijing's c. b. d.

THE PLACE to see…THE PLACE to be!

（二）广告文体中的文化翻译策略

1. 符合广告英语直观明快的语言特点

广告英译的艺术变通首先体现在语言的运用上。从汉英语言的特点来看，汉语突出物象、表现情理、喜欢托物寄情，所以汉语广告写作喜欢使用华丽的辞藻和朗朗上口的四字成语，而英语广告写作则更重写实和理性的事实陈述。英语广告强调用词简洁自然，叙述直观明快，多用句式简短的省略句、疑问句、祈使句等，而极少使用一环扣一环的复杂句式。这就要求译者在广告英译时，需要根据英语广告的表达习惯来重新组织行文，删掉那些译出反而显得拖沓臃肿的内容，以体现广告英语简洁直观的特点。举例如下。

原文：西湖在杭州市区西部，面积约 6.03 平方公里……沿湖四周，花木繁茂；群山之中，泉溪竞流；亭台楼阁，交相辉映；湖光山色，千古风情，令多少人流连忘返。"上有天堂，下有苏杭"的赞语真是恰如其分。

译文：Situated to the west of Hangzhou, the West Lake area covers 6.03 square kilometres… The causeways, bridges, pavilions, springs, trees and flowers in and around the West Lake make it a paradise on earth, where one cannot tear himself away.

在这则广告的中文版中，中文的优美精妙让人一览无遗。但若字字对等去翻译，势必冗长繁杂。因此，译文做了灵活的变通：原文的四字格词语选用以"The causeways, bridges, pavilions, springs, trees and flowers in and around the West Lake make it a paradise on earth"的主句加上定语从句"where one cannot tear himself away"译了出来，既符合原意又不失简洁，将中文中的"神韵"与"气势"以简洁明了的英文句式表达出来，令人读起来一气呵成，又能深会其意。

2. 突出译文的情感传递

为了实现广告的说服（persuasion）功能，广告必须在有限的时间和空间内抓住受众的注意力（attraction），激发他们的兴趣和情感（conviction），并深深地打动人们，促使人们采取行动。成功的广告不仅要有信息价值，而且要有移情功能，通过情感的传递，说服消费者在广告中购买商品或服务。这是广告在情感传递中的需求，也就是说，要使没有情感的商品充满情感色彩，如下面喜来登大饭店的一则广告。

原文：One of the greatest pleasures in life is simply to be treated as an individual. To speak and be heard. To ask and be helped. That's why we created Sheraton Towers. To offer you what you want, when you want it.

译文：生活中最大的快乐莫过于受到尊重。说话有人听，需求有人照料。我们创建喜来登大饭店的目的正是如此，在您需要的时候，为您提供服务。

这则广告中的"To offer you what you want, when you want it."充分体现了喜来登大饭店为顾客着想、为顾客服务的宗旨，使顾客读后能够产生一种宾至如归的好感。

3. 入乡随俗、文化适宜

如何处理好中西文化的巨大差异，是英语广告翻译工作者面临的最艰巨的任务。语言不仅是文化的一部分，也是文化的载体。广告作为语言的一部分，必然反映出语言所代表的文化。因此，对广告背后丰富的文化内涵的理解和灵活的翻译是英语翻译广告不可或缺的组成部分。

在英译广告中，有不少译文没有考虑到文化的因素，拘泥于原文的字面意义。举例如下。

原文：何以解忧，唯有杜康。（杜康酒）

译文：Nothing but"Dukang"liquid to militate sorrows.

在例子中，杜康酒的广告词引用了曹操《短歌行》中的诗句"何以解忧，唯有杜康"，译文完全是字对字的翻译，英语读者很难明白为什么只有此"liquid"可以"militate sorrows"。实际上，好的广告词的翻译不仅注意形式优美，讲究修辞，追求音节和谐、朗朗上口，而且也考虑到了文化差异带给读者的隔膜。

4. 商标词的文化翻译

商标是产品的第一张名片。商标词的翻译是广告翻译的重要组成部分。在许多情况下，商标词的翻译实际上不是"翻译"，而是一种文化重写。一方面，商标词的形式在很大程度上决定了商标词的翻译方法。在商标词中，除了普通词汇，其他两种方式无论是专有名词还是臆造词，实际上都是不可译的。例如，以人名命名的德国名车 Mercedes-Benz 和由 continuous action 缩略而成的臆造词 Contac（感冒药），无论采用什么样的翻译手法都很难译成"奔驰"和"康泰克"；另一方面，给产品重新命名也是聪明的商家为了更有效地在国际市场上推广自己的产品，迎合消费者心理的一种营销手段。许多外国公司在进驻中国市场之前，会对自己的品牌名称的翻译反复斟酌，以使译名符合中国的文化习惯。

二、影视文化翻译

（一）字幕翻译的特点及策略

字幕翻译，最开始流行于 20 世纪 20 年代末期美国有声电影在欧洲的放映。由于欧洲地区语言种类丰富，语言现象较为复杂，因此经常出现多种语言之间的字幕互译。根据文本类型划分，字幕翻译属于视听翻译，是译入语文化中被认为或者被呈现的录制视听材料的翻译。视听翻译涉及广泛，包括语际翻译和语内翻译。语内翻译包括听力障碍者字幕、舞台剧和歌剧字幕、新闻节目同步字幕。语际翻译包括字幕翻译、配音和画外音。

字幕翻译是一种特殊的语言转换，是"视听产品原文本的口语（或书面语）转变为书面语并添加到原产品图像上的译文"。

字幕翻译有如下几个特点：①字幕翻译关系着语言形成的转化，需要在屏幕上把口语转化为目的语，是"原生口语浓缩的书面"。②为了使观众可以更好地欣赏影片，字幕是添加在影片画面之上的，观众在观看时可以将字幕与影片中的信息结合起来，从而弥补视听信息。③字幕通常在屏幕下方，需要与屏幕中呈现的图像同步。我国影视翻译家钱绍昌根据自己翻译影视片的经验，总结出影视语言具有综合性、瞬时性、通俗性、聆听性和无注性等五个特点。除了聆听性是针对配音翻译的以外，其他四个特点适用于字幕翻译。"综合性"指的是观众同时接收字幕信息和图像、声音（包括对白、音乐及其他声音效果）等信息，在一定程度上弥补了字幕本身无法表达或者表达不够充分的空缺。"瞬时性"指的是字幕在屏幕上停留的时间短，稍纵即逝，译者必须严格控制每一行的译文字数。一般情况下，屏幕上的字幕一次只会显示一行。对此，CCTV 电影频道做出规定，每行汉语字幕不超过 14 个汉字，停留时间为 1 至 3 秒。而对于英语字幕，每行字幕控制在 36 个字以内，即 1 秒钟展示 12 个英文字母，每行展示 3 秒。"通俗性"是指字幕语言必须通俗易懂，因为字幕翻译大部分是对白翻译，本质上是口语的书面化表达。而且，考虑到影视受众面广，简单的用词和句子结构更有助于观众理解剧情。"无注性"是指字幕翻译因受到空间、时间的限制，几乎不能使用注释。这是字幕翻译与其他类型翻译区别的一个重要特点。影视片中允许在对白之外做文字说明，如在片头用字幕介绍故事发生的历史背景，在片尾介绍故事的结局，或在片中打上地名和年份，或以旁白的形式出现，但是这些都是原片给出的信息，译者不能另加字幕或旁白以作注解。

人们说话比阅读快得多。这意味着在角色说出一个词后，观众需要花更多的时间阅读字幕。

字幕翻译有时间和空间的限制。一般来说，读一个单词，需要不到 1 秒钟；1～2 秒，可以接受 2～3 个短单词；2 秒钟以内，大约可以接受的长度是 26 个字母。以此类推，每多半秒钟时间，字幕长度多 7～8 个字母。字幕翻译所遵循的"缩、直、简"原则，以及最常使用的缩减策略就是由字幕翻译所受的这两种限制所决定的。缩减策略是指将源语内容进行压缩，集中表达其中心意思，压缩的程度视该帧画面停留的时间而定。

1. 保持原意，用更短的表达法代替

原文：跟咱们矿上没有任何关系。

译文 1：It has nothing to do with us.

译文 2：We aren't responsible.

2. 拆分原有的句子结构，只传达意思

原文：学校是你家开的，你想回去就回去啦？

译文 1：Is the school run by you and you can go back to it whenever you want to?

译文 2：The school isn't run by you or for you.

3. 中文表达有时重复，英译时需注意避免冗余，将重复部分或与中心主旨无关或次要的信息进行删减

原文：还夜夜必宿，还夜夜必宿承乾宫。

译文 1：And he insists on spending…spending every night in the Chengqian Palace.

译文 2：And spending every night in her quarters.

字幕翻译作为影视作品台词语言的转换，要充分考虑其本身的逻辑性和断句的合理性。为了帮助观众充分理解影视作品的思想风格和艺术表现手法，字幕在进行语言断句和意群分割的时候，要充分考虑演员的语气停顿，选择与人物性格相符的语言风格进行字幕翻译。另外，影视视屏空间的限制，使得字幕翻译还要考虑各帧的画面上字幕的完整性、语法成分的合理性和逻辑结构的紧凑性，保证字幕的断句与影视画面中演员的台词同步而一致。此外，在追求两行字幕长度一样的同时，还要注意在合理的地方断句。

（二）影视字幕中的文化翻译策略

电影和电视剧翻译不仅是两种语言的替换，也是两种文化的冲突。作为国家社会文化的集中反映，影视必然在它们的字幕上具有许多独特的文化内容。在翻译过程中，译者要注意翻译文化内容，以便观看者理解和欣赏影视作品。在翻译字幕中的文化信息时，译者应采取变通和灵活的手段，以直译、意译和变译三种策略进行翻译为佳。下面以电影《姜子牙》为例。

1. 直译法

直译法是既保持原文内容，又保持原文形式的翻译方法，根据内容的实际含义译成对应的英语，这种译法具有概念明确、简明直接的优点。举例如下。

原文：静虚宫派大弟子姜子牙

译文：Jingxu Hall's foremost disciple, Jiang Ziya

"静虚宫"是电影《姜子牙》中姜子牙斩杀九尾的地方，天尊领导的神的宫殿。"静虚宫"并非现实中真实存在的地方，而是影片中的神话故事创造的，在现实中也没有一个具体对应的地方，因此采用音译与直译相结合的方式，"静虚"译为"Jingxu"，"宫"译为"Hall"，读者自然可以理解。大弟子是该门派功力最高的弟子，通常为师傅收的第一个弟子，是最有出息的、得到真传的弟子。foremost 有"最前的，最重要的"的意思，因此译文中将"大弟子"译为 foremost disciple 也是正确的，属于直译，而且用 foremost 可以更加明了地展示出"大弟子"在门派中的最重要的地位，也可以使译文读者更能了解大弟子的意思，明确姜子牙在静虚宫的地位。

原文：三界

译文：The Three Realms

　　三界是佛教特有词汇，根据生灭流转变化，佛教将众生世间按其所含欲望的程度分为欲界、色界、无色界三种，统称为三界。三界又称为苦界或苦海。这是汉语中特有的文化词汇，包含着宗教的色彩。realm 有"领域、范围"的意思，在正式的语言中可以表示为"王国"，影片中的"三界"指的是整个世界的范围，直译成"three realms"在内容与形式都做到了对等。虽然该翻译没有表达出深层的意思，但是在字幕翻译中，如果用注解的方式将三界分别代表什么解释清楚的话，未免太过于烦琐，字幕翻译毕竟是一闪而过的，需要在最快的时间里传达意思，而且"三界"在整个影片故事中不是重要的内容，因此简单的直译既简明扼要，也不影响译文读者理解。

　　2. 意译法

　　意译法即在不脱离原文的基础上运用延续与扩展的方法译出原文。当某些文化信息很难找到相对应的英语词汇来表达，或者字面的翻译不足以表达其文化含义时，可以采用意译的方式。举例如下。

原文：苍生

译文：all living things, the people, the common people

　　苍生是草木生长之处，借指百姓及一切生灵。苍生是比较常见的中国文化词汇，而且其背后的含义没有难以理解的内容，就指普通百姓，因此将苍生翻译为"all these things, the people, the common people"皆可，均能表示出普通百姓这一含义，便于译文读者快速理解，因此这里的意译是最好的方式。

原文：你连鱼都能放了，就不能放自己一马。

译文：They get to go home, meanwhile we're rooted to the spot! I'll do it!

　　"放自己一马"是"放你一马"这个词语的改编，"放你一马"这个词语出自《三国演义》，意思是手下留情，对你不做追究，那么"放自己一马"的意思就是把自己的错误放下，当作什么都没发生，继续好好生活。但是，这里的译文选择避开这句话的意思，仅仅表达了申公豹对姜子牙的抱怨，"They get to go home, meanwhile we're rooted to the spot! I'll do it!"（其他的人都回家了，但是他们却一直停留在原地），这句话是催姜子牙赶快去斩杀九尾完成任务，但是原文"你连鱼都能放了，就不能放自己一马"这句话有着很独特的中国文化内涵，有着独特的中国风味，对中文读者来说，这句话的含义非常清晰。如果能完美地翻译，那么英文读者能够更好地感受到这句话的独特魅力。这里的译文就稍有欠缺，避开了原文，翻译了以申公豹视角所表达的话。确实，这句话的翻译有些困难，没有办法做到既保留内容对等，又保留形式对等，那么译文选择了优先保留内容对等，表达出了申公豹的不满，这样的翻译是可取的，只是使译文读者没有办法和原文读者感受到同样的语言魅力。

3. 变译法

变译法，即变通法，是指在翻译过程中灵活运用各种合适的翻译方法，对原文进行局部修改，或者在用常规手段无法实现适当翻译的情况下，对译文进行各种程度和形式的替代。变通法以传达源语内容实际为目的，主要有增益翻译法、凝练翻译法、词类转换翻译法、词义引申翻译法、正说反译、反说正译、视角转移、同级转移、语序转换翻译法等。举例如下。

原文："小孩不要咂巴嘴，大人吃饭不抖腿"

译文："May you sleep the sleep of the just…"

这句话是习俗编成的儿歌，用以安慰做噩梦的小九。"小孩不要咂巴嘴，大人吃饭不抖腿"强调的是饭桌礼仪，大人和儿童吃饭的时候要遵守规矩，反映出一个家庭的家风，严厉中带着温馨。如果将这句话直译，译文读者可能没办法理解这句话的含义，因此这里的译文将它转化为一个简单的哄睡的歌谣，使译文读者更能感受到中文读者在看到这句话时的感受，这是采用统计转化的作用，跟原文有着同样的表达效果，译文读者能够更直接地感受到小九受到的关爱。

例如：

原文：四不相

译文：Four-Alike

四不相是中国神话小说中创造的神兽，是姜子牙的坐骑，起着暗中保护姜子牙的重要作用，也在最后的大战中牺牲。《封神演义》中记载四不相似龙非龙、似凤非凤、似麒非麒、似龟非龟，但是有龙之威、凤之贵、麒之勇、龟之灵，故而始麒麟赐名"四不相"。四不相既不像又像，所以为了使神兽更加具象化，译文选择了反说正译，将四不相译成"Four-Alike"四像，使译文读者更能理解神兽名字的含义，明白神兽名字的由来。

参考文献

[1] 陈静,高文梅,陈昕.跨文化交际与翻译[M].成都:电子科技大学出版社,2017.

[2] 周淞琼.英美文学与翻译研究[M].西安:西安交通大学出版社,2017.

[3] 贾延玲,于一鸣,王树杰.生态翻译学与文学翻译研究[M].长春:吉林大学出版社,2017.

[4] 马予华,陈梅影,林桂红.英语翻译与文化交融[M].长春:吉林人民出版社,2018.

[5] 卢春林.英美文学与翻译实践研究[M].西安:世界图书出版西安有限公司,2017.

[6] 郝彦桦,李媛.当代英语翻译与文学语言研究[M].成都:电子科技大学出版社,2017.

[7] 任林芳,曹利娟,李笑琛.中外文化翻译与英语教学研究[M].西安:世界图书出版西安有限公司,2017.

[8] 仇桂珍,张娜.英汉翻译与英语教学[M].成都:电子科技大学出版社,2017.

[9] 李冰冰.英语教学与翻译理论研究[M].北京:北京理工大学出版社,2017.

[10] 张燕.多元文化视野下的英美文学研究[M].长春:吉林大学出版社,2017.

[11] 胡蝶.跨文化交际下的英汉翻译研究[M].长春:东北师范大学出版社,2018.

[12] 谭焕新.跨文化交际与英汉翻译策略研究[M].北京:中国商业出版社,2018.

[13] 李雯,吴丹,付瑶.跨文化视阈中的英汉翻译研究[M].长沙:湖南师范大学出版社,2018.

[14] 王静.跨文化视角下的英语翻译理论与实践探究[M].长春:吉林人民出版社,2018.

[15] 彭宁.跨文化交际语境下的英语教学与翻译策略探究[M].北京:九州出版社,2018.

[16] 白晶,姜丽斐,付颖.跨文化视野下中西经典文学翻译研究[M].长春:吉林大学出版社,2018.

[17] 杨林.跨文化交际与翻译理论研究[M].哈尔滨:北方文艺出版社,2018.

[18] 梁素文.英语翻译中的跨语言文化研究[M].郑州:郑州大学出版社,2018.

[19] 付小云.跨文化语境下的英语翻译[M].长春:吉林人民出版社,2018.

[20] 李芊枚,陈卓,陈韫韬.英语翻译的跨文化视角转换探究[M].北京:中国商务出版社,2017.

[21] 黄净.跨文化交际与翻译技能[M].天津：天津大学出版社,2019.

[22] 杨莉,杨柳荟,关娇,等.跨文化交际翻译教程[M].北京：中国纺织出版社有限公司,2020.

[23] 王端.跨文化翻译的文化外交功能探索[M].北京：中国广播影视出版社,2019.

[24] 李攀攀.跨文化交际与翻译理论研究[M].长春：吉林大学出版社,2019.

[25] 苏辛欣.跨文化交际视域下的翻译教学[M].长春：吉林人民出版社,2018.

[26] 邹霞,张萍.跨文化视域下英美文学翻译研究[M].成都：电子科技大学出版社,2019.

[27] 郭文琦.基于跨文化交际视角下英语翻译技巧与方法研究[M].北京：北京工业大学出版社,2019.

[28] 许敏.跨文化交际与翻译[M].长春：吉林教育出版社,2019.

[29] 石磊.跨文化视角下的广告英语翻译[M].沈阳：辽海出版社,2019.

[30] 丁燕.跨文化视域下的翻译研究[M].延吉：延边大学出版社,2019.